EL REGALO

DANIELLE STEEL
EL REGALO

grijalbo
pocket

EL REGALO

Título original en inglés: *The Gift*

Traducción: Jorge Velázquez A.
de la edición de
Delacorte Press,
Nueva York, 1994

© 1994, Danielle Steel

D.R. © 1994 por EDITORIAL GRIJALBO, S.A. de C.V.
Calz. San Bartolo Naucalpan núm. 282
Argentina Poniente 11230
Miguel Hidalgo, México, D.F.

Este libro no puede ser reproducido,
total o parcialmente,
sin autorización escrita del editor.

ISBN 970-05-0887-0

Impreso en Colombia por Cargraphics, S.A.
La edición consta de 40,000 ejemplares.

*Para los regalos de mi vida,
mi esposo, John, y todos mis hijos,
y para los ángeles que han pasado
por mi vida, rápido o a través del tiempo,
y las bendiciones que me trajeron.
Con todo mi amor,*

D. S.

1

Annie Whittaker amaba todo lo relacionado con la Navidad. Amaba el clima, los árboles, brillando en el prado frontal de todos, y los Santa delineados con luces en los techos de las casas. Amaba los villancicos y la espera de la llegada de Santa Claus, ir a patinar y después beber chocolate caliente, y ensartar palomitas de maíz con su madre, sentándose luego con los ojos abiertos para admirar lo bonito que les había quedado el árbol de Navidad, todo encendido. Su madre la dejaba sentarse ahí, bajo el brillo, con su carita de cinco años de edad llena de asombro.

Elizabeth Whittaker tenía cuarenta y un años cuando nació Annie y se convirtió en una sorpresa para todos ellos. Elizabeth había abandonado desde hacía mucho el sueño de tener otro bebé. Lo habían intentado por años antes, Tommy tenía diez para entonces, y al fin se habían consolado con tener sólo un hijo. Tommy era un gran chico y Liz y John siempre se habían sentido afortunados. Él jugaba futbol, beisbol en la Liga Infantil y era la estrella del equipo de hockey sobre hielo cada invierno. Era un buen muchacho y hacía todo lo que se suponía que debía hacer:

iba bien en la escuela, era cariñoso con ellos e incluso era lo bastante travieso como para tranquilizarlos en el sentido de que no fuera normal. No era el hijo perfecto, pero era un buen muchacho. Tenía el cabello rubio como Liz, y penetrantes ojos azules como su padre. Tenía un buen sentido del humor y una mente admirable por lo que, tras la conmoción inicial, pareció adaptarse a la idea de tener una hermanita.

Y los anteriores cinco años y medio, desde que ella nació, él pensó que el sol salía y se ponía por Annie. Ella era una cosita fina con una gran sonrisa y una risita que resonaba por toda la casa cada vez que ella y Tommy estaban juntos. Ella esperaba con ansiedad que él llegara de la escuela todos los días, y entonces se sentaban en la cocina a comer galletas y beber leche. Liz había dejado de trabajar tiempo completo cuando nació Annie y ahora era maestra suplente. Decía que deseaba disfrutar cada minuto de su pequeña. Y lo hacía. Estaban juntas constantemente.

Liz encontró tiempo hasta para hacer trabajo voluntario en la guardería durante dos años y ahora ayudaba en el programa de arte en el jardín de niños al que asistía Annie. Por las tardes cocinaban juntas galletas, pan y bizcochos, o Liz le leía por horas mientras permanecían sentadas en la cocina grande y confortable. Sus vidas eran un lugar cálido, donde los cuatro se sentían a salvo del tipo de cosas que les sucedían a otras personas. Y John cuidaba bien de ellos. Poseía la empresa más grande de ventas al mayoreo del estado y ganaba lo suficiente para darles una vida decorosa. Le había ido bien desde el principio, el negocio había sido antes de su padre y de su abuelo. Tenían una casa preciosa en la mejor parte del pueblo.

No eran ricos, pero estaban a salvo de los vientos helados del cambio que afectaban a los granjeros y a las personas que tenían negocios que con frecuencia se veían estropeados por las tendencias y las modas. Todos necesitaban de alimentos buenos y John Whittaker siempre se los había proporcionado. Él era un hombre cálido y cariñoso, y esperaba que Tommy ingresara también en el negocio algún día. Pero primero quería que fuera a la universidad. Y Annie también, él deseaba que fuera tan lista y bien educada como su madre. Annie quería ser maestra, como su mamá, pero John soñaba con que fuera doctora o abogada. Para 1952, éstos eran sueños difíciles, pero John ya había ahorrado una buena cantidad para la educación de Annie. Había separado el dinero para la universidad de Tommy varios años antes, así que en cuestión financiera ambos estaban en buen camino hacia la universidad. Él era un hombre que creía en los sueños. Siempre decía que no había nada que no pudiera hacerse si lo deseabas lo suficiente y estabas dispuesto a trabajar duro para conseguirlo. Y él siempre había sido un trabajador dispuesto. Liz siempre había sido de gran ayuda para él, pero estaba feliz de dejarla quedarse en casa ahora. Adoraba llegar a casa por las tardes y encontrarla arrullando a Annie, o verlas a las dos jugando a las muñecas en el dormitorio de Annie. Sentía que le rebosaba el corazón de sólo verlas. Él tenía cuarenta y nueve años de edad y era un hombre feliz. Tenía una esposa maravillosa y dos hijos estupendos.

—¿Dónde están todos? —llamó esa tarde mientras entraba, cepillando la nieve y el hielo de su sombrero y su abrigo, y apartando de un empujón a la perra, mientras ella movía la cola y se resbalaba en los charcos que dejaba él tras de sí. Era una enorme setter irlandesa a la que habían llamado Bess, en honor de la esposa del presidente. Liz había argumentado al principio que era una falta de respeto para la señora Truman, pero el nombre parecía quedarle, y se le quedó, y ahora al parecer nadie recordaba cómo había obtenido su nombre.

—Estamos acá —respondió Liz, y John entró en la sala para encontrarlas colgando hombrecillos de jengibre en el árbol. Los habían decorado todos esa tarde y Annie había elaborado cadenas de papel mientras las galletas estaban en el horno.

—Hola, papi, ¿no es hermoso?

—Sí lo es —le sonrió él y luego la alzó en sus brazos con facilidad. Era un hombre fuerte, con la coloración irlandesa de sus antepasados. Tenía el cabello negro, aun ahora, a un año escaso de llegar a los cincuenta. Y brillantes ojos azules, que les había heredado a sus dos hijos. A pesar de su cabello rubio, los ojos de Liz eran café claro, a veces casi color avellana. Pero el cabello de Annie era casi blanco para ser justos. Y mientras sonreía dentro de los ojos de su padre y restregaba, juguetona, su pequeña nariz contra la de él, parecía un ángel. John la bajó con cuidado cerca de sí y luego se estiró para besar a su esposa, mientras una cálida mirada se cruzaba entre ellos.

—¿Cómo te fue hoy? —le preguntó ella con calidez. Llevaban casados veinte años y la mayor parte del tiempo, cuando las pequeñas circunstancias agravantes de la vida no los estaban mordisqueando, parecían más enamorados que nunca. Se habían casado dos años después de que Liz se graduó en la universidad.

Para entonces ella ya era maestra y habían pasado siete años hasta la aparición de Tommy. Casi habían perdido la esperanza y el viejo doctor Thompson nunca se pudo imaginar en realidad por qué ella no podía embarazarse ni llevar a término sus embarazos. Había tenido tres abortos antes de que naciera Tommy, y les pareció como un milagro cuando llegó. Y todavía más cuando nació Annie diez años más tarde. Admitían con facilidad que habían sido bendecidos, y los niños les daban toda la alegría que anhelaban y esperaban.

—Recibí el cargamento de naranjas de Florida —dijo John, sentándose y tomando su pipa. Había fuego en la chimenea y la casa olía a jengibre y palomitas de maíz—. Te traeré algunas mañana.

—¡Me encantan las naranjas! —Annie palmoteó y luego trepó al regazo de su papá, mientras Bess ponía ambas patas en las rodillas de John y trataba de unírseles. John apartó a la perra con gentileza y Liz bajó de la escalera para besarlo de nuevo y ofrecerle un vaso de zumo de manzana caliente.

—Suena demasiado bueno como para negarme —sonrió y un momento después la siguió hasta la cocina, admirando en silencio su figura esbelta. Él llevaba a Annie de la mano y fue en ese instante cuando se cerró de golpe la puerta principal y entró Tommy, con la nariz rosa y las mejillas coloradas, cargando sus patines para hielo.

—Hmm... huele bien... hola, mami... hola, papi... oye, latosa, ¿qué hiciste hoy? ¿Te comiste todas las galletas de tu mamá? —agitó el cabello de la niña y le dio un abrazo, dejándole la cara húmeda por el contacto con la suya. Estaba helando afuera y nevaba más a cada momento.

—Yo *hice* las galletas con mami... y sólo me comí cuatro —replicó ella meticulosa, haciéndolos reír. Era tan linda que resultaba difícil que alguien se le resistiera, menos su hermano mayor o sus chalados padres. Pero no estaba mimada. Sólo era amada, y lo demostraba en la facilidad con que encaraba al mundo y se enfrentaba a todos los desafíos. Le agradaba a todos, adoraba reír, adoraba jugar, adoraba correr contra el viento con su cabello flotando detrás. Adoraba jugar con Bess... pero más aún a su hermano mayor. Ahora lo miraba con adoración, tomando los desgastados patines—. ¿Podemos ir a patinar mañana, Tommy? —había un estanque cerca y él la llevaba ahí con frecuencia los sábados en la mañana.

—Si para entonces ya dejó de nevar. De continuar así ni siquiera podrás encontrar el estanque —dijo él, mordiendo una de las deliciosas galletas de su mamá. En lo único que podía pensar Tommy era en lo apetitosas que estaban, mientras su madre se quitaba el delantal con cuidado. Vestía una blusa pulcra y una falda gris; a John siempre le agradaba comprobar que ella todavía tenía la misma figura que cuando la conoció en la preparatoria. Ella había ingresado al primer año cuando él estaba en el último, y durante mucho tiempo le avergonzaba admitir que estaba enamorado de una muchacha tan joven, pero finalmente todos se lo habían imaginado. Al principio le hacían bromas, pero después de un tiempo todos lo daban por hecho. John se había ido a trabajar con su padre al año siguiente y ella había pasado otros siete años terminando la preparatoria y la universidad, y luego dos más trabajando como maestra. La había esperado mucho tiempo, pero nunca dudó ni por un instante que valía la pena. En realidad, todo lo que tenían les había llegado despacio, como sus hijos. Pero todo lo bueno de sus vidas había valido la espera. Ahora eran felices. Tenían todo lo que siempre habían deseado.

"Tengo un juego mañana en la tarde —mencionó Tommy como por casualidad, engullendo dos galletas más.

—¿Un día antes de Nochebuena? —exclamó con sorpresa su madre—. Ustedes creen que las personas no tienen otras cosas que hacer —ellos siempre iban a sus juegos, a menos que sucediera algo verdaderamente importante que se los impidiera. John también había jugado hockey sobre hielo y futbol. A él también le encantaba. Liz estaba un poco menos segura, no quería que Tommy resultara lastimado. Un par de los chicos habían perdido dientes en juegos de hockey sobre hielo a lo largo de los años, pero Tommy era precavido y muy suertudo. Ni huesos rotos ni lesiones graves, sólo infinidad de torceduras y magulladuras que su padre proclamaba como parte de la diversión.

—Por el amor de Dios, es un chico, no puedes tenerlo envuelto en algodones para siempre —pero en secreto ella admitía para sí que le gustaría poder hacerlo. Sus hijos eran tan preciados para ella que deseaba que nada malo les sucediera, ni a John. Era una mujer que cuidaba sus bendiciones.

—¿Hoy fue tu último día de escuela antes de Navidad? —interrogó Annie con interés, y él asintió con una sonrisa. Tenía montones de planes para las vacaciones, muchos de los cuales incluían a una niña llamada Emily en quien se había fijado desde el día de Acción de Gracias. Apenas se había mudado a Grinnell ese año. Su mamá era enfermera y su papá era doctor. Venían de Chicago y ella era muy linda. Lo bastante linda como para que Tommy la invitara a varios de sus partidos de hockey. Pero aún no iba más lejos. La próxima semana la iba a invitar al cine, y tal vez incluso hicieran algo juntos la víspera de Año Nuevo, pero todavía no reunía el valor suficiente para pedírselo.

Annie también sabía que a él le gustaba Emily. Lo había visto observar a Emily un día que fueron al estanque y luego correr hacia ella. Estaba patinando con algunos de sus amigos y una de sus hermanas. Annie pensó que estaba bien, pero no podía ver por qué Tommy estaba tan loco por ella. Tenía el cabello largo, color negro brillante, y era una patinadora bastante buena. Pero no platicó mucho con él, sólo se quedó mirándolos y luego, cuando ya se marchaban, le hizo un cariño a Annie.

—Lo hizo sólo porque le gustas —explicó Annie, realista, mientras se encaminaban a su casa, con Tommy cargándole los patines.

—¿Por qué dices eso? —interrogó él, tratando de sonar calmado, pero arreglándoselas para verse incómodo y nervioso.

—Se quedaba viéndote todo el tiempo con ojos pegajosos cuando estabas patinando —Annie esparció su largo cabello rubio sobre su hombro con aires de sapiencia.

—¿Qué quieres decir con "ojos pegajosos"?

—Tú sabes a qué me refiero. Verás, ella está loca por ti. Por eso fue amable conmigo. Ella también tiene una hermana pequeña y nunca es tan amable con ella. Te lo digo, le gustas.

—Tú sabes demasiado, Annie Whittaker. ¿No se supone que deberías estar jugando con muñecas o algo por el estilo? —Tommy trató de verse indiferente por lo que ella había dicho, y entonces recordó lo tonto que era preocuparse acerca de cómo se veía ante su hermana de cinco años y medio.

—En verdad te gusta, ¿no es así? —ella estaba picándolo y se rió cuando le preguntó.

—¿Por qué no te ocupas de tus asuntos? —sonó áspero con ella, lo cual era raro, pero Annie no le prestó atención.

—Creo que su hermana mayor es mucho más bonita.

—Lo tendré en cuenta, en caso de que alguna vez quiera salir con alguien mayor.

—¿Qué tienen de malo los mayores? —Annie parecía desconcertada con la distinción.

—Nada. Excepto que tiene diecisiete años de edad —le explicó él y Annie asintió con sabiduría.

—Es demasiado vieja. Creo que entonces Emily está bien.

—Gracias.

—Por nada —dijo con seriedad, cuando llegaban a su casa para tomar chocolate caliente y entrar en calor. A pesar de los comentarios de su hermanita respecto a las chicas que había en su vida, en realidad disfrutaba estar con ella. Annie siempre lo hacía sentirse enormemente amado e importante en extremo. Ella lo idolatraba y no vacilaba al respecto. Lo adoraba. Y él la amaba de la misma manera.

Esa noche, antes de ir a la cama, ella se sentó en el regazo de Tommy y éste le leyó sus historias favoritas. Le leyó la más corta dos veces y entonces su madre la cargó para llevarla a acostar y él se quedó charlando con su padre. Hablaron acerca de la elección de Eisenhower el mes anterior y de los cambios que podría ocasionar. Luego hablaron, como siempre, del negocio. Su padre quería que estudiara agricultura, con una especialización en economía. Ellos creían en las cosas básicas, pero importantes, como la familia, los hijos, la santidad del matrimonio, la honestidad y el ser útil para los amigos. Eran muy queridos y respetados en la comunidad. La gente siempre decía que John Whittaker era un buen esposo, un hombre excelente y un patrón justo.

Tommy salió con algunos de sus amigos esa noche. El clima era tan malo que ni siquiera pidió prestado el automóvil, se fue caminando hasta la casa de su amigo más cercano y regresó a casa a las once y media. Sus padres nunca tenían que preocuparse por él. Sólo una o dos veces había andado de picos pardos cuando tenía quince años, lo que había consistido en dos casos en que había bebido demasiada cerveza y vomitó en el automóvil cuando su padre lo traía de vuelta a casa. A los Whittaker no les agradó, pero tampoco se habían vuelto locos por esto. Él era un buen muchacho, y ellos sabían que todos los chicos hacen cosas así. John también las había hecho, y unas cuantas peores, sobre todo cuando Liz se había ido a la universidad. Ella le hacía bromas al respecto en ocasiones y él insistía en que había sido un modelo de comportamiento virtuoso, ante lo cual Liz levantaba la ceja y luego por lo general lo besaba.

Esa noche se acostaron temprano también; la mañana siguiente, al mirar por las ventanas, todo se veía como una tarjeta navideña. Todo estaba blanco y hermoso, y para las ocho y media de la mañana Annie había sacado a Tommy de la casa, para que le ayudara a hacer un muñeco de nieve. Ella traía la gorra de hockey favorita de Tommy y éste le explicaba que tendría que "prestársela" esa tarde para el partido, y Annie le dijo que le haría saber si podía usarla. Entonces él la lanzó contra la nieve y se quedaron ahí, de espaldas, agitando brazos y piernas, haciendo "angelitos".

Todos fueron al juego de Tommy esa tarde y, aunque su equipo perdió, él estaba de muy buen humor después del partido. Emily también había asistido a verlo, aunque estaba rodeada por un grupo de amigas y afirmaba que ellas habían querido venir y ella sólo se les había "unido". Llevaba una falda escocesa y zapatos de montar, su largo cabello negro caía sobre su espalda en una cola de caballo; Annie comentó que traía maquillaje.

—¿Cómo lo sabes? —Tommy se veía asombrado y divertido mientras toda la familia dejaba la pista de patinaje de la escuela y se dirigía a casa. Emily ya se había ido con su corrillo de risueñas amigas.

—A veces uso el maquillaje de mi mamá —dijo Annie, práctica, y ambos hombres sonrieron y miraron al pequeño duende que caminaba a su lado.

—Mamá no usa maquillaje —replicó Tommy con firmeza.

—Sí usa. Se pone polvo y colorete, y algunas veces usa lápiz labial.

—¿Lo hace? —Tommy parecía sorprendido. Su madre tenía una apariencia agradable, él lo sabía, pero nunca sospechó que estuviera involucrado algún artificio o que en realidad usara maquillaje.

—Algunas veces también usa una cosa negra en las pestañas, pero te hace llorar si lo usas —explicó Annie y Liz rió.

"A mí también me hace llorar, por eso nunca lo uso.

Luego hablaron sobre el partido, y de otras cosas, y Tommy salió de nuevo con sus amigos; una compañera de su clase fue a cuidar a Annie por esa noche, para que sus padres pudieran ir a una fiesta navideña en la casa de unos vecinos.

A las diez en punto estaban de regreso en su casa y para la medianoche ya estaban en la cama. Annie estaba profundamente dormida en su cama cuando llegaron, pero la mañana siguiente estaba levantada al amanecer y loca de emoción por la Navidad. Era Nochebuena y en todo lo que podía pensar era en lo que le había pedido a Santa Claus. Deseaba una muñeca Madame Alexander con desesperación y no estaba demasiado segura de que la obtendría. Y también quería un trineo nuevo y una bicicleta, pero pensaba que sería mejor tener la bicicleta en la primavera, en su cumpleaños.

Parecía haber miles de cosas que hacer ese día, una miríada de preparativos para la Navidad. Esperaban la visita de algunos amigos la tarde siguiente y su madre cocinaba algunas cosas de último momento. Además, irían a la misa de gallo esa noche. Era un ritual que Annie adoraba, aunque en realidad no lo comprendía. Pero le agradaba ir a la iglesia con ellos, entrada la noche, y quedar apretada entre sus padres en la cálida iglesia, dormitando, mientras escuchaba los himnos y olía el incienso. Había un hermoso pesebre con todos los animales rodeando a María y José. A medianoche, colocaban también al bebé en el pesebre. Le encantaba buscarlo antes de dejar la iglesia y ver ahí al niño Jesús con su madre.

—Como tú y yo, ¿verdad, mami? —preguntó, acurrucándose contra Liz, mientras su madre se inclinaba para besarla.

—Igual que nosotros —dijo Liz con ternura, contando de nuevo sus bendiciones—. Te quiero, Annie.

—Yo también te quiero —murmuró Annie.

Acudió al servicio con ellos esa noche, como siempre lo hacía, y se quedó dormida sentada cómodamente entre sus padres. Era tan acogedor y agradable ese lugar. La iglesia estaba caliente y la música parecía arrullarla. No se despertó ni siquiera durante la procesión. Pero revisó al niño Jesús en el pesebre, como siempre lo hacía, cuando salían, y ahí estaba. Annie sonrió cuando vio la pequeña estatua y luego miró a su madre y apretó su mano. Liz sintió lágrimas en sus ojos mientras la miraba. Annie era como un regalo especial para ellos, enviada para brindarles alegría, calor y risa.

Pasaba de la una de la mañana cuando llegaron a casa esa noche y Annie parecía más dormida que despierta cuando la acostaron en su cama. Para cuando Tommy entró a besarla, ella estaba dormida por completo y roncaba con suavidad. Él pensó que se sentía algo caliente cuando besó su cabeza, pero no le dio importancia. Ni siquiera se molestó en decírselo a su mamá. Se veía tan tranquila que no creyó que algo estuviera mal.

Pero Annie se despertó tarde la mañana de Navidad por primera vez y parecía un poco aturdida cuando se levantó. Liz había colocado el plato de zanahorias y sal para los renos, y las galletas para Santa la noche anterior porque Annie estaba demasiado adormilada para hacerlo. Pero Annie recordó revisar qué se habían comido cuando se despertó. Estaba un poco más soñolienta que de costumbre y dijo que le dolía la cabeza, pero no estaba resfriada y Liz pensó que tal vez se había agripado levemente. Había hecho demasiado frío los últimos días y tal vez había cogido frío jugando con Tommy en la nieve dos días antes. No obstante, para la hora del almuerzo se veía bien. Estaba llena de regocijo con la muñeca Madame Alexander que le había traído Santa, y con los demás juguetes y el nuevo trineo. Salió con Tommy y jugaron durante una hora; cuando entraron esa tarde por su chocolate caliente sus mejillas estaban rojas y se veía muy saludable.

—Entonces qué, princesa —sonrió feliz su padre dirigiéndose a ella, al tiempo que chupaba su pipa. Liz le había regalado una nueva muy bella, de Holanda, y un anaquel tallado a mano para que guardara las viejas—, ¿fue bueno contigo Santa Claus?

—El mejor —rió ella—. Mi nueva muñeca es tan bonita, papi —le dirigió una sonrisa como si casi supiera quién se la había dado, pero por supuesto que no lo sabía. Todos se empeñaban en conservar el mito para ella, aunque algunos de sus amigos ya sabían. Liz insistía en que Santa Claus visitaba a todos los niños buenos, e incluso a algunos no tan buenos, con la esperanza de que se portaran mejor. Pero no había duda respecto a cuál tipo de niño pertenecía Annie. Era la mejor, para ellos, y para cualquiera que la conociera.

Tuvieron visitas esa tarde: tres familias que vivían cerca y dos de los administradores de John, con sus esposas e hijos. Pronto la casa se llenó de risas y juegos. También había algunos jóvenes de la edad de Tommy, a los que les mostró su caña de pescar nueva.

Apenas podía esperar que llegara la primavera para usarla.

Fue una tarde cálida y agradable, y tuvieron una cena tranquila esa noche, después de que todos se habían marchado. Liz había preparado sopa de pavo y comieron los sobrantes del almuerzo, y algunos de los dulces que les habían regalado los invitados.

—Creo que no volveré a comer en un mes —dijo John, estirándose en su silla, en tanto que su esposa sonreía; entonces notaron que Annie se veía pálida y con ojos vidriosos, y tenía dos puntos brillantes en las mejillas, que se veían como el colorete con el que le gustaba jugar.

—¿Tomaste de nuevo mi maquillaje? —interrogó Liz con una mirada mezcla de preocupación y diversión.

—No... estaba en la nieve... y entonces yo... —parecía estar confundida, y luego miró a Liz, sorprendida, como si no estuviera segura de lo que acababa de decir y eso la asustó.

—¿Estás bien, cariño? —Liz se inclinó sobre ella para tocar con ternura su frente; estaba ardiendo. Había estado feliz esa tarde, había jugado con su nueva muñeca y con sus amigos, y parecía estar corriendo por la sala o la cocina cada vez que Liz la veía—. ¿Te sientes enferma?

—Algo así —Annie se encogió de hombros y de pronto pareció más pequeña de lo que era cuando habló; Liz la tomó en su regazo y la abrazó. Pero al sostenerla ahí podía decir que Annie tenía fiebre. Puso una mano en su cabeza de nuevo y pensó en llamar al doctor.

—Odio molestarlo la noche de Navidad —dijo Liz, pensativa. Estaba haciendo un frío penetrante otra vez. Se aproximaba una tormenta por el norte y decían que nevaría una vez más antes de que amaneciera.

—Estará bien después de una buena noche de sueño —comentó con calma John. Por naturaleza, él se preocupaba menos que Liz—. Fue demasiada emoción para una pequeña —habían andado de un lado para otro durante días: visitas a amigos, el juego de Tommy, la Nochebuena y todos los preparativos para la Navidad. Liz decidió que tal vez él tenía razón. Era demasiado para una niña pequeña—. ¿Qué tal irte a la cama cabalgando en los hombros de papi? —a ella le agradó la idea, pero cuando él trató de levantarla, la niña gritó con aspereza y dijo que le dolía el cuello.

—¿Qué crees que tenga? —inquirió Liz, cuando salía John de la recámara de Annie.

—Sólo un resfriado. Todos en el trabajo han tenido por semanas y estoy seguro de que en la escuela todos los niños están enfermos. Ella se pondrá bien —tranquilizó a su esposa, dándole una palmada en el hombro. Ella sabía que John tenía razón, pero siempre se preocupaba por cosas como la polio o la tuberculosis—. Ella estará bien —le enfatizó de nuevo John, sabiendo la inclinación que tenía Liz a preocuparse con exageración—. Te lo prometo.

Entonces entró ella para besar a Annie y se sintió mejor cuando la vio. Sus ojos estaban brillantes y, aunque su cabeza estaba caliente y todavía estaba pálida, parecía coherente por completo. Quizá sólo estaba cansada y demasiado excitada. Su esposo tenía razón. Tenía un resfriado o algún virus gripal.

—Duérmete y, si te sientes mal, llámanos —le dijo Liz en tanto la arropaba y la besaba—. Te amo muchísimo, cariño... y gracias por el hermoso dibujo que nos hiciste a papi y a mí para Navidad —también le había hecho un cenicero a John, para su pipa, y lo pintó de verde brillante, que era su color favorito.

Al parecer Annie se quedó dormida antes de que Liz saliera de su recámara. Después de lavar los platos regresó para ver cómo estaba. Para entonces Annie estaba aún más caliente, y se agitaba y se quejaba dormida, pero no se despertó cuando Liz la tocó. Eran las diez de la noche y Liz decidió que valía la pena llamar al doctor.

Estaba en su casa y ella le explicó que Annie tenía fiebre. Liz no había querido despertarla para ponerle el termómetro, pero tenía 38 °C cuando la llevó a acostar, lo cual no era peligroso. Le mencionó el cuello rígido y el doctor le dijo que los dolores eran comunes en la gripe. Él estuvo de acuerdo con John en que tal vez sólo estuviera muy cansada y hubiera contraído un resfriado durante el fin de semana.

—Tráigamela mañana en la mañana, Liz, si la fiebre cedió; de lo contrario pasaré a verla. Llámeme cuando despierte. Pero ella estará bien. Tengo un par de docenas de esos malos resfriados con fiebre. No significan mucho, pero son bastante molestos mientras duran. Manténgala abrigada, la fiebre podría ceder incluso antes de que amanezca.

—Muchas gracias, Walt —Walter Stone había sido el médico familiar desde antes de que naciera Tommy y era un buen amigo. Como siempre, Liz se había tranquilizado desde el momento en que le llamó. Y él estaba en lo cierto. Obviamente no era nada.

Ella y John se sentaron en la sala un largo rato esa noche, platicando sobre sus amigos, sus vidas, sus hijos, cuán afortunados eran, cuántos años habían transcurrido desde que se conocieron y qué tan plenos habían sido. Era el momento de evaluar y estar agradecidos.

Revisó a Annie una vez más antes de irse a dormir y al parecer ya no estaba caliente y, de hecho, se veía menos inquieta. Se hallaba muy apacible, respirando con suavidad. Bess, la perra, yacía cerca de los pies de la cama, como lo hacía con frecuencia. Ni la niña ni la perra se inquietaron cuando Liz salió del dormitorio y regresó a su propia habitación.

—¿Cómo está? —le preguntó John mientras se metía en la cama.

—Está bien —sonrió Liz—. Lo sé. Me preocupo demasiado. No puedo evitarlo.

—Es parte de los motivos por los que te amo. Cuidas tanto de nosotros. No sé qué hice para tener tanta suerte.

—Sólo fuiste astuto, supongo, para atraparme cuando tenía catorce años —ella nunca había conocido o amado a otro hombre ni antes ni desde entonces. Y en los treinta y dos años que habían pasado desde que lo conoció, su amor por él había crecido hasta la pasión.

—No te ves mucho mayor de catorce ahora, sabes —dijo él casi con timidez, y la atrajo con ternura a la cama. Ella se dejó llevar con facilidad y John le desabotonó con lentitud la blusa, en lo que ella se quitaba la falda de terciopelo que usó para la Navidad—. Te amo, Liz —susurró cerca de su cuello, mientras ella sentía crecer su deseo, y sus manos recorrieron con calma sus hombros desnudos hasta sus senos que esperaban y sus labios se unieron con firmeza a los de ella.

Yacieron juntos por largo rato, hasta que se quedaron dormidos, saciados y contentos. Sus vidas estaban llenas de las buenas cosas que habían construido y encontrado a lo largo de los años. El suyo era un amor que ambos respetaban y cuidaban. Y Liz estaba pensando en él mientras se deslizaba para dormir en sus brazos. Él la atrajo hacia sí, yacía justo detrás de ella, con sus brazos firmes alrededor de su cintura, sus rodillas justo detrás de las de ella, contorneando con el cuerpo su trasero, anidando su rostro entre su fino cabello rubio, y durmieron tranquilamente hasta el amanecer.

Al día siguiente, ella revisó a Annie de nuevo tan pronto como se despertó. Liz todavía estaba poniéndose su bata y amarrándosela cuando entró a la recámara de Annie y la vio ahí, aún dormida. No parecía enferma, pero tan pronto como Liz se acercó, vio que tenía una palidez mortecina y que apenas respiraba. El corazón de Liz de pronto latió con violencia al sacudir un poco a la niña; esperó a que se moviera, pero sólo hubo un gemido suave y Annie no se despertó cuando la movió su mamá, ni siquiera cuando Liz la sacudió más fuerte y comenzó a gritar su nombre. Tommy la escuchó antes que John y llegó corriendo para ver qué sucedía.

—¿Qué pasa, mamá? —era como si hubiera sentido algo en el momento en que la había escuchado. Aún tenía la pijama puesta, se veía medio dormido y traía el pelo despeinado.

—No lo sé. Dile a tu papá que llame al doctor Stone. No puedo despertar a Annie —Liz empezaba a llorar conforme hablaba. Puso su rostro cerca del de su hija y pudo sentir su respiración, pero Annie estaba inconsciente y Liz pudo comprobar de inmediato que la fiebre se le había disparado desde la noche anterior. Ni siquiera se atrevió a dejarla lo suficiente como para ir por el termómetro al baño—. ¡Apúrate! —le gritó a la silueta que se retiraba y entonces trató de sentar a la niña. Ella se movió un poco esta vez y hubo un poco de llanto amortiguado, pero no habló ni abrió los ojos y tampoco parecía despertar. Al parecer no se daba cuenta de lo que sucedía a su alrededor; Liz sólo se sentó y la abrazó, llorando quedo—. Por favor, nena... por favor despierta... vamos... te amo... Annie, por favor... —Liz estaba llorando cuando John entró corriendo en la habitación un momento después, con Tommy detrás de él.

—Walt dijo que vendría de inmediato. ¿Qué sucedió? —miró atemorizado también, aunque no le agradaba admitir delante de Liz que estaba preocupado. Tommy lloraba suavemente justo detrás del hombro de su padre.

—No lo sé... creo que tiene una fiebre atroz... no puedo despertarla... oh, Dios... oh, John... por favor... —ella sollozaba, estrechando a su pequeña hija, sosteniéndola sentada ahí, meciéndola, pero esta vez Annie ni siquiera se quejó. Yacía sin vida en los brazos de su madre, mientras toda su familia la observaba.

—Se pondrá bien. A los niños les pasan cosas así y luego, dos horas después, están como si nada. Tú lo sabes —John trataba de ocultar el hecho de que tenía pánico.

—No me digas lo que sé. Sé que ella está muy enferma, eso es todo lo que sé —Liz le espetó con nerviosismo a su marido.

—Walt dijo que la llevaría al hospital de ser necesario —pero ya era obvio para todos que lo sería—. Por qué no te vistes —le sugirió John con amabilidad—. Yo la cuidaré.

—No voy a dejarla —replicó Liz con firmeza. Colocó a Annie de nuevo en su cama y alisó su cabello, mientras Tommy miraba aterrorizado a su hermana. Parecía casi muerta de tan blanca y, a menos que se le observara con mucho cuidado, no podía decirse si estaba respirando. Era difícil creer que se levantaría en cualquier momento, riendo, pero aun así deseaba creer que todavía podía suceder.

—¿Cómo se enfermó tan rápido? Estaba bien anoche —comentó Tommy, viéndose sobresaltado y confundido.

—Estaba enferma, pero pensé que no era nada de cuidado —Liz de pronto miró airada a John, como si fuera su culpa que ella no le hubiera pedido al doctor que viniera la noche anterior. Ahora le daba náusea pensar que habían hecho el amor mientras Annie se deslizaba en la inconsciencia en su recámara—. Debí hacer que Walt viniera anoche.

—No podías saber que se pondría así —la tranquilizó John, pero ella no respondió.

Entonces lo oyeron tocar a la puerta. John corrió a abrir y dejó entrar al doctor. Hacía un frío penetrante afuera y la tormenta anunciada había llegado. Estaba nevando y el mundo exterior se veía tan desolado como el de la recámara de Annie.

—¿Qué sucedió? —le preguntaba el doctor a John mientras se apresuraba hacia el dormitorio.

—No lo sé. Liz dice que su fiebre se elevó demasiado y no podemos despertarla —para entonces ya estaban en la puerta y, apenas reconociendo a Liz o a su hijo, el doctor dio dos pasos hasta la cama de Annie, la tocó, trató de mover su cabeza y revisó sus pupilas. Escuchó su pecho y examinó algunos de sus reflejos en completo silencio; entonces se volvió y los miró con una expresión dolorida.

—Necesito llevarla al hospital para que le hagan una punción lumbar, creo que es meningitis.

—Oh, Dios mío —Liz no estaba segura de las implicaciones de esto, pero estaba segura de que no eran buenas noticias, en especial dada la forma en que se veía Annie—. ¿Va a estar bien? —Liz apenas susurró las palabras, aferrándose al brazo de John, mientras Tommy, quien lloraba en la puerta, observando a la hermana que adoraba, era olvidado por el momento. Liz podía oír resonar su corazón en lo que esperaba la respuesta del doctor. Había sido su amigo durante tanto tiempo, incluso había ido a la escuela con ellos, pero ahora parecía el enemigo, mientras evaluaba el destino de Annie y se los comunicaba.

—No sé —dijo con honestidad—. Es una niñita muy enferma. Quiero llevarla al hospital de inmediato. ¿Puede ir alguno de ustedes conmigo?

—Iremos ambos —respondió John con firmeza—. Sólo permítenos un segundo para vestirnos. Tommy, tú quédate con el doctor y Annie.

—Yo... papá... —las palabras se le atragantaban, las lágrimas le salían más rápido de lo que podía detenerlas—. Quiero ir también... yo... tengo que estar ahí... —John estaba a punto de discutir con él y entonces asintió. Él comprendía. Sabía lo que significaba la niña para Tommy, para todos ellos. No podían perderla.

—Ve a vestirte —y luego se dirigió al doctor—. Estaremos listos en un minuto.

En su recámara, Liz estaba poniéndose la ropa. Ya se había puesto la ropa interior, un sostén, la faja y las medias. Se colocó una vieja falda, un par de botas y jaló un suéter, pasó aprisa un peine por su cabello, tomó su bolsa y un abrigo, y regresó corriendo a la recámara de Annie.

—¿Cómo está? —inquirió sin aliento al entrar en el dormitorio como una exhalación.

—No hay cambio —dijo el doctor con calma. Había estado examinando sus signos vitales constantemente. Su presión sanguínea estaba disminuyendo, su pulso era débil y se estaba deslizando cada vez más al estado de coma. El doctor la quería en el hospital de inmediato, pero sabía demasiado bien que aun en el hospital había poco que pudiera hacer contra la meningitis.

John también apareció vestido a la buena de Dios un momento después y Tommy apareció con su uniforme de hockey. Había sido lo primero que cayó en sus manos al abrir su armario.

—Vámonos —dijo John, sacando a Annie de la cama, mientras Liz la envolvía con dos pesadas frazadas. La pequeña cabeza estaba tan caliente que se sentía casi como un foco. Estaba seca y agrietada, y tenía los labios azul pálido. Corrieron hasta el automóvil del doctor y John se acomodó en el asiento trasero con Annie. Liz se deslizó a su lado, mientras Tommy se subía en el asiento delantero junto al doctor. Annie se movió de nuevo por un momento, pero no hizo ningún otro sonido en lo que llegaron al hospital; todo el grupo iba en silencio. Liz no dejaba de observar a la niña ni de alisar su cabello rubio hacia atrás para despejarle la cara. Besó su frente una o dos veces y el calor blanco de la cabeza de su hija la horrorizó cuando sus labios la tocaron.

John la llevó a la sala de emergencias y las enfermeras los estaban esperando. Walt había llamado antes de salir de la casa. Liz permaneció junto a Annie, sosteniéndole la mano y temblando mientras le hacían la punción lumbar. Habían querido que dejara la sala, pero ella había rehusado dejar a su hija.

—Me quedaré aquí con ella —les dijo con ardor. Las enfermeras intercambiaron una mirada y el doctor asintió con la cabeza.

Para el final de la tarde, sabían como un hecho contundente lo que el doctor había sospechado: Annie tenía meningitis. Su fiebre había subido aún más para esa tarde. Tenía 41.6 °C y ninguno de sus esfuerzos por disminuirla habían tenido algún efecto. Yacía en su cama del hospital, en el pabellón pediátrico, con la cortina cerrada a su alrededor y sus padres y hermano cuidándola; ella se quejaba por lo bajo de vez en cuando, pero no despertó ni se movió. Cuando el doctor la examinó, su cuello estaba rígido por completo. Él sabía que no podía durar mucho a menos que cediera la fiebre o recuperara la conciencia, pero no había nada que pudieran hacer para que volviera o para combatir a la enfermedad por ella. Todo estaba en manos de las parcas. Annie había llegado a ellos como un regalo cinco y medio años antes y les había brindado sólo amor y alegría, y ahora no podían hacer nada para impedir que el regalo les fuera arrebatado, excepto rezar y esperar, y rogarle que no los dejara. Pero al parecer ella no escuchaba nada mientras su madre permanecía a su lado y le besaba la cara, acariciando su manita ardiente. John y Tommy se alternaban sosteniéndole la otra mano y luego la dejaban para salir al pasillo a llorar. Ninguno de ellos se había sentido antes tan desamparado. Pero era Liz la que se negaba a que se fuera, o a rendirse sin pelear. Sentía que si la dejaba por un momento podría perder la batalla. No la iba a dejar escurrirse en silencio hacia la oscuridad, iba a aferrarse a ella, a resistir y a pelear por conservarla.

—Te amamos, nena... todos te queremos mucho... papi, Tommy y yo... tienes que despertar... tienes que abrir los ojos... vamos, cariño... vamos... sé que puedes hacerlo. Vas a ponerte bien... Tan sólo es un bicho tonto que trata de enfermarte y no lo vamos a dejar, ¿verdad?... vamos, Annie... anda, nena... por favor... —ella le hablaba incansablemente por horas, e incluso ya entrada la noche rehusó dejarla. Por fin aceptó una silla y se sentó, sosteniendo aún la mano de Annie; por momentos se quedaba sentada en silencio y otras veces le hablaba, y a veces John tenía que salirse porque no podía soportarlo. A la hora de la cena, las enfermeras se llevaron a Tommy porque estaba tan fuera de sí que ya no podía más, observando a su madre rogarle a Annie que viviera y a su hermanita, a quien amaba tanto, todavía tan sin vida. Podía ver lo que les estaba haciendo a su papá y a su mamá, y era demasiado para él. Se había quedado parado, sollozando, y Liz no había tenido fuerzas para consolarlo también. Lo abrazó por un momento y luego las enfermeras se lo llevaron. Annie la necesitaba demasiado. Liz no podía dejarla para ir con Tommy. Tendría que hablar con él más tarde.

Habría pasado como una hora desde que se fue Tommy cuando Annie dejó escapar un pequeño quejido por lo bajo, y luego sus pestañas parecieron agitarse. Por un minuto pareció como si pudiera abrir los ojos, pero no lo hizo. En cambio, se quejó de nuevo, pero esta vez apretó un poco la mano de su madre; después, como si simplemente hubiera estado dormida todo el día, abrió los ojos y miró a su mamá.

—¿Annie? —dijo Liz en un murmullo, atónita por completo por lo que acababa de ver. Le hizo señas a John para que se acercara. Él había regresado al cuarto y se había quedado cerca de la puerta—. Hola, nena... papi y yo estamos aquí y te queremos mucho —su padre había llegado junto a su cama para entonces, y cada uno de ellos permanecía a un lado de su almohada. La niña no podía mover su cabeza hacia ninguno de ellos, pero era evidente que podía verlos con claridad. Estaba soñolienta y cerró sus ojos de nuevo por un momento, luego los abrió con lentitud y sonrió.

—Te amo —dijo tan quedo que apenas se le podía escuchar—. ¿Tommy?...

—También está aquí —ríos de lágrimas se escurrían por el rostro de Liz mientras le respondía, y besó con ternura su frente mientras John lloraba también, sin avergonzarse ya de que su esposa lo viera. Amaban demasiado a su hija. Hubiera hecho cualquier cosa para ayudarla a vencer esto.

—Amo Tommy... —dijo otra vez por lo bajo— ...te amo —y entonces sonrió con claridad, viéndose más hermosa y más perfecta que nunca. Se veía como la hija perfecta, acostada ahí, tan rubia y con sus grandes ojos azules, y con las pequeñas mejillas redondas que a todos les gustaba besar. Ella les sonreía, como si supiera un secreto que ellos ignoraban. Entonces Tommy entró en el cuarto y la vio también. Ella miró hacia los pies de la cama y le sonrió directo. Él pensó que significaba que estaba mejor de nuevo y comenzó a llorar aliviado de que no la hubieran perdido. En eso, como si los abarcara a todos con sus palabras, dijo simplemente—: ...gracias... —con el más pequeño de los murmullos. Entonces cerró sus ojos, con una sonrisa, y un momento después estaba dormida, exhausta por sus esfuerzos. Tommy se regocijaba por lo que había visto mientras salía de nuevo de la habitación, pero Liz pensaba diferente. Sentía que algo andaba mal, que esto no era lo que parecía. Y mientras la observaba pudo sentir cómo se alejaba a la deriva. El regalo que había tenido se había ido de nuevo. Les había sido arrebatado. La habían tenido por tan breve tiempo, parecían escasos momentos. Liz se sentó sosteniendo su mano y observándola, mientras John iba y venía. Tommy dormía en una silla del pasillo. Era casi medianoche cuando finalmente los dejó. No abrió sus ojos nunca más. Nunca despertó. Había dicho lo que necesitaba decirles... le había dicho a cada uno de ellos cuánto los amaba... incluso les había agradecido... gracias... por cinco hermosos años... cinco pequeños y cortos años... gracias por esta pequeña vida dorada que se nos dio por tan breve tiempo. Liz y John estaban con ella cuando murió, cada uno sosteniéndole una mano, no tanto para hacerla regresar, sino para agradecerle también por todo lo que les había dado. Para entonces sabían que no podrían evitar que los dejara, tan sólo querían estar ahí cuando sucediera.

—Te amo —susurró Liz por última vez, mientras ella exhalaba el más pequeño de los últimos suspiros— ...te amo... —era sólo un eco. Los había dejado sobre las alas de un ángel. El regalo les había sido arrebatado.

Annie Whittaker era un espíritu. Y su hermano dormía en el pasillo, recordándola... pensando en ella... amándola... igual que todos... recordando cómo sólo unos días antes habían fingido ser ángeles en la nieve y, ahora, ella era uno real.

2

El funeral fue una agonía de dolor y ternura, el tipo de material del que están llenas las pesadillas de las madres. Fue dos días antes de la Noche Vieja y acudieron todos sus amigos, niños, padres, sus maestros del jardín de niños y de la guardería, los socios y empleados de John, y las profesoras que habían sido compañeras de trabajo de Liz. También estaba ahí Walter Stone. Les había dicho, llevándolos a un lugar apartado, que se reprochaba a sí mismo por no haber acudido la noche en que llamó Liz. Había supuesto que sólo era gripe o un resfriado, y no debería haber hecho esa suposición. Admitió también que, aun cuando hubiera acudido, no hubiera sido capaz de cambiar nada. Las estadísticas de la meningitis en niños pequeños eran devastadoras en casi todos los casos. Liz y John lo apremiaron con amabilidad para que no se culpara, y sin embargo Liz se culpaba a sí misma por no haberle pedido que fuera a su casa esa noche y John se culpaba por igual por haberle dicho a Liz que no era nada de cuidado. Ambos se odiaban a sí mismos por haber hecho el amor mientras su hija entraba en coma en su cama. Y Tommy no sabía bien por qué se sentía de ese modo, pero se culpaba también por la muerte de su hermana. Él debió haber sido capaz de lograr que hubiera sido diferente. Pero ninguno de ellos hubiera podido.

Annie había sido, como dijo ese día el sacerdote, un regalo para ellos por corto tiempo, un angelito que les había prestado Dios, una pequeña amiga que había venido para enseñarles a amar y para acercarlos más. Y lo había logrado. Cada persona sentada ahí recordaba la sonrisa traviesa, los grandes ojos azules, la carita radiante que hacía que todos rieran o sonrieran, o la amaran. No había nadie que dudara que la niña había venido a ellos como un regalo de amor. La interrogante era cómo vivirían de ahora en adelante sin ella. Les parecía a todos que la muerte de un niño representaba un reproche por todos los pecados de uno, y un recordatorio de todo lo que puede perderse en la vida en cualquier momento. Es la pérdida de todo, de la esperanza, de la vida, del futuro. Es una pérdida de calidez y de todas las cosas queridas. Y nunca hubo tres personas más solitarias que Liz, John y Tommy Whittaker en esa helada mañana de diciembre. Permanecían congelados a un lado de su sepultura, entre sus amigos, incapaces de alejarse de ella, incapaces de resistir el dejarla ahí en el pequeño ataúd blanco cubierto de flores.

—No puedo —le dijo Liz con voz ahogada a John cuando terminó el servicio, y él supo de inmediato lo que ella quería decir y la aferró del brazo, temiendo que pudiera ponerse histérica. Habían estado cerca de ello por días y Liz se veía todavía peor ahora—. No puedo dejarla ahí... no puedo... —se ahogaba en sollozos y, a pesar de su resistencia, John la atrajo hacia sí.

—Ella no está aquí, ella se ha ido... ahora está bien.
—Ella no está bien. Ella es mía... quiero que regrese... quiero que regrese —replicó ella, entre sollozos, mientras sus amigos se alejaban incómodos, sin saber cómo ayudarla. No había nada que uno pudiera hacer o decir, nada que aliviara el dolor o que la hiciera sentir mejor. Y Tommy estaba ahí parado observándolos, con el dolor por dentro, inmovilizado por Annie.

—¿Estás bien, hijo? —le preguntó su entrenador de hockey, cuando lo vio a la deriva, enjugándose las lágrimas de las mejillas sin siquiera tratar de ocultarlas. Tommy comenzó a asentir y entonces negó con la cabeza, derrumbándose en los fuertes brazos del hombre, llorando—. Lo sé... lo sé... Yo perdí a mi hermana cuando tenía veintiún años... ella tenía quince... esto apesta... realmente apesta. Tan sólo aférrate a los recuerdos... ella era una pequeña muy hermosa —dijo, llorando junto con Tommy—. Aférrate a todo, hijo. Ella regresará a ti en pequeñas bendiciones a lo largo de tu vida. Los ángeles nos dan dones como ése... a veces ni siquiera lo notas. Pero ellos están ahí. Ella está aquí. Habla con ella a veces cuando te sientas solo... ella te escuchará... tú la escucharás a ella... nunca la perderás —Tommy lo miró extrañado por un minuto, preguntándose si estaría loco, y después asintió. Su padre por fin había logrado arrancar a su madre de junto a la tumba, aunque apenas. Liz casi no podía caminar para cuando regresaron al automóvil y su padre se veía gris mientras conducía hacia su casa, y ninguno de ellos dijo una palabra.

La gente llegó durante toda la tarde y les trajo comida. Algunos sólo dejaron comida o flores en los escalones de la entrada, temerosos de molestarlos o de enfrentarlos. Pero sin embargo parecía haber una corriente constante de personas alrededor; otros permanecieron alejados, como si sintieran que si tocaban siquiera a los Whittaker les podría suceder a ellos también. Como si la tragedia pudiera ser contagiosa.

Liz y John se sentaron en la sala, luciendo exhaustos e inexpresivos, tratando de dar la bienvenida a sus amigos, y sintiéndose aliviados cuando fue lo bastante tarde para cerrar la puerta principal y dejar de contestar el teléfono. Durante todo ese tiempo, Tommy permaneció sentado en su propia recámara y no vio a nadie. Pasó por enfrente del cuarto de su hermana una o dos veces, pero no pudo soportarlo. Por último, cerró la puerta para no verla. Todo lo que podía recordar era cómo se veía esa última mañana, tan enferma, tan inanimada, tan pálida, sólo horas antes de dejarlos. Era difícil recordar ahora como lucía cuando estaba bien, cuando estaba haciéndole bromas o riendo. De súbito, todo lo que podía ver era su cara en la cama del hospital, aquellos últimos minutos cuando dijo "gracias..." y luego murió. Estaba obsesionado por sus palabras, su rostro, las razones de su muerte. ¿Por qué había muerto? ¿Por qué había sucedido? ¿Por qué no pudo haber sido él en lugar de Annie? Pero no le dijo a nadie cómo se sentía, no le dijo nada a nadie. De hecho, durante el resto de la semana, los Whittaker no se dijeron nada entre sí. Sólo hablaron con sus amigos cuando tuvieron que hacerlo, y en el caso de Tommy ni siquiera eso.

La Noche Vieja vino y se fue como cualquier otro día del año, y el Año Nuevo pasó desapercibido. Dos días después regresó a la escuela y nadie le dijo nada.

Todos sabían lo que había sucedido. Su entrenador de hockey era amable con él, pero no mencionó de nuevo a su propia hermana ni a Annie. Nadie le hablaba a Tommy sobre el asunto y no tenía ninguna parte a donde ir con su pena. De pronto, incluso Emily, la chica a quien había estado cortejando torpemente por meses, le parecía como una afrenta porque había comentado sobre ella con Annie. Todo le recordaba lo que había perdido y no podía soportarlo. Odiaba el dolor constante, como el de un miembro amputado, y el hecho de que sabía que todos lo miraban con lástima. O tal vez pensaban que era extraño. No le decían nada. Lo dejaron solo, y así permaneció. E igual hicieron sus padres. Después de la ráfaga inicial de visitantes, dejaron de ver a sus amigos. Casi dejaron de verse entre sí. Tommy ya no comía con ellos nunca. No podía soportar sentarse a la mesa en la cocina sin Annie, no podía llegar a casa en la tarde y no compartir la leche y las galletas con ella. Simplemente no podía estar en su casa sin ella. Así que se quedaba en el entrenamiento lo más que podía y luego comía la cena que le dejaba su madre en la cocina. La mayor parte del tiempo, comía parado, cerca de la estufa, y luego tiraba la mitad a la basura. El resto del tiempo se llevaba un puñado de galletas y un vaso de leche a su recámara y se brincaba la cena por completo. Su madre parecía no comer ya más y su padre parecía llegar a casa cada vez más tarde del trabajo, y tampoco tenía hambre nunca. Las comidas reales parecían ser cosa del pasado para todos ellos. Estar juntos era algo que temían y evitaban. Era como si todos supieran que si los tres se reunían, la ausencia de la cuarta sería irresistiblemente dolorosa. Así que se escondían, cada uno de ellos por separado, de sí mismos y el uno del otro.

Todo les recordaba a Annie, todo despertaba su dolor como un nervio punzante que sólo se tranquilizaba en ocasiones por un segundo y, el resto del tiempo, era casi insoportable.

Su entrenador vio lo que le sucedía y uno de sus maestros lo mencionó justo antes de las vacaciones de primavera. Por primera vez en toda su carrera escolar, sus calificaciones habían descendido y a él no le preocupaba nada en absoluto. No sin Annie.

—El chico Whittaker anda mal —le comentó su asesor de grupo a la profesora de matemáticas un día en la mesa para los docentes de la cafetería—. Iba a llamar a su madre la semana pasada y entonces la vi en el centro. Se ve peor que él. Creo que todos ellos lo tomaron muy a la tremenda cuando murió su hijita el invierno pasado.

—¿Y quién no? —dijo compasiva la profesora de matemáticas. Ella tenía hijos y no podía imaginar cómo sobreviviría algo así—. ¿Qué tan mal va? ¿Ha reprobado algo?

—Todavía no, pero le falta poco —dijo con honestidad—. Solía ser uno de mis mejores estudiantes. Sé cuánto se preocupan sus padres por su educación. Su padre incluso ha comentado acerca de enviarlo a un colegio de la Ivy League,* si él lo deseaba y tenía las calificaciones. Seguro que ahora no las tiene.

—Puede recuperarse de nuevo. Sólo han pasado tres meses. Dale una oportunidad al chico. Creo que debemos dejarlos solos, a él y a sus padres, y ver cómo

---

* Grupo de universidades en el noroeste de los Estados Unidos que son famosas por su prestigio académico y social. *N. del T.*

resulta al final del año escolar. Siempre podemos llamarlos si realmente toca fondo y reprueba un examen o algo así.

—Lo que pasa es que odio verlo hundirse de esa manera.

—Quizá no tiene otra opción. Tal vez en este momento tiene que luchar sólo para sobrevivir a lo que sucedió. Quizá eso es más importante. Aunque a veces me es difícil admitirlo, hay cosas más importantes en la vida que los estudios sociales y la trigonometría. Démosle una oportunidad al muchacho de recuperar el aliento y de recobrar su equilibrio.

—Han pasado tres meses —le recordó el otro maestro. Para entonces ya estaban a fines de marzo. Eisenhower llevaba ya dos meses en la Casa Blanca, la vacuna antipoliomielítica de Salk había sido probada con éxito y Lucille Ball había dado a luz al fin a su tan anunciado bebé. El mundo se movía con rapidez, pero no para Tommy Whittaker. Su vida se había detenido con la muerte de Annie.

—Escucha, a mí me tomaría toda una vida recuperarme de eso, si fuera mi hija —dijo con suavidad la más compasiva de los dos profesores.

—Lo sé —los dos profesores se quedaron callados, pensando en sus propias familias, y para el final del almuerzo acordaron dejar a Tommy caer un poco más. Pero todos lo habían notado. Él parecía no interesarse en nada. Incluso había decidido no jugar basquetbol ni beisbol esa primavera, aunque el entrenador estaba tratando de convencerlo. Y en casa su dormitorio era un desastre, sus quehaceres nunca eran realizados y, por primera vez en su vida, parecía estar constantemente peleado con sus padres.

Pero ellos también estaban peleados entre sí. Su madre y su padre parecían discutir todo el tiempo, y uno de ellos estaba siempre culpando al otro de algo a gritos. No le habían puesto gasolina al automóvil, sacado la basura, paseado al perro, pagado las cuentas, enviado los cheques, comprado el café, contestado una carta. Eran minucias, pero discutían. Su padre nunca estaba en casa. Su madre nunca sonreía. Y nadie parecía tener una palabra amable para los demás. Ya ni siquiera parecían tristes, sólo enojados. Estaban furiosos, entre sí, con el mundo, con la vida, con las parcas que con tanta crueldad les habían quitado a Annie. Pero nadie hablaba de eso nunca. Tan sólo gritaban y se quejaban por cualquier otra cosa, como el alto costo de su recibo de luz.

Era más fácil para Tommy permanecer alejado de ellos. Vagaba por el jardín la mayor parte del tiempo, sentándose bajo la escalera trasera y pensando, y había comenzado a fumar cigarrillos. Incluso había tomado un par de cervezas en una ocasión o dos. Algunas veces sólo se sentaba afuera, bajo la escalera trasera, fuera de la interminable lluvia que había estado cayendo a cántaros sobre ellos todo el mes, y bebía cerveza y fumaba cigarros Camel. Lo hacía sentirse terriblemente grande, y una vez incluso había sonreído, pensando que si Annie pudiera verlo se habría escandalizado. Pero ella no podía, y a sus padres ya no les importaba, así que no importaba lo que hiciera. Y además, ahora ya tenía dieciséis años. Un adulto.

—Me importa un comino que tengas dieciséis, Maribeth Robertson —le dijo su padre, una noche de marzo en Onawa, Iowa, a unos cuatrocientos kilómetros de donde Tommy se sentaba a emborracharse despacio con cerveza bajo las escaleras traseras de sus padres, observando cómo la tormenta aplastaba las flores de su madre—. No vas a salir con ese vestido tan ligero y con toda una tienda de maquillaje encima. Ve a lavarte la cara y quítate ese vestido.

—Papi, es el baile de primavera. Y todas usan maquillaje y vestidos de noche —la muchacha que su hermano mayor había invitado dos años antes, a su edad, se veía mucho más atrevida y su padre no puso ninguna objeción. Pero era la novia de Ryan, y eso era diferente por supuesto. Ryan podía hacer cualquier cosa. Él era hombre, Maribeth no.

—Si quieres salir, te pondrás un vestido decente, o puedes quedarte en casa y escuchar la radio con tu madre —la tentación de quedarse en casa era grande, pero su baile de segundo año nunca se repetiría. Estaba tentada a no ir, en especial si tenía que ir con algún vestido que la hiciera parecer una monja, pero en realidad tampoco quería quedarse en casa. Le habían prestado el vestido de la hermana mayor de una amiga y le quedaba un poco grande, pero pensaba que en verdad era precioso. Era de tafetán azul eléctrico, con zapatos teñidos para que hicieran juego que le mataban los pies porque eran de un número más chico, pero valían la pena. El vestido era sin tirantes, y llevaba una pequeña chaqueta tipo bolero encima, pero el escote del vestido mostraba los encantos con que había sido bendecida y sabía que eso era lo que había objetado su padre.

—Me dejaré puesta la chaqueta, papi. Te lo prometo.

—Chaqueta o no chaqueta, puedes usar ese vestido aquí en la casa con tu madre. Si vas al baile, será mejor que encuentres otra cosa que ponerte, o puedes olvidarte del baile. Y, para ser francos, no me importa si no vas. Todas esas muchachas parecen prostitutas con esos vestidos escotados. Tú no necesitas enseñar tu cuerpo para atrapar la mirada de un chico, Maribeth. Es mejor que aprendas eso de una vez, o traerás a casa a la peor clase de muchacho, no olvides lo que te digo —le contestó con severidad, y su hermana menor Noelle puso los ojos en blanco. Ella sólo tenía trece años y era mucho más rebelde de lo que Maribeth hubiera soñado ser. Maribeth era una buena muchacha, y también lo era Noelle, pero ella deseaba obtener más emociones de la vida que Maribeth. Aun a los trece, sus ojos bailaban cada vez que un muchacho silbaba. A los dieciséis, Maribeth era mucho más tímida y cautelosa respecto a desafiar a su padre.

Al final, Maribeth se fue a su recámara y se tiró en la cama, llorando, pero su madre llegó y la ayudó a encontrar algo que ponerse. No había mucho de donde escoger, pero tenía un bonito vestido azul marino con un cuello blanco y mangas largas que Margaret Robertson sabía que su esposo consideraría adecuado. Pero de sólo ver el vestido se le salieron las lágrimas a Maribeth. Era feo.

—Mamá, voy a parecer una monja. Todos se reirán de mí en el gimnasio —se veía con el corazón destrozado cuando miró el vestido que su madre le había elegido. Era un vestido que siempre había odiado.

—No todas llevarán vestidos como ése, Maribeth —dijo ella, señalando el vestido azul prestado. Era un vestido bonito, tenía que admitirlo, pero también la atemorizaba un poco. Hacía que Maribeth se viera como mujer. A los dieciséis, había sido bendecida, o maldecida, con senos llenos, caderas pequeñas, una cintura diminuta y unas largas piernas adorables. Incluso con ropas sencillas era difícil ocultar su belleza. Era más alta que la mayoría de sus amigas y se había desarrollado muy pronto.

Le tomó una hora convencerla de ponerse el vestido, y para entonces su padre estaba sentado en la sala de estar, interrogando a su acompañante para el baile sin sutileza ni piedad. Era un muchacho que Maribeth apenas conocía y se veía nervioso en extremo mientras el señor Robertson lo cuestionaba acerca del tipo de trabajo que deseaba tener cuando terminara la escuela, y admitió que no se había decidido. Bert Robertson le había explicado para entonces que algo de trabajo duro era bueno para un chico y que tampoco le haría ningún daño ingresar al ejército. David O'Connor estaba frenéticamente de acuerdo con él, con un aspecto de creciente desesperación, cuando por fin apareció Maribeth a regañadientes en la sala, con el odiado vestido y el collar de perlas de su madre para consolarla un poco. Llevaba puestos unos zapatos marineros bajos, en lugar de los zapatos de raso de tacón alto que había esperado usar, pero de cualquier modo destacaba sobre David, así que intentó decirse a sí misma que en realidad no tenía importancia. Sabía que lucía terrible, y el vestido oscuro estaba en contraste sombrío con la flama brillante de su cabello rojo, el cual la hacía cohibirse aún más. Nunca se había sentido tan fea, mientras saludaba a David.

—Te ves muy bonita —dijo David sin mucho convencimiento, vestido con el traje oscuro de su hermano mayor, el cual era varias tallas más grande que él, alargándole un ramillete a MariLeth, pero sus manos temblaban demasiado como para prendérselo, así que la madre de ella le ayudó.

—Que se diviertan —dijo con amabilidad la madre, sintiendo pena por ella, mientras se iban. En cierto modo, pensó que debía haberle permitido usar el brillante vestido azul. Se veía tan bonita con él y tan grande. Pero no tenía caso discutir con Bert una vez que había tomado una decisión. Y ella sabía cuánto se preocupaba por sus hijas. Dos de sus hermanas habían sido obligadas a casarse años antes y él siempre le había dicho a Margaret que, sin importar cómo lo lograría, eso nunca les iba a suceder a sus hijas. Ellas serían buenas chicas y se casarían con muchachos agradables. En su casa no habría fulanas, ni sexo ilícito, ni tejemanejes alocados, y nunca se había andado con rodeos al respecto. Sólo a Ryan se le permitía hacer lo que quisiera. Después de todo, él era hombre. Ahora tenía dieciocho años y trabajaba con Bert en su negocio. Bert Robertson tenía el taller de reparación de automóviles más exitoso de Onawa y, a tres dólares la hora, poseía un negocio bastante bueno y estaba orgulloso de ello.

A Ryan le gustaba trabajar para él y proclamaba que era tan buen mecánico como su padre. Se llevaban bien; a veces, los fines de semana, iban a cazar y a pescar juntos, y Margaret se quedaba en casa con las muchachas y las llevaba al cine o la ayudaban con su costura. Ella nunca había trabajado y Bert estaba orgulloso de eso también. No era un hombre rico ni mucho menos, pero podía llevar la cabeza erguida por todo el pueblo, y ninguna de sus hijas iba a cambiar eso por pedir prestado un vestido y asistir al baile de primavera vestida como una pava excesivamente sexual. Ella era una muchacha bonita, pero ésa era otra razón para contenerla y vigilar que no se desbocara como las hermanas de Bert.

Se había casado con una mujer sin atractivo; Margaret O'Brien había querido convertirse en monja antes de conocerlo. Y había sido una buena esposa por casi veinte años. Pero él nunca se habría casado con ella si hubiera parecido un artículo de lujo, del modo en que Maribeth había querido lucir, o se la hubiera pasado discutiendo, como lo hacía Noelle. Un hijo era mucho más fácil que una hija, había concluido años antes, aunque en realidad Maribeth nunca le había causado problemas. Pero tenía ideas extrañas, acerca de las mujeres y de lo que podían hacer y lo que no podían hacer, acerca de ir a la escuela e incluso a la universidad. Sus profesores le habían llenado la cabeza con ideas respecto a lo inteligente que era. Y no había nada malo en que una muchacha obtuviera una educación, hasta cierto punto, por lo que a Bert concernía, siempre y cuando supiera dónde detenerse y cuándo usarla. Bert decía con frecuencia que no se necesita ir a la universidad para aprender a cambiar un pañal. Un poco de escuela le iría bien para ayudarlo con su negocio, y a él no le importaría si estudiaba contabilidad y le ayudaba a llevar sus libros, pero algunas de sus ideas locas estaban fuera de toda proporción. Doctoras, ingenieras, abogadas, incluso la enfermería le parecía presionante a Bert. ¿De qué demonios estaba hablando ella? Algunas veces realmente lo intrigaba. Se suponía que las chicas debían comportarse de modo que no arruinaran sus vidas, o la de alguien más, y después se suponía que se casarían y tendrían hijos, tantos como sus esposos pudieran mantener o dijeran que deseaban. Y luego se suponía que cuidarían de sus esposos y sus hijos, y su hogar, y no le darían a nadie un montón de problemas. Le había dicho todo eso a Ryan, le había prevenido para que no se casara con alguna muchacha alocada y para que no embarazara a ninguna con la que no se quisiera casar. Pero las muchachas eran otra historia muy distinta. Se suponía que debían portarse bien... y no asistir medio desnudas a un baile ni volver locas a sus familias con ideas absurdas acerca de las mujeres. En ocasiones se preguntaba si sacaría esas ideas tan locas de las películas que iban a ver con Margaret. De seguro que no era de Margaret. Ella era una mujer tranquila que nunca le había causado algún problema. Pero Maribeth. Ella era otra historia por completo diferente. Era una buena chica, pero Bert siempre había pensado que sus ideas modernas le causarían muchos problemas.

Maribeth y David llegaron al baile más de una hora tarde y todos parecían estarse divirtiendo sin ellos. Aunque se suponía que no habría bebidas alcohólicas en el baile, algunos de los muchachos de su clase ya se veían tomados, y algunas de las muchachas también. Ella había notado a varias parejas en los autos estacionados afuera del baile cuando llegaron, pero intentó no darse por enterada. Era embarazoso ver eso con David. Apenas lo conocía, y ni siquiera eran amigos en realidad, pero nadie más la había invitado al baile, y ella quería ir, tan sólo para poder verlo, estar ahí, y ver cómo era aquello. Estaba cansada de que la dejaran fuera de todo. Nunca encajaba. Siempre era diferente. Por años, había sido la mejor de su clase y algunos de los otros la odiaban por eso, el resto nada más la ignoraba.

Y sus padres siempre la avergonzaban cuando iban a la escuela. Su madre era como un ratón y su padre era ruidoso y le decía a todos lo que tenían que hacer, sobre todo a su madre. Nunca se le resistía. La intimidaba y estaba de acuerdo con todo lo que él decía, aun cuando fuera obvio que se equivocaba. Y él era tan abierto acerca de todas sus opiniones, de las cuales tenía varios millones, sobre todo respecto a las mujeres, su papel en la vida, la importancia de los hombres y la poca importancia de la educación. Siempre se ponía a sí mismo como ejemplo. Era un huérfano de Buffalo y había salido adelante a pesar de sólo haber cursado hasta el sexto grado. Según él, nadie necesitaba más que eso, y el hecho de que su hermano se hubiera molestado en terminar la preparatoria había sido poco menos que un milagro. Había sido un pésimo estudiante y lo suspendían seguido por su comportamiento, pero como se trataba de Ryan y no de las chicas, su padre pensaba que era divertido. Para entonces Ryan probablemente sería un infante de marina y estaría en Corea, de no haber sido rechazado debido a sus pies planos y a la rodilla que se había roto jugando futbol. Ella y Ryan tenían muy poco que decirse. Siempre le era difícil a ella imaginar que provenían de la misma familia y que habían nacido en el mismo planeta.

Él era bien parecido y arrogante, y no muy brillante, y era difícil pensar que siquiera fueran parientes.

—¿Qué *es* lo que te interesa? —le preguntó un día, tratando de comprender quién era, y quizá quién era ella en relación con él, y Ryan la miró con asom bro, preguntándose por qué le habría hecho esa pregunta.

—Carros, chicas... cerveza... pasarla bien... Papá habla sobre el trabajo todo el tiempo. Está bien, supongo... siempre que yo pueda trabajar con automóviles y no en un banco o en una compañía de seguros o algo así. Supongo que soy bastante afortunado de trabajar para papá.

—Supongo —dijo ella en voz baja, asintiendo, viéndolo con sus grandes e interrogantes ojos verdes y tratando de respetarlo—. ¿Alguna vez quieres ser más que eso?

—¿Como qué? —parecía intrigado con la pregunta.

—Como cualquier cosa. Algo más que sólo trabajar para papá. Como ir a Chicago, o Nueva York, o tener un trabajo mejor... o ir a la universidad... —ésos eran los sueños de ella. Deseaba mucho más y no tenía a nadie con quien compartir sus sueños. Incluso las chicas de su clase eran diferentes a ella. Nadie podía imaginarse por qué se preocupaba tanto por las calificaciones o los estudios. ¿Qué diferencia había? ¿A quién le importaba? A ella. Pero, como resultado, no tenía amigos e iba al baile con chicos como David.

Pero aún tenía sus sueños. Nadie podía quitárselos. Ni siquiera su padre. Maribeth quería una carrera, un lugar más interesante para vivir, un trabajo apasionante, una educación si es que podía pagársela y por último un esposo al que amara y respetara. No podía imaginarse una vida con alguien a quien no admirara. No podía imaginar una vida como la de su madre, casada con un hombre que no le prestaba ninguna atención, que nunca escuchaba sus ideas y al que no le importaba lo que pensaba. Ella deseaba mucho más. Tenía tantos sueños, tantas ideas, que todos pensaban que estaba loca, excepto sus maestros, quienes sabían lo excepcional que era y deseaban ayudarla a librarse de las ataduras que la limitaban. Ellos sabían cuán importante sería para ella obtener una educación. Pero la única vez que había abierto un poco su alma fue cuando escribió un trabajo para una de sus clases, y entonces fue elogiada por sus ideas... pero sólo entonces, por un momento fugaz. Nunca hablaba con nadie de sus ideas.

—¿Quieres un poco de ponche? —le preguntó David.
—¿Eh?... —su mente estaba a un millón de kilómetros de allí—. Lo siento... Estaba pensando en otra cosa... Lamento que mi padre te diera lata esta noche. Tuvimos una discusión por mi vestido y tuve que cambiarme —ella se sentía más incómoda que nunca mientras hablaba.

—Es muy bonito —dijo él, nervioso, obviamente mintiendo. Era todo menos eso, y ella lo sabía. El vestido azul marino era tan aburrido y sin chiste que había requerido mucho valor para ponérselo. Pero ella estaba acostumbrada a ser diferente y ridícula. O debía estarlo. Ella era siempre la excepción, siempre lo había sido. Por eso David O'Connor se había sentido a gusto invitándola al baile. Sabía que nadie más lo haría. Ella tenía una bonita apariencia, pero era extraña, todos lo decían. Era demasiado alta, tenía un brillante cabello rojo y una figura estupenda, pero todo lo que le importaba era la escuela, y nunca tenía citas. Nadie se lo pedía. Él se imaginó que le diría que sí y tenía razón. No practicaba deportes, era bajito y tenía terribles problemas con su complexión. ¿A quién más podía haber invitado, de no ser Maribeth Robertson? Era la única elección posible a excepción de algunas chicas realmente feas con las que ni siquiera muerto hubiera querido salir. Y, a decir verdad, le gustaba Maribeth. Sólo que no estaba tan loco por su padre. El viejo en realidad lo había hecho sudar mientras la esperaba. Se preguntaba si quedaría atrapado ahí toda la noche cuando ella por fin apareció con su vestido azul marino con el cuello blanco. Y ella se veía bien. Aún se podía ver su magnífica figura, incluso bajo el feo vestido. ¿Qué diferencia había de cualquier modo? Estaba emocionado por bailar con ella y sentir su cuerpo junto al suyo. De sólo pensarlo tuvo una erección.

"¿Quieres un poco de ponche? —le preguntó de nuevo, y ella asintió. No quería, pero no sabía qué otra cosa decirle a él. Ahora lamentaba haber venido. El era un pelmazo y nadie más la iba a sacar a bailar; además se veía tonta con su vestido azul marino. Se hubiera quedado en casa a escuchar la radio con su madre, tal como la había amenazado su padre—. Regreso en un momento —le aseguró David y desapareció, mientras ella veía bailar a las demás parejas. La mayoría de las muchachas le parecían hermosas y sus vestidos eran de colores brillantes y faldas largas y chaquetas pequeñas, como la que estuvo a punto de usar si se lo hubieran permitido.

Le pareció que pasaron siglos antes de que David apareciera de nuevo y, cuando lo hizo, estaba sonriendo. Lucía como si tuviera un secreto emocionante y, tan pronto como probó el ponche, supo por qué él se veía tan feliz. Tenía un sabor chistoso, y ella se imaginó que alguien le había puesto alcohol.

—¿Qué es esto? —lo interrogó, olfateando hondo y dando un pequeño sorbo para confirmar sus sospechas. Sólo había probado el alcohol unas cuantas veces, pero estaba bastante segura de que el ponche había sido bautizado.

—Sólo un poco de jugo de la felicidad —sonrió él, viéndose de pronto más bajo y mucho peor de lo que lucía cuando la había invitado. Era un verdadero idiota y la manera en que la miraba con lascivia era repugnante.

—No quiero emborracharme —dijo ella de manera realista, lamentando haber asistido, en especial con él. Como de costumbre, se sentía como un pez fuera del agua.

—Vamos, Maribeth, sé amable. No te emborracharás. Sólo tomarás unos cuantos sorbos. Te hará sentir bien.

Ella lo miró más de cerca entonces y se dio cuenta de que había estado bebiendo mientras fue por las bebidas.

—¿Cuántas te has tomado?

—Los de penúltimo año tienen un par de botellas de ron detrás del gimnasio y Cunningham tiene una pinta de vodka.

—Grandioso. Qué fantástico.

—Sí, ¿verdad? —él sonrió feliz, contento de que ella no pusiera objeciones y por completo inconsciente de su tono. Ella lo recorría con la mirada, disgustada, pero al parecer él no lo notó.

—En seguida vuelvo —dijo ella con frialdad, y parecía mucho mayor que él. Su estatura y su comportamiento la hacían verse más grande de lo que era la mayor parte del tiempo, y junto a él parecía un gigante, aunque ella sólo medía un metro setenta y dos, pero David era diez o doce centímetros más bajo.

—¿A dónde vas? —él se veía preocupado. No habían bailado todavía.

—Al tocador —respondió ella, fría.

—Escuché que ahí también tenían una pinta.

—Te traeré un poco —dijo ella y desapareció entre la multitud. La banda estaba tocando *In the Cool, Cool, Cool of the Evening* y los chicos estaban bailando muy juntos; ella sólo se sentía triste mientras se abría paso para salir del gimnasio, pasando junto a un grupo de muchachos que obviamente intentaban ocultar una botella. Pero no podían ocultar sus efectos y, unos cuantos metros adelante, dos de ellos estaban vomitando contra la pared. Pero ella estaba acostumbrada a eso por su hermano. Se alejó de allí lo más que pudo y se sentó en una banca al otro lado del gimnasio, tan sólo para serenarse y dejar pasar un tiempo antes de regresar con David. Era obvio que él se iba a emborrachar y ella no se estaba divirtiendo. Con toda probabilidad regresaría caminando a su casa y olvidaría todo. Dudaba si después de unos cuantos tragos David notaría siquiera su ausencia.

Permaneció sentada en la banca largo rato, enfriándose en el aire nocturno, aunque en realidad no le importaba. Se sentía bien estando ahí, lejos de todos, de David, de los chicos de su clase y de los que no conocía, de los que bebían y vomitaban. También se sentía bien lejos de sus padres. Por un minuto deseó poder quedarse sentada ahí para siempre. Echó la cabeza para atrás, apoyándola contra la banca, y cerró sus ojos; estiró sus piernas, como si flotara en el aire frío, pensando.

—¿Demasiada bebida? —le preguntó una voz queda cerca de ella, haciéndola brincar cuando la oyó. Volteó hacia arriba para ver un rostro familiar. Era un alumno de último año, y estrella de futbol, y él no tenía idea de quién era ella. No podía imaginarse lo que él estaba haciendo ahí o por qué se molestaba en hablarle. Quizá pensó que era otra persona. Ella se enderezó y negó con la cabeza, esperando que se fuera y la dejara.

—No. Sólo demasiada gente. Demasiado de todo, supongo.

—Sí, me pasa lo mismo —reconoció él, sentándose junto a Maribeth, sin ser invitado; era imposible no percatarse de lo guapo que era, aun a la luz de la luna—. Odio las multitudes.

—Eso es un poco difícil de creer —replicó ella, sonando divertida y sintiéndose extrañamente cómoda con él, aun cuando él era un héroe en la escuela. Pero todo era tan irreal aquí, sentados fuera del gimnasio, en una banca en la oscuridad—, siempre estás rodeado de personas.

—¿Y tú? ¿Cómo sabes quién soy? —sonaba intrigado y se veía espléndido—. ¿Quién eres tú?

—Soy Cenicienta. Mi Buick se acaba de volver calabaza, y mi acompañante se convirtió en borracho, y vine aquí buscando mi zapatilla de cristal. ¿La has visto?

—Es posible. Descríbela. ¿Cómo sé que en realidad eres Cenicienta? —se divertía con ella y se preguntaba por qué nunca la había notado antes. Llevaba un vestido feo, pero tenía una cara, y una figura, fantástica y un buen sentido del humor—. ¿Estás en el último año? —de pronto se veía interesado, aunque todos en la escuela sabían que salía con Debbie Flowers desde que estaban en segundo año. Incluso corría el rumor de que se casarían después de la graduación.

—Estoy en segundo año —contestó ella con una sonrisa forzada, sorpresivamente honesta, aun cuando estaba frente al príncipe Encantador.

—Tal vez por eso no te había conocido —dijo él con honestidad—. Pero te ves mayor.

—Gracias, supongo —ella le sonrió, pensando que debería regresar con David o comenzar a caminar hacia su casa. No debería estar sentada ahí sola con uno del último año. Pero se sentía segura ahí.

—Me llamo Paul Browne. ¿Cuál es el tuyo, Cenicienta?

—Maribeth Robertson —sonrió y se levantó.

—¿A dónde vas? —él era alto, con cabello oscuro y una sonrisa deslumbrante, y se veía desilusionado.

—Ya me iba a casa.

—¿Sola? —ella asintió—. ¿Quieres que te lleve?

—Estaré bien, gracias —no podía creer que estaba rechazando un paseo con Paul Browne, estrella del último año. ¿Quién lo habría creído? Ella rió, pensando en ello, vaya logro.

—Vamos, al menos te acompañaré de regreso al gimnasio. ¿Le dirás a tu acompañante que te irás?

—Así debe ser, supongo —caminaron despacio de vuelta hasta la entrada principal del gimnasio, como viejos amigos, y tan pronto se acercaron ella vio a David, ya borracho sin remedio, compartiendo tembloroso una botella con media docena de amigos. Adentro había prefectos pero, a pesar de ellos, los muchachos parecían estar haciendo lo que querían—. Creo que no necesito decirle nada —dijo Maribeth con discreción y se detuvo mucho antes de llegar junto a él, mirando a Paul con una sonrisa. Era mucho más alto que ella—. Gracias por acompañarme. Me iré a casa ahora —la noche había sido un completo desperdicio para ella. Había tenido un mal rato, excepto por la plática con Paul Browne.

—No puedo dejarte ir a casa sola. Vamos, deja que te dé un aventón, ¿o tienes miedo de que mi Chevy se convierta también en una calabaza?

—No lo creo. ¿No eres tú el guapo príncipe? —le preguntó, bromeando, pero sintiéndose luego avergonzada. En realidad era el príncipe guapo y ella sabía que no debía haberlo mencionado.

—¿Lo soy? —dijo con sarcasmo, viéndose increíblemente guapo y sofisticado mientras la ayudaba a subir al coche. *Era* un Bel Air 1951 muy bien conservado, impecable, con las nuevas molduras cromadas y la vestidura interior tapizada de cuero rojo.

—Me gusta tu calabaza, Paul —bromeó, y él rió; cuando ella le dio su dirección Paul le sugirió que fueran por una hamburguesa y una malteada.

—No creo que te hayas divertido mucho. Tu acompañante parecía un desgraciado... perdón, tal vez no debí decir eso... pero en realidad él no hizo mucho por ti esta noche. Te apuesto a que ni siquiera bailaron. Muy bien podrías divertirte un poco camino a casa. ¿Qué opinas? Es temprano —lo era y ella no tenía que regresar a su casa hasta medianoche.

—Está bien —dijo, precavida, deseando estar con él, y más impresionada con él de lo que quería admitir. Era imposible no estarlo—. ¿Viniste solo esta noche? —lo interrogó, preguntándose que habría sucedido con Debbie.

—Sí, así es. De nuevo soy agente libre —por la forma en que Maribeth le preguntó él sospechó que sabía de Debbie. Todos en la escuela sabían. Pero ellos habían roto dos días antes, porque Debbie se había enterado de que él había salido con otra en las vacaciones de fin de año, pero él no le había dado ninguna explicación—. Creo que tengo suerte, ¿no, Maribeth? —sonrió de una manera que la desarmó y le hizo preguntas sobre ella, mientras se dirigían a Willie's, el merendero que todos los chicos populares frecuentaban a todas horas del día y de la noche. Cuando llegaron, la rocola sonaba a todo volumen y el lugar estaba atestado. Parecía haber más gente que en el baile; de pronto se volvió más consciente que nunca del feo vestido que sus padres la habían obligado a usar y de quién era él. De pronto sintió cada minuto de sus dieciséis, y menos. Y Paul casi tenía dieciocho. Pero era como si él sintiera su timidez, ya que le presentó a todos sus amigos. Algunos de ellos elevaban las cejas de manera interrogativa, deseando saber quién era ella, pero nadie pareció objetar que se les uniera. Para su sorpresa fueron amables con ella, como invitada de Paul, y pasó un momento agradable, riendo y hablando. Compartió con él una hamburguesa con queso y una malteada, y bailaron media docena de melodías de la rocola, incluyendo un par de piezas lentas, momento en que él la sostuvo impresionantemente cerca y sintió sus pechos oprimidos contra él. Maribeth pudo sentir de inmediato el efecto en él, lo cual la avergonzó, pero Paul no le permitió apartarse y la mantuvo cerca de sí mientras bailaban, y luego él bajó la mirada y le sonrió con amabilidad.

"¿Dónde habías estado los últimos cuatro años, pequeña? —dijo Paul, sonando ronco, y ella le sonrió en respuesta.

—Creo que has estado demasiado ocupado para notar dónde estaba —replicó, honesta, y a él le gustaba eso de ella.

—Creo que tienes razón, he sido un tonto. Esta debe ser mi noche de suerte —la acercó de nuevo y dejó que sus labios se deslizaran contra su cabello. Había algo en ella que lo excitaba. No era sólo su cuerpo, o los espectaculares senos que se había encontrado cuando bailaban, era algo que había en la forma en que ella lo miraba, en la manera en que le respondía. Había algo muy brillante, temerario y valiente en ella, como si no temiera nada. Paul sabía que era sólo una niña, y una muchacha de segundo año estaría un poco intimidada por un chico del último año, sin embargo ella no lo estaba. No le tenía miedo a él ni a decir lo que pensaba, y le agradaba eso de ella. Su rompimiento con Debbie había herido su ego y Maribeth era el bálsamo que necesitaba para aliviarlo.

Regresaron a su automóvil y él se volvió a mirarla. No deseaba llevarla a su casa. Le gustaba estar con ella. Le gustaba todo en ella. Y para ella, era una experiencia embriagadora el solo hecho de estar con él.

—¿Quieres dar un pequeño paseo? Sólo son las once —habían dejado el baile tan temprano que habían tenido tiempo de sobra para platicar y bailar en Willie's.

—Creo que sería mejor ir a casa —dijo ella con cautela, mientras él encendía el auto, pero se dirigió al parque en lugar de ir hacia la casa de ella. Eso no le preocupaba a ella, pero no deseaba llegar demasiado tarde. Se sentía segura con él. Había sido un perfecto caballero toda la noche, mucho más que David.

—Sólo una pequeña vuelta, luego te llevaré a tu casa, te lo prometo. Lo que pasa es que no quiero que termine la noche. Esto ha sido especial para mí —dijo él de modo significativo, y ella pudo sentir la cabeza de Paul dando vueltas con excitación. ¿Paul Browne? ¿Qué tal si esto era en serio? ¿Qué tal si él se hacía su novio en lugar de seguir con Debbie Flowers? No podía creerlo—. Me la he pasado muy bien, Maribeth.

—Yo también. Mucho mejor que en el baile —ella rió. Después charlaron con facilidad por unos minutos, hasta que se dirigió a un área aislada cerca del lago, detuvo el auto y se volvió frente a ella.

—Eres una muchacha especial —dijo, y no hubo ninguna duda en la mente de Maribeth de que lo decía en serio. Paul abrió la guantera y sacó una botella pequeña de ginebra y se la ofreció a Maribeth—. ¿Quieres un pequeño trago?

—No, gracias. No bebo.

—¿Cómo es eso? —parecía sorprendido.

—En realidad no me gusta —él pensó que era extraño, pero se la ofreció de todas maneras. Ella comenzaba a rehusarse, pero como él insistió, tomó un pequeño sorbo, para no herir sus sentimientos. El líquido transparente le quemó la garganta y los ojos al descender, y le dejó una sensación caliente en la boca, haciéndola sentirse sofocada, mientras él la tomaba entre sus brazos y la besaba.

—¿Te gusta más esto que la ginebra? —le preguntó, sensual, después de que la besó de nuevo; ella sonrió y asintió, sintiéndose mundana y excitada y un poco pecaminosa. Él era excitante más allá de lo creíble, y tan guapo—. A mí también —dijo él, y la besó otra vez, pero esta ocasión, le desabotonó el recatado vestido mientras ella trataba de mantener los botones en su lugar, pero los dedos de Paul eran más ágiles que los suyos y tenían más práctica y, en segundos, le tomaba los senos y se los acariciaba mientras la besaba jadeante, y ella no tenía idea de cómo detenerlo.

—Paul, no... por favor... —dijo en voz baja, deseando decirlo en serio, pero no lo logró. Sabía que tenía que hacerlo, pero era tan difícil no desearlo. Entonces él se inclinó y le besó los senos, y de pronto su sostén estaba desabrochado y la parte superior de su vestido estaba abierta por completo. La boca de Paul estaba sobre sus senos y luego en sus labios y entonces él acariciaba sus pezones con los dedos. Ella gimió a su pesar cuando Paul deslizó una de sus manos bajo su vestido y la encontró de manera experta y rápida, a pesar del intento de Maribeth por mantener juntas las piernas. Ella tenía que seguir recordándose que no deseaba lo que él le estaba haciendo. Ella deseaba que la asustara, y sin embargo nada de lo que hizo le causaba temor. Todo lo que él le hacía era excitante y delicioso, pero ella sabía que tenía que detenerlo y por fin lo empujó, sin aliento y fuera de control, y lo miró con arrepentimiento y negó con la cabeza, y él comprendió.

"No puedo. Lo siento, Paul —estaba pasmada por todo lo que la había hecho sentir él. Su cabeza le daba vueltas.

—Está bien —le dijo él con amabilidad—. Lo sé... debí haber... en verdad lo siento... —y mientras decía esto, la besó de nuevo y comenzaron todo otra vez, pero en esta ocasión fue mucho más difícil detenerse, y ambos se veían por completo despeinados cuando ella se apartó de Paul y vio sobresaltada que tenía la bragueta abierta. Entonces él le jaló la mano hacia sí y ella trató de evitarlo, pero estaba fascinada por lo que Paul estaba haciendo. Esto era lo que le habían advertido, lo que le habían dicho que no debería hacer nunca; sin embargo, era todo tan abrumador, no podía detenerse, ni detenerlo a él, y Paul se lanzó a sus manos mientras se las oprimía contra su cierre y ella se encontró acariciándolo, y recorriéndolo, mientras él la besaba, la recostaba en el asiento y se subía encima, palpitando con deseo y excitación—. Cielos... Maribeth, te deseó mucho... oh, nena... te amo... —entonces él le levantó de un tirón la falda y se bajó los pantalones, con lo que pareció un solo movimiento, y Maribeth lo sintió oprimiéndose contra ella, buscándola, necesitándola con desesperación, del mismo modo que ahora ella lo necesitaba a él, y con una sola oleada de placer y dolor, la penetró y, apenas moviéndose dentro de ella, tuvo un enorme estremecimiento más allá de su control y terminó menos de un minuto después—. Oh, cielos... oh, cielos... oh, Maribeth... —y entonces, mientras él regresaba despacio a la tierra, la miró, observándolo con la mirada fija, conmocionada, incapaz de creer lo que habían hecho, y le tocó con amabilidad la cara con los dedos—. Oh, Dios, Maribeth, lo siento... eras virgen... no pude contenerme... eres tan hermosa y te deseaba tanto... Lo siento, nena...

—Está bien —se encontró a sí misma tranquilizándolo, mientras él yacía aún dentro de ella y se retiraba despacio, sintiéndose excitado de nuevo, pero sin atreverse a intentarlo otra vez. De manera milagrosa Paul sacó una toalla de abajo del asiento e intentó ayudarla a arreglarse, mientras ella trataba con desesperación de no verse avergonzada. Entonces él tomó un gran trago de ginebra y luego le ofreció, y esta vez ella lo tomó, preguntándose si el primer sorbo la había hecho sucumbir a sus avances o si era que estaba enamorada de él, o él de ella, o qué significaba todo, y si ahora era su novia formal.

—Eres increíble —dijo él, besándola de nuevo y acercándola a él en el asiento—. Lamento que sucediera aquí, de esta manera. La próxima vez será mejor, te lo prometo. Mis padres van a salir del pueblo en dos semanas, puedes venir a mi casa —nunca se le ocurrió ni por un momento que quizá ella no deseaba continuar haciendo eso con él. Suponía que quería más, y no estaba del todo equivocado pero, en su mayor parte, Maribeth no estaba segura de lo que sentía. Todo su mundo se había puesto de cabeza en cuestión de minutos.

—¿Tú... y... Debbie...? —sabía aun antes de decirlo que era una pregunta estúpida, y él le sonrió, mirándola por un momento como un hermano mayor mucho más sabio.

—Eres joven, ¿no es así? Vamos a ver, ¿cuántos años tienes?

—Cumplí dieciséis hace dos semanas.

—Bueno, ahora eres una mujer —se quitó su saco y se lo puso sobre los hombros a Maribeth cuando vio que estaba temblando. Estaba conmocionada por lo que habían hecho, y entonces supo que tenía que hacerle una pregunta.

—¿Puedo quedar embarazada por esto? —la simple

idea la aterró, pero él la miró de modo tranquilizador. Y ella en realidad no sabía si lo que habían hecho representaba un riesgo grande.

—No lo creo. No por una vez como ésta. Quiero decir que podrías... pero no sucederá, Maribeth. Y la próxima vez seré cuidadoso —ella no estaba segura de lo que implicaba ser cuidadoso, pero sabía que si alguna vez lo hacían de nuevo, y era posible, quizá si se volvían novios, si Debbie Flowers lo hacía y esto era lo que él esperaba de ella, entonces descaría ser cuidadosa. Lo único que no deseaba ahora en su vida era un bebé. Incluso la más remota posibilidad la hacía temblar. No quería que la obligaran a casarse, como a sus dos tías. De pronto recordó todas las historias de su padre.

—¿Cómo sabré si lo estoy? —le preguntó con honestidad, cuando Paul encendía el auto, y él se volvió a mirarla, sorprendido de lo inocente que era ella. Le había parecido tan madura antes.

—¿No lo sabes? —la cuestionó, más que un poco sorprendido, y ella negó con la cabeza, honesta como siempre—. Perderías tu periodo —le avergonzó a Maribeth escucharlo decir eso, y asintió para demostrar que había entendido. Pero en realidad todavía no sabía mucho al respecto. Ya no quiso preguntarle más o él podría pensar que era increíblemente estúpida.

Paul habló muy poco mientras conducía hacia la casa de Maribeth, y al parecer miraba para todos lados cuando se detuvieron frente a la casa; entonces se volvió hacia ella y la besó.

—Gracias, Maribeth. Pasé una noche maravillosa —de algún modo ella esperaba que perder su virginidad significara algo más que "una noche maravillosa", aunque no tenía derecho a esperar más de él, y ella lo sabía. Había hecho mal en llegar a eso con él la primera noche que se conocieron y sabía que sería afortunada si se convertía en algo más. No obstante, Paul le había dicho que la amaba.

—Yo también pasé una noche maravillosa —dijo Maribeth, prudente y cortés—. Te veré en la escuela —concluyó, sonando esperanzada. Le devolvió su saco y corrió desde el auto hasta los escalones frontales de su casa. La puerta estaba abierta y ella entró. Faltaban dos minutos para la medianoche. Ella se sintió agradecida de que todos se hubieran ido a dormir. No tenía que explicar nada ni responder ninguna pregunta. Se aseó lo mejor que pudo, agradeciendo que no hubiera nadie por ahí que lo notara, y remojó en agua el borde de su vestido y luego lo colgó, tratando de no llorar. Siempre podría decir que alguien le había derramado ponche o que se había enfermado.

Se puso el camisón, temblando de la cabeza a los pies, y se apresuró a meterse en la cama, sintiéndose mal, y se quedó tendida ahí en la oscuridad, en la misma habitación que Noelle, pensando en todo lo que había sucedido. Quizá éste era el comienzo de una relación importante en su vida. Trató de tranquilizarse. Pero no estaba segura de lo que significaba todo, o qué tan serio era Paul Browne con respecto a ella. Estaba lo bastante pensativa como para preguntarse si él había hablado en serio. Esperaba que sí, pero había escuchado historias de otras chicas que habían llegado hasta el final y luego habían sido botadas por los tipos que se los habían hecho. Pero Paul no "le había hecho" nada. Ésa era la parte aterradora. Ella había deseado hacerlo con él. Ésta era la parte más escandalosa del asunto. Ella había querido hacer el amor con él. Una vez que él había comenzado a tocarla, ella lo deseó. Y ni siquiera ahora estaba arrepentida. Sólo estaba asustada por lo que había sucedido. Permaneció tirada en la cama por horas, aterrada, rogando que no hubiera quedado embarazada.

La mañana siguiente, durante el desayuno, su madre le preguntó si se había divertido y ella le dijo que sí. Lo chistoso era que nadie parecía sospechar nada y, por la forma en que se sentía, Maribeth esperaba que todos ellos vieran que de pronto era una persona diferente. Ya era adulta, una mujer ahora, lo había hecho y estaba enamorada del más maravilloso estudiante de último año de toda la escuela. Era absolutamente increíble para ella que nadie lo notara.

Ryan estaba de mal humor, Noelle había peleado con su madre por algo que había hecho la noche anterior. Su padre se había ido al taller, aunque era sábado, y su madre dijo que tenía jaqueca. Todos tenían sus vidas propias y nadie se percataba de que Maribeth se había transformado de oruga a mariposa y que había sido Cenicienta para el príncipe Encantador.

Pareció flotar en el aire todo el fin de semana, pero el lunes bajó a la tierra con un duro golpe cuando vio a Paul entrar a la escuela con un brazo alrededor de Debbie Flowers. Para el mediodía ya todos sabían la noticia. Debbie y él habían peleado, y se habían reconciliado, porque alguien había dicho que él había salido con otra chica el fin de semana, y Debbie no lo había podido soportar. Nadie conocía quién era ella, pero al parecer sabían que Debbie se había puesto furiosa y que para el domingo ya habían solucionado las cosas y una vez más eran novios. Maribeth sintió que su corazón se rompió en pedazos y no lo vio frente a frente hasta el miércoles. Paul fue muy amable con ella y dejó una palabra a medias mientras Maribeth intentaba apartar su cara de él mientras ponía algo en su casillero. Ella esperaba que se fuera, pero él la había estado buscando todos esos días y estaba contento de haberla encontrado.

—¿Podemos salir y hablar en alguna parte? —le preguntó con una voz baja que parecía llena de atractivo sexual y emoción pura.

—No puedo... lo siento... se me hace tarde para mi clase. Tal vez después.

—No me hagas esto —la tomó con ternura del brazo—. Mira, lamento lo que sucedió... en serio... en realidad estoy apenado... No debí hacer eso a menos que pensara... Lo lamento... ella está loca, pero hemos estado juntos por mucho tiempo. No quería lastimarte —Maribeth casi lloraba cuando vio que él hablaba en serio. ¿Por qué tenía que ser tan agradable? Pero habría sido todavía peor si no lo fuera.

—No te preocupes por mí. Estoy bien.

—No lo estás —replicó él con tristeza, sintiéndose más culpable que nunca.

—Sí, lo estoy —insistió ella, y de pronto las lágrimas le escocieron los ojos y deseó que todo hubiera sido diferente—. Mira, olvídalo.

—Sólo recuerda, estaré por aquí si me necesitas —ella se preguntó por qué le decía eso y pasó el mes siguiente tratando de olvidarlo. Se lo encontraba por todas partes, en los pasillos, afuera del gimnasio. De pronto parecía como si no pudiera evitarlo. A principios de mayo, seis semanas después de que Maribeth y Paul habían hecho el amor, él y Debbie anunciaron que estaban comprometidos y que se casarían en julio, después de la graduación. Y el mismo día Maribeth descubrió que estaba embarazada.

Sólo se había retrasado dos semanas, pero se la pasaba vomitando todo el tiempo; además, sentía diferente todo su cuerpo. Sus senos parecían enormes y estaban atrozmente sensibles, su cintura pareció expanderse durante la noche y todo el día tenía unas espantosas náuseas. Apenas podía creer que su cuerpo pudiera cambiar tanto en tan poco tiempo. Pero todas las mañanas, mientras yacía en el piso del baño después de vomitar, rogando que nadie la hubiera escuchado, sabía que no podría ocultarlo para siempre.

No sabía qué hacer, ni a quién decirle, o a dónde ir, y no deseaba decirle a Paul. Pero al cabo, a fines de mayo, acudió al doctor de su madre y le rogó que no le dijera a sus padres. Ella lloró tanto que el doctor estuvo de acuerdo, a regañadientes, y le confirmó que estaba embarazada. Paul se había equivocado, ella había quedado embarazada muy enfáticamente por "una sola vez". Dudaba si él le había mentido de manera intencional o si tan sólo era estúpido, cuando le dijo que no creía que pudiera suceder. Tal vez ambas cosas. Era con toda seguridad suerte de principiante, en cualquier caso, y se sentó en la mesa de reconocimiento, aferrándose a la sábana, con lágrimas que le rodaban por las mejillas, mientras el doctor le preguntaba qué pensaba hacer al respecto.

—¿Sabes quién es el padre del bebé? —la interrogó, y Maribeth se vio confusa y aún más mortificada por la pregunta.

—Por supuesto —replicó, humillada y desconsolada. No había una salida fácil para este dilema.

—¿Se casará contigo? —ella negó con la cabeza, su cabello rojo parecía en llamas, sus ojos eran como océanos verdes. El impacto completo de esto todavía no le había llegado, aunque la perspectiva de forzar a Paul a casarse con ella, aun si pudiera, era muy tentadora.

—Está comprometido con otra —dijo enronquecida, y el doctor asintió.

—Podría cambiar sus planes, dadas las circunstancias. Los hombres hacen eso —él sonrió con tristeza. Sentía pena por ella. Era una muchacha dulce y esto cambiaría su vida de modo inevitable para siempre.

—Él no cambiará sus planes —dijo Maribeth en voz baja. Había sido la clásica representación de una sola noche, una muchacha que ni siquiera conocía; aunque él le había dicho que estaría ahí si lo necesitaba. Bueno, ahora lo necesitaba. Pero eso no quería decir que se casaría con ella sólo porque la había embarazado.

—¿Qué les vas a decir a tus padres, Maribeth? —preguntó el doctor con expresión seria, y ella cerró los ojos, abrumada con el terror de sólo pensar en decírselo a su padre.

—Aún no lo sé.

—¿Te gustaría que yo hablara con ellos? —era una oferta amable, pero no podía imaginarse permitiendo que él hablara en su lugar. Sabía que tarde o temprano tendría que hacerlo.

—¿Qué hay respecto... respecto a deshacerse de él? —habló con valentía. No estaba por completo segura de cómo se hacía eso, excepto que sabía que algunas mujeres "se deshacían" de sus bebés. Una vez oyó a su mamá y a su tía discutiendo el tema y la palabra que habían murmurado era "aborto". Su madre había dicho que la mujer casi había muerto, pero Maribeth sabía que sería mejor eso que enfrentar a su padre.

Pero el doctor frunció el ceño de inmediato.

—Eso es costoso, peligroso e ilegal. Y no te quiero escuchar una palabra más al respecto, jovencita. A tu edad, la solución más simple es tener al bebé y darlo en adopción. Eso es lo que hace la mayoría de las muchachas de tu edad. El bebé llegará en diciembre. Puedes ir con las Hermanas de la Caridad desde el momento en que se te note y permanecer ahí hasta que nazca el bebé.

—¿Quiere decir regalarlo? —lo hacía sonar tan simple, aunque de alguna manera ella sospechaba que era más complicado, que había más acerca del proceso que él no había dicho.

—Así es —contestó el doctor, sintiendo pena por ella. Era tan joven y tan ingenua. Pero tenía el cuerpo de una mujer desarrollada y eso le había acarreado problemas—. No tienes que ir a esconderte de inmediato. Es probable que empiece a notarse hasta julio o agosto, quizá más tarde. Pero necesitas decírselo a tus padres —Maribeth asintió, sintiéndose petrificada, pero ¿qué podía decirles a ellos? Que había hecho el amor con un muchacho que ni siquiera conocía, en el asiento delantero de su auto, la noche del baile y que no se casaría con ella. Tal vez su madre incluso quisiera quedarse con el bebé. No podía imaginarse diciéndole a sus padres, mientras se ponía la ropa y salía del consultorio. El doctor había prometido no decirles nada a sus padres, hasta que ella lo hiciera, y Maribeth le creyó.

Buscó a Paul en la escuela esa tarde. La graduación era en dos semanas y ella sabía que sería erróneo presionarlo. Había sido culpa de ella tanto como de él, o al menos así pensaba, pero no podía olvidar lo que le había dicho.

Pasearon despacio por los campos de la escuela y se sentaron en la banca que estaba detrás del gimnasio, donde se habían conocido la noche del baile, y entonces se lo dijo.

—Oh, mierda. No lo estás —dejó escapar un largo y lento suspiro; parecía desesperadamente infeliz.

—Sí lo estoy. Lo lamento, Paul. Ni siquiera sé por qué te lo dije. Pensé que debías saberlo —él asintió, incapaz de decir nada por el momento.

—Me caso dentro de seis semanas. Debbie me mataría si se entera. Le dije que todo lo que oyó sobre ti eran mentiras y rumores.

—¿Qué escuchó ella? —Maribeth parecía curiosa, intrigada de que Debbie hubiera oído algo sobre ella.

—Que salí contigo esa noche. Todos los que estaban en Willie's le dijeron. Habíamos terminado. Era razonable. Sólo le dije que no era nada importante y que no había significado nada —pero a ella le dolió de cualquier forma escucharlo decir eso. Debbie era la que le importaba. Ella no.

—¿Y no significó nada? —Maribeth preguntó mordaz. Quería saber. Tenía derecho a saberlo. Ella iba a tener un bebé de él.

Paul la miró pensativo por un momento y luego asintió.

—Significó algo entonces. Tal vez no tanto como debería, pero así fue. Pensé que eras magnífica. Pero entonces Debbie me acosó todo el fin de semana, llorando. Dijo que estaba tratándola como basura y engañándola, y que le debía más que eso después de tres años, así que le dije que me casaría con ella después de la graduación.

—¿Eso es lo que quieres? —lo cuestionó Maribeth, mirándolo fijamente, preguntándose quién era él y qué deseaba en realidad. Ella no creía que Debbie fuera para él y se preguntaba si él lo sabría.

—No sé lo que quiero. Pero sé que no quiero un bebé.

—Ni yo —ella estaba segura de eso. No estaba segura de que algún día lo quisiera, pero en ese momento de ningún modo, y no con él. No importaba qué tan guapo fuera, era evidente, sentados ahí, que no la amaba. Ella no quería verse forzada a casarse con él, aun si él aceptaba, aunque era seguro que no lo haría. Maribeth no deseaba a un hombre que había mentido acerca de ella, o pretendido que nunca había salido con ella, o que no se preocupaba por ella. Quería a alguien, alguna vez, que estuviera orgulloso de amarla y de tener a su bebé. No a alguien que tuviera que casarse con una escopeta en la espalda.

—¿Por qué no te deshaces de él? —dijo Paul en voz baja, y Maribeth lo miró con tristeza.

—¿Te refieres a regalarlo? —eso era lo que planeaba hacer ella, y lo que el doctor había sugerido.

—No. Me refiero a un aborto. Conozco a una muchacha de último año que lo hizo el año pasado. Podría preguntar por ahí. Quizá podría conseguir algo de dinero. Eso es muy costoso.

—No, no quiero hacer eso, Paul —el doctor la había desalentado de explorar más por ese camino. Y también estaba incómoda, sin importar qué tan poco supiera al respecto, de que deshacerse de él significara asesinato.

—¿Piensas conservarlo? —la interrogó Paul, sonando aterrado. ¿Qué iba a decir Debbie? Lo mataría.

—No. Voy a regalarlo —le contestó. Había pensado en eso bastante. Parecía ser la única solución—. El doctor dice que puedo vivir con las monjas hasta que nazca y luego dárselo a ellas para que lo pongan en adopción —y entonces se volteó y le hizo una extraña pregunta—. ¿Te gustaría verlo? —pero el negó con la cabeza y se volvió hacia otro lado. Odiaba la manera en que ella lo hacía sentir, inadecuado y atemorizado, y enojado. Sabía que estaba siendo menos de lo que debería ser para ella. Pero no tenía las agallas para pasar esto con ella. Y no quería perder a Debbie.

—Lo lamento, Maribeth. Me siento como un hijo de perra —ella deseaba decirle que lo era, pero no pudo. Deseaba decirle que entendía, pero tampoco pudo hacer eso, porque no lo sentía. No comprendía nada. Qué les había sucedido, por qué lo habían hecho, por qué se había embarazado y por qué él se iba a casar con Debbie y no con ella, mientras ella se escondía con las monjas y tenía a su bebé. Todo estaba tan fuera de control.

Permanecieron sentados en silencio un rato más y luego él se marchó, y ella supo que nunca le volvería a hablar. Sólo lo vio una vez más, el día anterior a la graduación, y Paul no le dijo nada. Sólo la miró, y luego se alejó, y ella atravesó sola el campus, con las lágrimas recorriéndole el rostro, sin desear tener a su bebé. Era algo tan injusto, y ella se sentía más desesperada cada día.

En la semana posterior al final de las clases, un día

Maribeth se encontraba arrodillada contra el retrete, volviendo su estómago al revés, y había olvidado poner el seguro a la puerta, cuando su hermano entró y la vio.

—Lo siento, herma... cielos... ¿estás enferma? —Ryan se compadeció al instante de su hermana y entonces, igual de rápido, se le aclaró todo mientras la veía vomitar de nuevo, y él comprendió—. Rayos, estás embarazada —era una afirmación, no una pregunta.

Ella yacía ahí, con la cabeza descansando en el retrete durante largo rato, y al fin se levantó; su hermano aún la miraba, su rostro desprovisto de simpatía, sólo lleno de acusación.

—Papá te va a matar.

—¿Por qué estás tan seguro de que estoy embarazada? —intentó sonar tajante con él, pero su hermano la conocía mejor.

—¿Quién es el tipo?

—No es de tu incumbencia —le dijo ella, sintiendo que una ola de náusea la invadía de nuevo, mas por los nervios y el terror.

—Será mejor que le digas que vaya preparando su mejor traje o que comience a correr. Papá le partirá la cara si no hace lo correcto contigo.

—Gracias por el consejo —dijo Maribeth y salió del baño caminando despacio. Pero sabía que ahora sus días estaban contados. Y estaba en lo cierto.

Ryan le contó a su padre esa tarde y él vino a su casa hecho una furia y casi rompió la puerta de la recámara de Maribeth. Ella estaba recostada en su cama, mientras Noelle escuchaba sus discos y se pintaba las uñas. Él se llevó a rastras a Maribeth hasta la sala y llamó a gritos a su madre. Maribeth había estado intentando pensar en la manera en que se los iba a decir, pero ahora no tenía que hacerlo. Ryan lo había hecho por ella.

Su madre ya estaba llorando en el momento en que ella salió de su recámara y Ryan se veía severo, como si también lo hubiera agraviado a él. Su padre le había dicho a Noelle que permaneciera en su habitación. Parecía un toro enfurecido mientras echaba chispas por toda la sala, diciéndole a Maribeth que era igual que sus tías y que se había comportado como una prostituta, deshonrándolos a todos. Y entonces demandó saber quién la había embarazado. Pero ella estaba preparada para eso. No le importaba lo que le hicieran a ella, no iba a decírselo.

Maribeth había pensado que Paul era deslumbrante y emocionante, y le habría encantado enamorarse de él y hacer que la deseara. Pero Paul no estaba enamorado de ella y se iba a casar con otra. No quería comenzar su vida así, a los dieciséis, y arruinarla por completo. Ella tendría al bebé y luego lo regalaría. Y no podían forzarla a decirles.

—¿Quién es? —le gritó su padre una y otra vez—. No te dejaré salir de este cuarto hasta que me lo digas.

—Entonces estaremos aquí por mucho tiempo —replicó ella con calma. Había pensado tanto desde que se enteró que ni su padre la espantaba. Además, lo peor ya había pasado. Estaba embarazada. Ellos lo sabían. ¿Qué más podían hacerle?

—¿Por qué no nos dices quién fue? ¿Es un profesor? ¿Un muchacho? ¿Un hombre casado? ¿Un sacerdote? ¿Uno de los amigos de tu hermano? ¿Quién fue?

—No importa. Él no se casará conmigo —dijo ella con calma, sorprendida de su propia fuerza en medio del huracán que era su padre.

—¿Por qué no? —estalló él.

—Porque no me ama y yo no lo amo a él. Tan sencillo como eso.

—A mí no me parece tan sencillo —replicó su padre, sonando aún más enojado, mientras su madre lloraba y se retorcía las manos. Maribeth sentía terrible al verla. Odiaba herir a su madre—. Me suena como que te acostaste con algún tipo y ni siquiera lo amabas. Eso es algo muy podrido como para entenderlo. Hasta tus tías amaban a los hombres con los que se acostaron. Se casaron con ellos. Tienen vidas decentes e hijos legítimos. ¿Qué vas a hacer tú con este bebé?

—No lo sé, papá. Pensé en darlo en adopción, a menos que...

—¿A menos que qué? ¿Piensas tenerlo aquí y desgraciarte tú y a todos nosotros? Sobre mi cadáver y el de tu madre —su madre la miraba implorante, rogándole que arreglara este desastre, pero no había forma de que ella lograra eso.

—No quiero quedarme con el bebé, papá —dijo ella con tristeza, mientras las lágrimas le llenaban los ojos por fin—. Tengo dieciséis, no puedo darle nada, y yo quiero una vida también. No quiero renunciar a mi vida porque no puedo hacer nada. Ambos tenemos derecho a más que eso.

—Qué noble de tu parte —bramó él, furioso con ella más allá de las palabras—. Hubiera sido bueno que pudieras haber sido un poco más noble antes de bajarte las pantaletas. Mira a tu hermano, juguetea con montones de chicas y nunca ha embarazado a ninguna. Mírate tú, tienes dieciséis y tu maldita vida se ha ido por el retrete.

—No tiene que ser de ese modo, papá. Puedo ir a la

escuela con las monjas mientras estoy con ellas y luego regresar a la escuela en diciembre, después de tener al bebé. Puedo regresar después de las vacaciones de fin de año. Podríamos decir que estuve enferma.

—¿En serio? ¿Y quién piensas que va a creer eso? ¿Crees que las personas no hablan? Todos lo sabrán. Estarás deshonrada, y nosotros también. Serás una deshonra para toda esta familia.

—¿Entonces qué es lo que quieres que haga, papá? —preguntó desdichada, con las lágrimas rodándole ahora por el rostro. Esto era aún más duro de lo que pensó y no había soluciones fáciles—. ¿Qué quieres que haga? ¿Morirme? No puedo deshacer lo que hice. No sé qué hacer. No hay manera de hacer esto mejor —sollozaba, pero él se veía insensible. Se veía glacial.

—Tendrás que tener al bebé y ponerlo en adopción.

—¿Quieres que me quede con las monjas? —preguntó ella, esperando que le dijera que podía quedarse en casa. Vivir en el convento, lejos de su familia, la aterraba. Pero si él le decía que se fuera, no tendría otro lugar a donde ir.

—No puedes quedarte aquí —dijo su padre con firmeza—, y no puedes conservar al bebé. Vete con las Hermanas de la Caridad, regala al bebé y luego vuelve a casa —y le asestó el golpe final a su alma—. No quiero verte hasta entonces. Y no quiero que veas a tu madre ni a tu hermana —ella pensó por un momento que sus palabras la matarían—. Lo que has hecho es un insulto para nosotros y para ti misma. Has lastimado tu dignidad y la de nosotros. Rompiste nuestra confianza. Nos has deshonrado, Maribeth, y a ti misma. Nunca olvides eso.

—¿Por qué tiene que ser tan terrible lo que hice?

Nunca te mentí. Nunca te lastimé. Nunca te traicioné. Fui muy estúpida. Una sola vez. Y mira lo que me sucedió. ¿No es suficiente? No puedo remediarlo. Tendré que vivir con ello. Voy a tener que regalar a mi bebé. ¿No te basta con eso? ¿Cuánto tengo que ser castigada? —sollozaba y tenía el corazón destrozado, pero él permaneció implacable.

—Eso es entre tú y Dios. Yo no te estoy castigando. Él te castigó.

—Tú eres mi padre. Tú eres el que me está mandando lejos de aquí. Tú me estás diciendo que no quieres volver a verme hasta que regale al bebé... tú me prohibiste ver a mi hermana y a mi madre —y ella sabía que su madre jamás lo desobedecía. Sabía lo débil que era su madre, cuán incapaz de tomar sus propias decisiones, cómo estaba dominada por él. Todos estaban dándole la espalda, y Paul ya lo había hecho. Ahora estaba sola por completo.

—Tu madre es libre de hacer lo que le plazca —contestó él sin convencimiento.

—Lo único que le place eres tú —dijo Maribeth desafiante, haciendo que su padre se enojara todavía más—, y lo sabes.

—Lo único que sé es que nos deshonraste a todos. No esperes gritarme y haz lo que quieras, deshónranos a todos y trae a tu bastardo aquí. No esperes nada de mí, Maribeth, hasta que pagues por tus pecados y limpies tu propia porquería. Si no quieres casarte con ese chico, y él no se casa contigo, entonces no hay nada que yo pueda hacer por ti —se dio la vuelta y salió de la habitación, regresando cinco minutos más tarde. Ella ni siquiera había tenido la fuerza suficiente para regresar a su dormitorio. Su padre había hecho dos llamadas, una a su doctor y otra al convento. Ochocientos dólares bastarían para pagar una habitación, su pensión y sus gastos por seis meses, así como el parto atendido por las monjas. Le habían asegurado al señor Robertson que su hija estaría en buenas manos, su parto sería atendido de forma correcta en su enfermería, por un doctor y una partera. Y el bebé sería dado a una familia amorosa y su propia hija volvería a su casa una semana después del nacimiento del bebé, suponiendo que no hubiera complicaciones.

Él ya había acordado enviarla con ellas, y el dinero estaba en billetes nuevos dentro de un sobre blanco, el cual le extendió con una expresión glacial en el rostro. Su madre ya se había retirado envuelta en lágrimas a su propia recámara.

—Has disgustado terriblemente a tu mamá —le dijo su padre con una voz llena de acusación, negando cualquier intervención de su parte en el disgusto—. No quiero que le digas nada a Noelle. Vas a irte. Eso es todo lo que ella necesita saber. Regresarás en seis meses. Yo mismo te llevaré al convento mañana temprano. Empaca tus cosas, Maribeth —el tono de su voz le dijo que no bromeaba y ella sintió que la sangre se le helaba. A pesar de todos sus problemas con él, ésta era su casa, ésta era su familia, éstos eran sus padres, y ahora era desterrada de ahí. No tendría a nadie que le ayudara a pasar por todo esto. De pronto se preguntó si no debió haber hecho un jaleo mayor con Paul, si tal vez entonces él le habría ayudado... o quizá incluso la hubiera desposado a ella en lugar de a Debbie. Pero ahora era demasiado tarde. Su padre le estaba diciendo que se fuera. Deseaba que se marchara a la mañana siguiente.

—¿Qué le diré a Noelle? —Maribeth apenas pudo pronunciar las palabras. Estaba sin aliento por la pena de dejar a su hermana pequeña.

—Dile que vas a ir a una escuela en otra parte. Dile cualquier cosa menos la verdad. Ella está muy chica para saber de estas cosas —Maribeth asintió, finalmente paralizada, demasiado desconsolada incluso para responder.

Entonces Maribeth regresó a su habitación y evitó los ojos de Noelle mientras bajaba su única maleta. Sólo empacó unas cuantas cosas, algunas playeras, algunos pantalones, unos cuantos vestidos que le quedarían por un tiempo. Esperaba que las monjas le dieran algo que ponerse. Dentro de poco nada le quedaría.

—¿Qué estás haciendo? —preguntó Noelle, llena de pánico. Ella había tratado de escuchar la discusión, pero no logró distinguir lo que decían. Pero, al regresar, Maribeth se veía como si alguien se hubiera muerto cuando se volteó, temblando, a mirar a su hermana menor.

—Me iré lejos por un tiempo —dijo Maribeth con tristeza, deseando decirle una mentira convincente, pero todo era demasiado, muy difícil, muy repentino. No podía soportar la idea de decir adiós y apenas podía resistir la andanada de preguntas de Noelle. Al final, le dijo que se iba a alguna parte, a una escuela especial, porque sus calificaciones no habían sido tan buenas como de costumbre, pero Noelle sólo se colgó de ella y lloró, aterrada por la pérdida de su única hermana.

—Por favor no te vayas... no dejes que te manden lejos... lo que sea que hayas hecho, no puede ser tan terrible... lo que haya sido, Maribeth, te perdono... te quiero... no te vayas... —Maribeth era la única con la que podía hablar Noelle. Su madre era demasiado débil, su padre demasiado testarudo para siquiera escuchar, su hermano demasiado egoísta y demasiado tonto. Sólo tenía a Maribeth para que escuchara sus problemas, y ahora no tendría a nadie en absoluto. La pobre pequeña Noelle se veía desdichada mientras las dos hermanas lloraron a lo largo de la noche, y durmieron juntas en una cama estrecha, abrazadas entre sí. La mañana llegó demasiado pronto. A las nueve en punto, su padre puso su maleta en la camioneta; ella permanecía parada mirando a su madre, deseando que fuera lo bastante fuerte como para decirle que no podía hacer esto. Pero su madre nunca lo desafiaría, y Maribeth lo sabía. La sostuvo cerca de ella por un largo rato, deseando que se pudiera quedar, que no hubiera sido tan tonta o tan desafortunada.

—Te amo, mamá —dijo con la voz hecha un nudo cuando su madre la abrazó con fuerza.

—Iré a verte, Maribeth, te lo prometo.

Maribeth sólo pudo asentir con la cabeza, incapaz de hablar a través de las lágrimas, y abrazó a Noelle, quien lloraba abiertamente y le rogaba que no la dejara.

—Shhh... detente... —dijo Maribeth, tratando de ser valiente, mientras lloraba también—. No estaré lejos mucho tiempo. Estaré de regreso para Navidad.

—Te amo, Maribeth —gritó Noelle mientras se alejaban. Ryan había salido también para entonces, pero no dijo nada. Sólo agitó la mano, mientras su padre conducía la corta distancia a través del pueblo hacia su destino.

El convento le pareció siniestro a Maribeth cuando llegaron, y él permaneció junto a su hija en las escaleras mientras ella cargaba su pequeña maleta.

—Cuídate, Maribeth —ella no deseaba agradecerle por lo que había hecho. Podía haber sido más amable, podía haber tratado de entender. Podía haber tratado de recordar lo que era ser joven, o cometer un error de proporciones monumentales, pero él no era capaz de nada de eso. No podía madurar más allá de lo que era, y lo que él era tenía limitaciones poderosas.

—Te escribiré, papá —le dijo ella, pero él no le respondió nada mientras estuvieron ahí un largo rato, y luego asintió con la cabeza.

—Deja que tu madre sepa cómo estás. Se preocupará —Maribeth deseaba preguntarle si él también se preocuparía, pero ya no se atrevió a decirle nada.

—Te amo —musitó en voz baja mientras él se apresuraba a bajar los escalones, pero nunca volteó a mirarla. Sólo levantó una mano mientras se alejaba, y Maribeth tocó la campana del convento.

La espera le pareció tan larga que deseaba bajar corriendo las escaleras y regresar a casa, pero ahora no tenía un hogar al cual regresar. Ella sabía que no la dejarían regresar hasta que todo hubiera terminado. Y entonces, al fin, vino una monja joven y la dejó entrar. Maribeth le dijo quién era y, con un asentimiento, la joven monja tomó su maleta, la condujo al interior y cerró detrás de ella la pesada puerta de hierro con un estruendo.

3

El convento de las Hermanas de la Caridad era un lugar cavernoso, oscuro, tenebroso, y Maribeth descubrió muy pronto que había otras dos chicas por exactamente la misma razón. Ambas eran de pueblos vecinos y se sintió aliviada de percatarse de que no la conocían. Ambas estaban casi a punto de dar a luz y, de hecho, una de ellas, una muchacha nerviosa de diecisiete años, tuvo a su bebé en el segundo día que Maribeth pasó ahí. Tuvo una nenita, y la bebé fue desaparecida de inmediato para esperar a sus padres adoptivos. La muchacha ni siquiera vio a la bebé. Para Maribeth, el proceso entero le pareció bárbaro, como si su secreto fuera sucio y tuviera que ser escondido.

La otra chica tenía quince años y esperaba a su bebé de un momento a otro. Las dos muchachas comían con las monjas, asistían a la capilla con ellas para las oraciones y las vísperas, y sólo se les permitía hablar en determinados lugares y horas. Maribeth se conmocionó al descubrir en su tercera noche ahí que el bebé de la otra muchacha había sido engendrado por el tío de la chica. Ella era una muchacha desesperada e infeliz, y estaba aterrada por lo que le sucedería en el parto.

En la quinta noche de Maribeth en el convento, pudo escuchar los gritos de la otra muchacha. Continuaron por dos días mientras las monjas corrían por todos lados, y al fin tuvieron que llevarla a un hospital y practicarle una cesárea. A Maribeth le dijeron, cuando preguntó, que la muchacha no regresaría, pero el bebé había nacido bien; se enteró sólo por coincidencia que había sido niño. Se sintió aún más solitaria cuando las otras dos chicas se hubieron marchado y Maribeth se quedó sola con las hermanas. Esperaba que otras pecadoras llegaran pronto, o no tendría con quien hablar.

Leía el periódico local cada vez que podía y dos semanas después de su llegada vio la noticia de la boda de Paul y Debbie. Eso la hizo sentirse todavía más solitaria, tan sólo de verlo, sabiendo que ellos estaban de luna de miel, mientras ella estaba aquí en prisión, pagando sus deudas por una noche en el asiento delantero de su Chevy. Parecía desesperadamente injusto que debiera enfrentar lo más duro sola, y entre más pensaba en ello, más sabía que no podía seguir en el convento.

No tenía a donde ir, y nadie con quien estar. Pero no podía soportar la santidad opresiva del convento. Las monjas habían sido simpáticas con ella y ya les había pagado cien dólares. Le quedaban setecientos dólares y casi seis meses para estar dondequiera que fuera. No tenía idea de a donde ir, pero sabía que no podía permanecer encerrada con ellas, esperando que llegaran otras prisioneras como ella, que pasaran los meses, que naciera el bebé y que luego se lo quitaran, antes de que pudiera regresar a casa con sus padres. Estar ahí era pagar un precio muy alto. Deseaba ir a alguna parte, vivir como una persona real, obtener un empleo, tener amigos. Necesitaba aire fresco, y voces, y ruido, y gente. Aquí, todo lo que sentía era una opresión constante, y la abrumadora sensación de que era una pecadora irredimible. Y aunque así lo fuera, necesitaba un poco de sol y alegría en su vida mientras esperaba a su bebé. No sabía por qué le había sucedido esto, pero quizá era una lección que aprender, una bendición para compartir, un momento en el tiempo que necesitaba no desperdiciar. No tenía que ser tan terrible como lo hacían las monjas, y la tarde siguiente le dijo a la Madre Superiora que se iría. Le contó que visitaría a su tía y esperaba que le creyera. Pero incluso si no le creía, Maribeth sabía que nada podría detenerla ahora, se marcharía.

Salió del convento al amanecer del siguiente día, con su dinero, su pequeña maleta y un irresistible sentimiento de libertad. No podía ir a casa, pero el mundo era suyo, para descubrirlo, para explorarlo. Nunca se había sentido tan libre ni tan fuerte. Ya había pasado por un dolor enorme cuando dejó su casa, ahora sólo era cuestión de hallar un lugar donde permanecer hasta que el bebé naciera. Sabía que sería más fácil si dejaba el pueblo, así que caminó hasta la estación de autobuses y compró un boleto abierto a Chicago. Tendría que atravesar Omaha, pero Chicago era el punto más alejado que pudo imaginar y podía recuperar el resto del boleto en cualquier parte a lo largo del camino. Todo lo que deseaba hacer era irse y encontrar un lugar para ella donde pasar los siguientes seis meses hasta que naciera su bebé. Esperó en la estación hasta que comenzaron a abordar el primer autobús a Chicago. Y mientras miraba desaparecer su pueblo natal, cuando partió, no sintió remordimientos. De pronto todo lo que sintió fue emoción acerca del futuro. El pasado representaba poco para ella, lo mismo que su pueblo natal. No tenía amigos ahí. No había nadie que la extrañara excepto su madre y su hermana. Les había escrito una postal a cada una de ellas desde la estación de autobuses, antes de irse, prometiéndoles darles su dirección en cuanto tuviera una.

—¿Va a Chicago, señorita? —preguntó el conductor, cuando ella se sentaba, sintiéndose de pronto mayor y muy independiente.

—Tal vez —respondió con una sonrisa. Podía ir a cualquier parte y hacer cualquier cosa. Era libre. Ahora no le rendía cuentas a nadie más que a sí misma, encadenada sólo por el bebé que crecía en su interior. Ya tenía tres meses y medio de embarazo y no se le notaba, pero podía sentir crecer su cuerpo. Comenzó a pensar en lo que le diría a las personas dondequiera que llegara. Tendría que explicar cómo había llegado ahí, por qué había ido y por qué estaba sola, una vez que descubrieran que estaba embarazada. Tendría que conseguir un empleo. No había muchas cosas que pudiera hacer, pero podía limpiar una casa, trabajar en una biblioteca, cuidar niños, quizá trabajar como camarera. Estaba dispuesta a realizar casi cualquier cosa siempre y cuando fuera segura. Y hasta que encontrara un trabajo, todavía tenía el dinero que le había dado su padre para el convento.

Se detuvieron en Omaha esa tarde. Estaba caluroso, pero había una ligera brisa, y ella se sentía un poco mareada por el largo viaje en autobús, pero se sintió mejor después de comerse un sandwich. Otras personas subían y bajaban, y la mayoría parecía viajar de un pueblo al siguiente. Habían recorrido un gran trecho cuando se detuvieron esa noche en un pueblito pintoresco que se veía limpio y bonito. Era un pueblo universitario y había montones de jóvenes en el restaurante donde se detuvieron para cenar. Le recordaba a Maribeth una fonda, pero era más agradable, y la mujer que la atendió tenía un paje oscuro bien atendido y una gran sonrisa mientras le sirvió a Maribeth una hamburguesa con queso y una malteada. La hamburguesa era grande y la cuenta fue pequeña, y parecía haber muchas risas y buen humor provenientes de varias de las mesas. Parecía un lugar feliz y Maribeth estaba reacia a dejarlo y volver al autobús, pero estaban viajando directo en ruta a Chicago. Pero cuando salió del restaurante, lo vio. Un pequeño letrero en la vidriera ofrecía trabajo para camareras y mozos. Lo observó por un minuto y luego se regresó despacio, preguntándose si creerían que estaba loca o si le creerían cualquier historia que inventara.

La misma mesera que la había atendido la miró con una sonrisa, preguntándose si habría olvidado algo. Maribeth parecía vacilante mientras ella la esperaba parada ahí.

—Me preguntaba si... yo... vi el letrero... me preguntaba por el trabajo. Quiero decir...

—Quieres decir que deseas el trabajo —sonrió la otra mujer—. No debes avergonzarte por eso. El sueldo es de dos dólares por hora. Seis días a la semana, diez horas al día. Solemos rotar nuestros horarios, así que tenemos un poco de tiempo para nuestros hijos. ¿Eres casada?

—No... yo... sí... bueno, lo era. Soy viuda. Mi esposo murió en... Corea...

—Lo siento —al parecer lo decía en serio, mientras observaba los ojos de Maribeth. Podía ver que la chica realmente quería el empleo y le agradaba. Se veía demasiado joven, pero no había ningún mal en eso, así eran muchos de sus clientes.

—Gracias... ¿Con quién tengo que hablar del empleo?

—Conmigo. ¿Tienes alguna experiencia? —Maribeth dudó, jugando con una mentira, y luego negó con la cabeza, preguntándose si debía hablarle sobre el bebé.

—Realmente necesito el trabajo —sus manos temblaban mientras sostenía su bolso de mano, esperando obtenerlo. De pronto deseó quedarse ahí. Se sentía como un lugar feliz, un pueblo animado, y le gustaba.

—¿Dónde vives?

—En ninguna parte todavía —sonrió, luciendo muy joven, y eso le conmovió el corazón a la otra mujer—. Acabo de llegar en el autobús. Si me contrata, bajaré mi maleta y encontraré una habitación. Podría comenzar mañana —la otra mujer sonrió. Su nombre era Julie y le agradaba el aspecto de Maribeth. Había algo fuerte y tranquilo en la muchacha, como si tuviese principios y valor. Era algo extraño adivinar acerca de ella y sin embargo tenía un sentimiento positivo de ella.

—Anda a bajar tus cosas del autobús —dijo Julie con una sonrisa cálida—, puedes quedarte conmigo esta noche. Mi hijo fue a visitar a mi madre en Duluth. Puedes quedarte en su recámara, si soportas el desorden. Tiene catorce años y es un verdadero patán. Mi hija tiene doce. Soy divorciada. ¿Qué edad tienes tú?

—dijo casi sin respirar, y Maribeth habló sobre su hombro y le dijo que tenía dieciocho, mientras corría para bajar su maleta del autobús; volvió sólo dos minutos después, sin aliento y sonriente.

—¿Seguro que no es mucho problema si paso la noche contigo? —estaba emocionada y feliz.

—De ninguna manera —rió Julie mientras le daba un delantal—. Toma, ponte a trabajar. Puedes limpiar las mesas conmigo hasta mi hora de salida a medianoche —sólo faltaba una hora y media, pero era un trabajo agotador, llevando las grandes charolas y las pesadas jarras. Maribeth no podía creer lo cansada que estaba cuando cerraron. Había otras cuatro mujeres trabajando ahí, y algunos muchachos, sobre todo chicos de preparatoria, limpiando las mesas. La mayoría de los chicos era de la edad de Maribeth y las mujeres tenían entre treinta y cuarenta años. Le dijeron que el propietario había sufrido un infarto y que sólo venía por las mañanas y ahora algunas tardes también. Pero administraba de manera estricta su negocio, y su hijo era el principal encargado de la cocina. Julie le dijo que había salido con él algunas veces y que era un tipo agradable, pero las cosas no habían pasado de ahí. Ella tenía muchas responsabilidades en la vida como para tener mucho interés o tiempo para el romance. Tenía dos hijos y su ex esposo estaba atrasado cinco años con su pensión alimenticia. Le dijo que necesitaría cada centavo que tuviera para comprarles a sus hijos zapatos, pagar las cuentas del doctor y evitar que los dientes se les salieran de la cabeza, sin mencionar todo lo demás que quisieran o necesitaran.

"Criar hijos tú sola no es una broma —dijo con seriedad mientras llevaba a Maribeth a su casa—. Deberían explicarle eso a uno antes de divorciarte. Déjame decirte que los niños no están hechos para tenerlos una sola. Si tienes un dolor de cabeza, si te enfermas, si estás cansada, a nadie le importa, tú eres todo lo que tienen. Todo termina sobre tus hombros. Yo no tengo familia aquí... las muchachas del restaurante son muy amables y me ayudan. Cuidan a los niños y me permiten desprenderme de ellos si tengo una cita importante. Uno de los muchachos, el esposo de Martha, lleva a mi hijo de pesca cada vez que puede. Ese tipo de cosas significan mucho. No puedes hacerlo todo sola. Dios sabe que lo intento. Algunas veces creo que va a matarme.

Maribeth estaba escuchando con mucha atención y la sabiduría de las palabras de Julie no se perdían en ella. Una vez más deseó decirle a Julie lo del bebé, pero no lo hizo.

—Qué malo que tú y tu esposo no tuvieran hijos —dijo Julie con amabilidad, como si leyera sus pensamientos—. Pero eres joven. Te volverás a casar. ¿Qué edad tenías cuando te casaste?

—Diecisiete. Justo al terminar la preparatoria. Sólo estuvimos casados un año.

—Eso sí que es mala suerte, cielo —palmeó la mano de la joven y detuvo su automóvil en la calle. Vivía en un pequeño departamento en la parte trasera y su niña estaba profundamente dormida cuando entraron—. Odio dejarla sola y por lo general su hermano está aquí. Los vecinos están pendientes de ella y es muy independiente. También viene algunas veces al restaurante conmigo, si en verdad tengo que quedarme allá. Pero a ella no le gusta —era un buen panorama de lo que significaba cuidar sola a los hijos y no hacía que sonara fácil. Había estado sola por diez años, desde que sus hijos tenían dos y cuatro años, y se había mudado varias veces, pero le agradaba aquí y pensaba que a Maribeth también le gustaría—. Es un pueblito agradable, montones de muchachos decentes y buenas personas que trabajan en la universidad. Vemos a muchos de ellos en Jimmy D's, y montones de muchachos. Te van a adorar.

Le mostró a Maribeth donde se encontraba el baño y la recámara de su hijo. Se llamaba Jeffrey y no estaría durante dos semanas. Julie le dijo a Maribeth que podía quedarse ahí con ellos hasta que encontrara una habitación. Si era necesario, su hija dormiría con ella cuando regresara Jeff y le daría la recámara de Jessica, pero con todos los cuartos para estudiantes disponibles, era seguro que encontrara algo pronto.

Y estaba en lo cierto. Para el mediodía del día siguiente, Maribeth había encontrado una pequeña habitación adorable en la casa de alguien. Estaba decorada toda con tapices rosas floreados, y era una habitación pequeña, pero era confortable y llena de luz del sol; además el precio era razonable y sólo quedaba a seis calles de Jimmy D's, donde estaría trabajando. Parecía que todo estaba encontrando su lugar para ella. Sólo había estado en el pueblo por unas horas, pero se sentía feliz en ese lugar. Era como si supiera que debía estar ahí.

Envió a sus padres, en el camino a su trabajo, una postal con su dirección y, cuando lo hizo, pensó de nuevo en Paul y se dio cuenta de que no tenía caso seguir pensando en él. Se preguntaba por cuánto tiempo pensaría en él, imaginándose lo que estaría haciendo y dónde estaba su hijo.

Ese día en Jimmy D's, una de las otras meseras le dio un uniforme rosa con pequeños puños blancos y un delantal blanco limpio. Y esa tarde comenzó a tomar órdenes. Muchos de los chicos parecían mirarla y ella se dio cuenta de que el cocinero también, pero nadie dijo algo indebido. Todos eran amigables y corteses, y ella sabía que las demás mujeres andaban murmurando que era una viuda. También le habían creído. Nunca se le ocurrió a nadie no hacerlo.

—¿Cómo vas, muchacha? —le preguntó Julie esa tarde, impresionada con ella. Había trabajado duro y era simpática con todos; era fácil ver que le agradaba a los clientes. Unos cuantos preguntaron su nombre y algunos de los clientes más jóvenes en realidad parecían disfrutar de ella. A Jimmy también le agradó. Había asistido ese día y le gustó lo que vio. Ella era inteligente, limpia y podía decir con sólo verla, les dijo, que era honesta. También era bonita, y a él le agradaba eso en su restaurante. Nadie deseaba ver a un saco viejo y agrio, quien azotara el café frente a los clientes y en realidad no quisiera estar ahí. Jimmy quería que todas sus meseras, jóvenes o viejas, fueran sonrientes y felices. Deseaba que hicieran sentirse bien a las personas. Como Julie y las demás. Y ahora Maribeth. Ella hacía un gran esfuerzo y le gustaba el trabajo. Estaba emocionada de estar ahí.

Pero Maribeth estaba exhausta cuando se encaminó a su nueva habitación esa noche, recordándose a sí misma lo afortunada que había sido de haber encontrado un empleo y una vivienda. Ahora podría continuar con su vida. Incluso podría sacar libros de la biblioteca y continuar con sus estudios. No permitiría que esto arruinara su vida. Ya lo había decidido. Estos meses sólo eran una desviación para ella, pero estaba decidida a no perder el camino ni la dirección.

Estaba sirviendo mesas la noche siguiente cuando entró un joven serio y ordenó carne mechada. Julie le dijo que él venía a cenar con frecuencia.

—No sé por qué —dijo deliberadamente—, pero tengo la sensación de que no le gusta ir a su casa. No habla ni sonríe. Pero siempre es cortés. Es un chico agradable. Siempre he deseado preguntarle por qué viene aquí en lugar de cenar en su casa. Tal vez no tenga mamá. Algo le sucedió. Tiene los ojos más tristes que he visto. Por qué no lo atiendes y le alegras el día —le dio a Maribeth un pequeño empujón en dirección al extremo del mostrador donde se encontraba. Él sólo había mirado el menú por un minuto o dos antes de decidir. Ya había probado casi todo lo que tenían y tenía ciertas preferencias que siempre le gustaba ordenar.

—Hola. ¿Qué le gustaría? —le preguntó Maribeth con timidez, mientras él la miraba con una admiración encubierta.

—La número dos, gracias. Carne mechada y puré de papas —se sonrojó. Le agradaba su cabello rojo e intentaba no fijar la mirada en su figura.

—¿Ensalada, maíz o espinaca? —ella seguía reservada.

—Maíz, gracias —respondió él, mirándola. Sabía que no la había visto ahí antes, y él venía a menudo. Cenaba ahí tres o cuatro veces a la semana, algunas veces incluso los fines de semana. Su comida era abundante, buena y barata. Y cuando su madre dejó de cocinar fue la única manera de conseguir una cena decente.

—¿Café?

—No, leche. Y pastel de manzana como postre —dijo él, como si temiera que se acabara, y ella sonrió.

—¿Cómo sabe que todavía le cabrá? Servimos porciones bastante grandes.

—Lo sé —le devolvió la sonrisa—. Como aquí todo el tiempo. Usted es nueva, ¿no es así? —ella asintió, sintiéndose avergonzada por primera vez desde que estaba ahí. Él era un chico agradable, y sospechaba que era casi de su misma edad, y de alguna manera tenía la impresión de que él lo sabía.

—Sí, soy nueva. Me acabo de mudar aquí.

—¿Cómo te llamas? —él era muy directo y muy sincero. Pero Julie tenía razón, había algo desolador en sus ojos. Casi te hacía temer mirarlo, excepto que sabías que tenías que hacerlo. Algo en él atraía a Maribeth. Era como si supiera que tenía que ver quién era y saber más sobre él.

—Me llamo Maribeth.

—Yo soy Tom. Me alegra conocerte.

—Gracias —entonces ella se alejó para ordenar su cena y regresó con su vaso de leche. Para ese momento Julie ya la había embromado y le había dicho que él nunca había hablado tanto con nadie desde que venía al restaurante.

—¿De dónde eres? —le preguntó él cuando volvió y ella le dijo—. ¿Qué te hizo mudarte aquí, si no es indiscreción?

—Muchas cosas. Me gusta aquí. La gente es realmente agradable. El restaurante es fantástico. Encontré una pequeña vivienda muy bonita cerca de aquí. Todo se ha resuelto bien —sonrió y se sorprendió de lo fácil que era hablar con él. Y cuando regresó con la cena, él parecía más interesado en hablar que en comer.

Mordisqueó su pastel por largo rato y ordenó otro pedazo y otro vaso de leche, lo que nunca había hecho antes, y platicó mucho con ella sobre pescar con moscas cerca de allí y le preguntó si alguna vez lo había hecho.

Sí lo había hecho, años antes, con su padre y su hermano, pero nunca había sido muy buena para eso. Le gustaba tan sólo sentarse ahí, mientras ellos pescaban, y leer o pensar.

—Podrías ir conmigo en alguna ocasión —dijo él, y entonces se ruborizó, preguntándose por qué estaba hablando tanto con ella. No había podido apartar sus ojos de ella desde que entró en el restaurante y la vio por primera vez.

Le dejó una buena propina y luego se detuvo torpemente por un momento de su lado del mostrador.

—Bueno, gracias por todo. Te veré la próxima vez —y entonces salió. Ella notó lo alto que era, y cuán delgado. Tenía una buena apariencia, pero parecía no percatarse de ello. Y se veía muy joven. Le parecía más un hermano que un chico en el que se había interesado, pero lo que fuera, o lo que sería, o incluso si nunca lo volvía a ver, había sido agradable hablar con él.

Él volvió al día siguiente, y al siguiente también, y se desilusionó mucho cuando se enteró de que era el día libre de Maribeth y no la encontró. Y entonces volvió de nuevo después del fin de semana.

—Te eché de menos la vez pasada —dijo él mientras ordenaba pollo frito. Tenía un apetito saludable y siempre pedía una cena completa. Parecía gastar en comida la mayor parte del dinero que ganaba repartiendo periódicos. Comía mucho, y Maribeth pensaba si viviría con sus padres, y por fin le preguntó.

—¿Vives solo? —lo interrogó con cautela, mientras colocaba su guisado y volvía a llenar su vaso con leche. No lo apuntó en la cuenta. Después de todo daban gratis el café cuando rellenaban las tazas; Jimmy no quebraría por pagar un vaso de leche para un cliente regular como Tommy.

—No en realidad. Vivo con mis padres. Pero... ellos... este... cada quien se ocupa de sus asuntos. Y a mi mamá ya no le gusta cocinar. Volverá a trabajar este otoño. Ella es profesora. Estuvo de suplente por mucho tiempo, pero regresará de tiempo completo a la preparatoria.

—¿Qué enseña?

—Inglés, estudios sociales, literatura. Ella es muy buena. Siempre me da tarea extra para que la realice —comentó, poniendo los ojos en blanco, pero en realidad no se veía como pretendía.

—Eres afortunado. Yo he tenido que dejar por un tiempo la escuela y creo que en realidad voy a perder el año.

—¿Universidad o preparatoria? —averiguó él con interés. Todavía trataba de calcular su edad. Parecía más grande de lo que era y sin embargo, en algunas maneras, la sentía más cercana a su propia edad. Ella dudó sólo por un momento antes de responder.

—Preparatoria —él se imaginó que posiblemente estuviera en el último año—. Voy a estudiar un poco por mi cuenta hasta que regrese después de la Navidad —dijo a la defensiva, y él se preguntó por qué habría dejado la escuela, pero decidió no averiguarlo.

—Puedo prestarte algunos libros, si quieres. Incluso puedo obtener algunos materiales con mi mamá, a ella le encantaría. Ella opina que todo mundo debería hacer estudios independientes. ¿Te gusta la escuela? —él pudo ver por la mirada en sus ojos que ella era sincera cuando asintió. Ahí había una verdadera hambre, un apetito que nunca se saciaba por completo. En su día libre había ido a la biblioteca para solicitar libros que la ayudaran a continuar sus clases por su cuenta.

—¿Qué te gusta más? —le preguntó ella, levantando sus platos. Tommy había ordenado pastel de arándano como postre. Era el pastel que mejor hacían y a él le encantaba.

—Inglés —respondió cuando ella colocaba el plato de pastel en la mesa y sentía un dolor de espalda. Pero a ella le encantaba quedarse parada ahí platicando con él. Al parecer siempre tenían mucho que decirse—. Literatura y composición inglesa. Algunas veces creo que me gustaría escribir. Es probable que le gustara eso a mi mamá. Mi papá espera que ingrese en su negocio.

—¿Qué tipo de negocio es? —interrogó Maribeth, intrigada. Él era un muchacho inteligente, de buena apariencia, y sin embargo se veía tan solitario. Nunca venía con amigos, nunca parecía querer irse a casa. Ella se preguntaba sobre él, y por qué parecía tan solo y tan triste.

—Está en las ventas al mayoreo —explicó—. Mi abuelo comenzó. Solían ser granjeros, pero entonces comenzaron a vender las cosechas de todos. Es bastante interesante, pero me gusta más escribir. Me gustaría enseñar, como mi mamá —entonces se encogió de hombros, viéndose muy joven de nuevo. Le gustaba platicar con ella y no le molestaba contestar sus preguntas. Tenía unas cuantas pendientes, pero decidió guardárselas. Antes de irse esa noche, le preguntó cuando descansaría de nuevo.

—El viernes.

Tommy asintió, preguntándose si la ofendería si le pedía que saliera a pasear con él, o a nadar en el remanso que estaba en las afueras del pueblo.

—¿Te gustaría hacer algo la tarde del viernes? Tengo que ayudar a mi papá en la mañana, pero podría recogerte alrededor de las dos. Me prestará la camioneta y podríamos ir a nadar al remanso o al lago. Podemos ir a pescar si lo deseas —se veía desesperadamente esperanzado mientras esperaba.

—Me encantaría. Lo que prefieras hacer tú —bajo su voz entonces, de modo que los demás no oyeran, y le dio su dirección sin dudar ni por un minuto. Era del tipo de persona en la que podías confiar, y se sentía tranquila por completo con él. Sabía por instinto tan sólo al hablar con él que Tommy Whittaker era su amigo y que no haría nada que la lastimara.

—¿Hiciste una cita para salir con él? —inquirió Julie con una sonrisa curiosa cuando él se marchó. Una de las otras mujeres creyó haber escuchado que había invitado a Maribeth a ir a pescar, y todas estaban riendo, bromeando y especulando. Ella era una jovencita, pero les agradaba a todas. Y también les agradaba él. Había sido un misterio para ellas desde que comenzó a acudir en el verano anterior. Nunca les habló, tan sólo llegaba y ordenaba la cena. Pero con Maribeth él había vuelto a la vida y nunca parecía cesar de hablar.

—Claro que no —dijo en respuesta a la pregunta de Julie—. No hago citas con los clientes —replicó sarcástica, y Julie no le creyó ni por un minuto.

—Puedes hacer lo que quieras, ¿sabes? A Jimmy no le importa. Es un chico encantador y en realidad le gustas.

—Sólo es un amigo, eso es todo. Dice que su mamá odia cocinar así que viene aquí a cenar.

—Bueno, por cierto que te contó toda su vida, ¿no es así?

—Oh, por todos los cielos —sonrió Maribeth y entró a la cocina para recoger una charola de hamburguesas para un grupo de estudiantes. Pero mientras caminaba de regreso con la pesada charola, sonrió para sus adentros, pensando en el viernes.

4

El viernes, su padre le permitió salir del trabajo a las once en punto y recogió a Maribeth a las once treinta. Maribeth lo estaba esperando en unos pantalones de mezclilla, zapatos para montar y una gran camisa que había sido de su padre. Los pantalones de mezclilla estaban enrollados casi hasta la rodilla y se había peinado su brillante cabello rojo en trenzas. Parecía de catorce años y la gran camisa ocultaba su creciente vientre. A esas alturas llevaba semanas que no podía subir el cierre de sus pantalones.

—Hola, terminé más temprano de lo que calculaba. Le comenté a mi padre que iría a pescar. Pensó que era una gran idea y me dijo que me fuera de una vez —él la ayudó a subir a la camioneta y se detuvieron en un pequeño centro comercial en el camino para comprar algunos sandwiches para almorzar. Tommy ordenó de rosbif y ella de atún. Eran grandes sandwiches con aspecto casero; además compraron una canastilla de seis Coca-Colas y una caja de galletas.

"¿Algo más? —preguntó Tommy, emocionado de estar con ella. Ella era tan bonita y tan llena de vida, y había algo muy maduro en ella. No vivir en su casa y tener un trabajo la hacía de alguna manera verse muy madura y mucho más grande.

Maribeth tomó un par de manzanas y una barra de Hershey, y Tommy insistió en pagar. Ella intentó dividir los gastos con él, pero no se lo permitió. El lucía alto y delgado mientras la seguía hasta la camioneta, cargando sus comestibles y admirando la figura de ella.

—¿Así que cómo fue que dejaste tu casa tan joven? —le preguntó cuando se dirigían al lago. Él aún no escuchaba la historia de que ella era viuda. Se imaginaba que quizá sus padres habían fallecido o que le había sucedido algo dramático. La mayoría de las muchachas de su edad simplemente no dejaban la escuela y se mudaban. Algo acerca de ella le sugería que había algo más en su historia.

—Yo... este... no lo sé —ella miró por la ventanilla durante largo rato, y luego de nuevo lo vio a él—. Es una larga historia —se encogió de hombros, pensando acerca de lo que había sido dejar su hogar y mudarse al convento. Había sido el lugar más deprimente en el que había estado y agradecía cada día el no haber permanecido allí. Al menos aquí se sentía viva, tenía un empleo, estaba cuidando de sí misma y ahora lo había conocido a él. Tal vez podrían ser amigos. Comenzaba a sentir que tenía una vida aquí. Había llamado a su casa un par de ocasiones, pero su mamá sólo lloró y no la dejaban comunicarse con Noelle. Y la última vez que llamó, su madre le dijo que quizá sería mejor si les escribía en lugar de llamar. Estaban muy felices de saber que ella estaba bien y haciendo lo correcto, pero su padre aún estaba muy enojado con ella y dijo que no le hablaría hasta que "se encargara de su problema". Su madre seguía refiriéndose al bebé como el "problema" de Maribeth.

Maribeth suspiró, pensando en todo ello, y luego miró a Tommy. Tenía un aspecto sano y parecía una buena persona con la que se podía platicar.

—Tuvimos una gran pelea y mi padre me obligó a mudarme. Él deseaba que me quedara en mi pueblo natal, pero después de un par de semanas simplemente decidí que no podía. Así que vine aquí y obtuve un empleo —ella lo hacía sonar tan simple, sin la agonía que le había causado, sin el terror ni la angustia.

—¿Pero vas a regresar? —él parecía confundido, ella ya le había dicho que iba a volver a la escuela después de Navidad.

—Sí. Tengo que regresar a la escuela —dijo de manera realista, cuando el camino torció en una curva indolente hacia el lago. Su caña de pescar estaba detrás de ellos en la camioneta.

—¿Por qué no estudias aquí?

—No puedo —respondió ella, sin desear explayarse más. Entonces, para cambiar el tema por un momento, lo miró, preguntándose cómo sería su familia y por qué parecía que nunca deseaba estar con ellos.

"¿Tienes hermanos y hermanas? —le preguntó por casualidad, cuando llegaron, percatándose de nuevo de lo poco que sabía sobre él. Tommy apagó el motor y la miró, y por un largo momento se hizo el silencio.

—Tenía —dijo en voz baja—. Annie. Tenía cinco años. Murió justo después de la Navidad —entonces salió de la camioneta, sin decir nada más, y sacó su caña de pescar mientras Maribeth lo observaba, preguntándose si ése era el dolor que uno veía con tanta facilidad en sus ojos, si ésa era la razón por la que nunca estaba en casa con sus padres.

Ella bajó de la camioneta y lo siguió hasta el lago. Encontraron un punto tranquilo al final de una playa arenosa y él se quitó con rapidez sus pantalones. Llevaba puesto el traje de baño y desabotonó su camisa mientras ella lo observaba. Por un instante como relámpago, Maribeth pensó en Paul, pero no había semejanza entre ellos. Ninguna. Paul era sofisticado y plano, y muchísimo el hombre del campus. Además para entonces ya estaba casado y era parte de otra vida. Todo acerca de Tommy era sano y puro. Parecía muy inocente y era increíblemente agradable, y ella se sorprendía de lo mucho que le gustaba.

Se sentó en la arena cerca de él, mientras Tommy colocaba la carnada en su anzuelo.

—¿Cómo era ella? —su voz fue muy suave y el no levantó la vista de lo que estaba haciendo.

—¿Annie? —volteó a ver el sol y luego cerró los ojos por un segundo antes de mirar a Maribeth. No deseaba hablar de ello y sin embargo sintió que con ella si podía. Sabía que iban a ser amigos, pero él quería más que eso de ella. Tenía unas piernas fabulosas y ojos maravillosos, una sonrisa que lo derretía y una figura sensacional. Pero él deseaba ser su amigo también. Quería hacer cosas por ella, estar ahí para ella cuando necesitara un amigo, y sentía que ahora sucedía algo así, aunque no estaba seguro del porqué. Pero había algo muy vulnerable respecto a ella.

"Era la niña más dulce que haya existido, con grandes ojos azules y cabello rubio platinado. Parecía el angelito en la punta del árbol de Navidad... y a veces era un diablillo. Solía hacerme bromas y me seguía a todas partes. Hicimos un gran muñeco de nieve justo antes de que muriera... —sus ojos se llenaron de lágrimas y sacudió la cabeza. Era la primera vez que hablaba de ella con alguien y era difícil para él. Maribeth pudo verlo—. En verdad la extraño —admitió con una voz que apenas era más que un gruñido, mientras Maribeth tocaba su brazo con dedos gentiles.

—Está bien llorar... Apuesto a que la extrañas mucho. ¿Estuvo enferma mucho tiempo?

—Dos días. Pensamos que sólo tenía gripe, o un resfriado o algo así. Era meningitis. No pudieron hacer nada. Sólo se fue. Sigo pensando que debí ser yo. Es decir, ¿por qué ella? ¿Por qué una pequeña niñita como ella? Sólo tenía cinco años, nunca le hizo daño a nadie, nunca hizo otra cosa que hacernos felices. Yo tenía diez años cuando ella nació, y era tan chistosa y suave y tan cálida y cautivadora, como un cachorrito —sonrió, pensando en ella y se acercó a Maribeth en la arena caliente, dejando su caña a un lado. De una manera graciosa, ahora se sentía bien hablando de ella, como si estuviera de vuelta con él por el más breve de los momentos. Nunca había hablado sobre ella con nadie. Nadie la traería de regreso, y sabía que no podía decirles nada a sus padres.

—Debió ser muy duro para tus padres —dijo Maribeth, prudente más allá de sus años, y casi como si los conociera.

—Sí. Todo pareció detenerse cuando ella murió. Mis padres dejaron de hablarse y hasta de hablarme a mí. Nadie dice nada ni van a ninguna parte. Nadie sonríe. Nunca hablan de ella. Nunca hablan de nada. Mi mamá casi ya no cocina, mi papá nunca llega a la casa del trabajo antes de las diez de la noche. Es como si ninguno de nosotros pudiera estar en la casa sin ella. Mamá volverá a trabajar tiempo completo en el otoño. Es como si todos se hubieran rendido porque ella se fue. No sólo ella murió, nosotros también. Ahora odio estar en casa. Está tan oscura y deprimente. Odio pasar frente a su habitación, todo parece tan vacío —Maribeth lo escuchaba; había deslizado su mano entre la de él y miraban juntos hacia el lago.

—¿Alguna vez has sentido que está aquí contigo, como cuando piensas en ella? —le preguntó, sintiendo como suyo el dolor de Tommy, y casi sintiendo como si la hubiera conocido. Casi podía ver a la hermosa niñita que él había amado tanto y sentía lo devastado que había quedado cuando la perdió.

—En ocasiones. A veces hablo con ella, por las noches. Es probable que sea algo estúpido hacerlo, pero a veces siento que puede oírme —Maribeth asintió, ella había hablado de esa manera con su abuela después de su muerte, y eso la hacía sentirse mejor.

—Apuesto a que puede oírte, Tommy. Apuesto a que te observa todo el tiempo. Quizá ahora está feliz... quizá algunas personas no nacieron para estar en nuestras vidas para siempre. Tal vez algunas personas tan sólo están de paso... quizá todo lo hacen más rápido que el resto de nosotros. No necesitan quedarse cien años para poner todo en orden. Lo hacen realmente rápido... es como... —luchaba por encontrar las palabras correctas para decirle a él, pero era algo en lo que había pensado mucho, en especial últimamente—. Es como si algunas personas sólo pasaran por nuestras vidas para darnos algo, un regalo, una bendición, una lección que necesitamos aprender, y por eso están aquí. Ella te enseñó algo a ti, te lo apuesto... acerca del amor, de dar y de preocuparte mucho por alguien... ése fue su regalo para ti. Ella te enseñó todo eso y luego se fue. Quizá no necesitaba quedarse más tiempo. Te dio el regalo y luego quedó libre de irse... era un alma especial... tú tendrás ese regalo para siempre.

Tommy asintió, tratando de asimilar todo lo que ella le había dicho. Tenía sentido, más o menos, pero aún le dolía demasiado. Pero se sintió mejor después de hablar con Maribeth. Era como si ella entendiera en realidad por lo que estaba pasando.

—Desearía que hubiera permanecido más tiempo —dijo él con un suspiro—. Desearía que la hubieras conocido —y entonces sonrió—. Hubiera tenido mucho que decir acerca de si le gustabas o no, respecto a quién era más bonita y si me gustabas o no. Siempre estaba ofreciendo de manera voluntaria sus opiniones. La mayor parte del tiempo me volvía loco.

Maribeth rió ante la idea, deseando haber podido conocerla. Pero entonces quizá no lo habría conocido a él. No habría ido a comer al restaurante tres o cuatro veces a la semana, habría estado en casa con su familia, cenando.

—¿Qué habría dicho sobre nosotros? —bromeó Maribeth, gustándole el juego, gustándole él, sentada cómodamente en la arena cerca de él. Ella había aprendido algunas lecciones difíciles en los pasados meses acerca de en quién confiar y en quién no, y había jurado que nunca más confiaría en nadie, pero sabía en el fondo de su alma que Tommy Whittaker era diferente.

—Le hubieras gustado —él sonrió, viéndose tímido,

y ella notó por primera vez que tenía pecas en el puente de la nariz. Eran pequeñas y casi doradas bajo el brillante sol—. Y también hubiera tenido razón. Por lo general no la tenía —pero Annie habría sentido de inmediato cuánto le gustaba Maribeth a Tommy. Maribeth era más madura que las chicas que conocía en la escuela y la más hermosa que hubiera visto—. Creo que en realidad le hubieras agradado —sonrió con ternura y se recostó en la arena, mirando a Maribeth sin ocultar su admiración—. ¿Qué hay respecto a ti? ¿Tienes novio en tu casa? —él decidió preguntar ahora para saber qué terreno pisaba, y ella vaciló por un momento. Pensó en decirle el cuento del joven esposo en la guerra de Corea, pero simplemente no pudo. Se lo explicaría más adelante, si aún tenía que hacerlo.

—No. No en realidad.

—¿Pero algo así?

Esta vez ella negó con la cabeza firmemente en respuesta.

—Salí con un tipo que pensé que me gustaba, pero me equivoqué. Y de cualquier manera, ya se casó.

Tommy parecía intrigado. Un hombre mayor.

—¿Te importa? Quiero decir, ¿que esté casado?

—No en realidad —todo lo que le preocupaba era que la había dejado con un bebé. Un bebé al que no podía conservar y al que en realidad no deseaba. Ella se preocupaba mucho por eso, pero no le dijo nada a Tommy.

—¿Qué edad tienes, por cierto?

—Dieciséis —y entonces descubrieron que sus cumpleaños estaban separados sólo por unas semanas. Tenían la misma edad, pero sus situaciones eran muy distintas. Sin importar qué tan inútiles fueran para él en este momento, aún era parte de una familia, tenía un hogar, regresaría a la escuela en otoño. Ella ya no tenía ninguna de estas cosas, y en menos de cinco meses tendría un bebé, el hijo de un hombre que nunca la había amado. Era abrumador y pavoroso.

Después de un rato, Tommy se encaminó al lago y ella lo siguió. Permanecieron juntos mientras él pescaba, y cuando al fin Tommy se aburrió, salió a la orilla a dejar su caña de pescar y se zambulló en el agua, pero ella no se le unió. Lo esperó en la arena y cuando volvió le preguntó por qué no nadaba. Era un día soleado y caluroso y el agua fresca se sentía bien en la piel. A ella le habría encantado nadar con él, pero no quería que le notara el abultado vientre. Se había dejado puesta todo el tiempo la camisa de su padre y sólo se había quitado los pantalones mientras estuvieron en el agua.

—¿Puedes nadar? —le preguntó, y ella se rió, sintiéndose ridícula.

—Sí, sólo que no me gustaría hoy. Siempre me he sentido un poco inquieta de nadar en lagos, nunca sabes lo que está en el agua contigo.

—Eso es tonto. ¿Por qué no entras? Ni siquiera hay peces aquí, ya viste que no pude atrapar ninguno.

—Quizá la próxima vez —dijo ella, dibujando figuras en la arena con los dedos. Almorzaron sentados a la sombra de un enorme árbol y hablaron sobre sus familias y sus infancias. Ella le contó sobre Ryan y Noelle, y de la manera en que su padre pensaba que los hijos debían tener todo y que las hijas no necesitaban hacer nada salvo casarse y tener hijos. Le platicó acerca de lo mucho que deseaba ser algo un día: profesora, abogada o escritora, que no deseaba sólo casarse y tener hijos saliendo de la preparatoria.

—Suenas igual que mi mamá —sonrió—. Ella hizo esperar a mi papá por seis años después de que terminó la preparatoria. Fue a la universidad y obtuvo su título y luego dio clases durante dos años, y hasta después de eso se casaron. Y luego le tomó siete años tenerme y otros diez tener a Annie. Creo que realmente les fue difícil tener bebés. Pero la educación es en verdad muy importante para mi mamá. Dice que lo único valioso que se posee es la mente y la educación.

—Ojalá mi mamá pensara de ese modo. Ella hace todo lo que mi papá le dice. Opina que las muchachas no necesitan ir a la universidad. Mis padres no desean que yo vaya. Habrían dejado a Ryan, probablemente, si quisiera ir, pero él sólo desea trabajar en el taller con mi papá. Habría ido a Corea, pero no resultó apto, pero papá dice que es un gran mecánico. Ya sabes —trataba de explicarle cosas que no le había platicado a nadie antes—, siempre me siento diferente a ellos. Siempre deseo cosas que a nadie más le preocupan en mi familia. Quiero ir a la escuela, quiero aprender un montón de cosas, quiero ser en verdad inteligente. No deseo tan sólo atrapar a algún hombre y tener un montón de hijos. Quiero hacer algo por mí misma. Todos los que conozco piensan que estoy loca —pero él no lo creía, y ella sintió eso, él venía de una familia que pensaba igual que ella. Era como si la hubieran enviado al lugar equivocado cuando nació, y hubiera sido condenada a una vida de desavenencias—. Creo que mi hermana hará lo que quiera al final. Ella se queja, pero es una buena chica. Tiene trece años, pero ya se alborota con los muchachos —por otra parte, Noelle no había sido embarazada por Paul Browne en el asiento delantero de su automóvil, así que Maribeth sintió que no estaba en posición de lanzar calumnias.

—En verdad deberías platicar en alguna ocasión con mi mamá, Maribeth. Creo que te agradaría.

—Apuesto a que sí —y entonces lo miró con curiosidad—. ¿Yo le agradaría a ella? Las mamás por lo general son muy suspicaces de las chicas que les gustan a sus hijos —en especial ella, en unos cuantos meses. No, no habría forma de que conociera a la señora Whittaker. En otro mes le sería imposible ocultarlo más y ni siquiera querría ver a Tommy. Todavía no pensaba que le diría a él, pero tendría que decirle algo a final de cuentas, aun si sólo iba al restaurante y la veía. Tenía que contarle la historia sobre el joven esposo muerto en Corea, excepto que ahora eso sonaba estúpido. Le hubiera gustado decirle la verdad, pero sabía que no podría. Era demasiado terrible, demasiado irresponsable y demasiado conmocionante. Estaba segura de que no querría volverla a ver. Tendría que dejar de verlo en unas cuantas semanas y decirle que estaba saliendo con otro. Y para entonces él regresaría a la escuela y estaría ocupado de cualquier manera y probablemente se enamoraría de alguna chica de primer año en la preparatoria, tal vez una porrista, alguna muchacha perfecta que sus padres conocieran...

—Oye... ¿en qué estás pensando? —la interrumpió. Ella estaba a un millón de kilómetros de ahí, pensando en todas las porristas de las que se iba a enamorar—. Te ves tan triste, Maribeth. ¿Pasa algo malo? —él sabía que algo la preocupaba, pero no tenía manera de saber qué era, tenían muy poco tiempo de haberse conocido, pero le hubiera gustado ayudarla.

Ella lo había hecho sentirse mejor respecto a Annie por primera vez en meses y hubiera querido devolverle el favor.

—Nada... sólo soñaba, supongo... no hay nada especial... —sólo un bebé creciendo dentro de mí, eso es todo, nada importante.

—¿Quieres dar una caminata? —pasearon alrededor del lago, en ocasiones haciendo equilibrio sobre las rocas, a veces caminando por el agua y otras veces cruzando playas arenosas. Era un pequeño lago precioso, y él la retó a una carrera al regreso, una vez que habían hallado una playa que se prolongaba a lo largo, pero aun con sus piernas largas y gráciles, ella no pudo mantener el paso de él. Al final cayeron uno al lado del otro en la arena y permanecieron ahí, mirando el cielo, tratando de recuperar el aliento y sonriendo.

"Eres bastante buena —concedió él, y ella rió. Para Maribeth, de cierta forma, era como si estuviera con un hermano.

—Casi te alcanzo, pero tropecé con esa piedra.

—No es cierto... estabas kilómetros atrás...

—Sí, y tú saliste antes que yo como dos metros y medio... hiciste trampa... —ella reía y sus rostros estaban a pocos centímetros, así que él la observó y admiró todos los detalles de ella.

—¡No lo hice! —se defendió, deseando besarla con desesperación.

—Lo hiciste... La próxima vez te ganaré...

—Sí... claro... te apuesto a que ni siquiera puedes nadar... —le encantaba embromarla, acostado junto a ella, estar con ella. A menudo pensaba cómo sería hacerle el amor a una mujer. Le hubiera gustado saber... averiguarlo con ella... pero ella parecía tan femenina y al mismo tiempo tan inocente que temía tocarla. En vez de ello, rodó y quedó sobre el estómago en la arena, de manera que ella no pudiera ver lo mucho que le gustaba. Y ella se recostó junto a Tommy, sobre la espalda, y de pronto adoptó una expresión extraña. Había sentido una punzada, la sensación más extraña, como alas de mariposas revoloteando en su interior. La sensación era por completo desconocida, pero en un instante comprendió de qué se trataba... las primeras señales de vida... era su bebé...

"¿Te encuentras bien? —él estaba observándola, preocupado; por un momento se había visto chistosa, como si estuviera asombrada y distraída.

—Bien —dijo en voz baja, impresionada de pronto por lo que le había sucedido mientras estaba ahí acostada. Le recordó de nuevo su hogar, lo verdadero que era el bebé, lo vivo que estaba, cómo estaba avanzando el tiempo, lo deseara ella o no. Había pensado en ir al doctor para asegurarse de que todo estaba bien, pero no conocía a ninguno aquí y además no podía pagarlo.

—A veces te ves como si estuvieras a un millón de kilómetros de aquí —dijo él, preguntándose en qué estaba pensando cuando se veía así. Le habría gustado saber todo acerca de ella.

—A veces pienso en algunas cosas... como mis padres... o mi hermana...

—¿Les has hablado? —estaba intrigado, aún había muchos misterios sobre ella. Todo era nuevo y muy emocionante.

—Les escribo. Funciona mejor de esa manera. Mi papá todavía se enoja cuando hablo.

—En verdad debes haberlo hecho enojar mucho contigo.

—Es una larga historia. Te la contaré algún día. Tal vez la próxima vez —suponiendo que hubiera otra.

—¿Cuándo es tu próximo día libre? —no podía esperar a salir con ella otra vez. Le encantaba estar con ella, el perfume de su cabello, la mirada de sus ojos, la sensación de su piel cuando le sostenía la mano o la tocaba por accidente, las cosas que le decía, las ideas que compartían. Le gustaba todo de ella.

—Tengo un par de horas libres el domingo por la tarde. Pero después de eso no estaré libre hasta el miércoles.

—¿Quieres ir al cine el domingo en la noche? —le preguntó esperanzado, y ella sonrió. No había salido con nadie de esa manera. La mayoría de los chicos de la escuela no tenían interés en ella, excepto los mentecatos como David O'Connor. Nunca había tenido una cita de verdad antes... ni siquiera con Paul... esto era nuevo para ella y le gustaba.

—Me encantaría.

—Pasaré por ti al restaurante, si no tienes inconveniente. Y, si quieres, el miércoles podríamos regresar aquí o podríamos hacer alguna otra cosa que quisieras.

—Me encanta aquí —comentó ella, mirando a su alrededor y luego a él, y lo decía en serio.

Se fueron de ahí hasta después de las seis de la tarde, cuando el sol comenzaba a hundirse despacio en el horizonte, y se dirigieron despacio hacia el pueblo. A Tommy le hubiera encantado invitarla a cenar, pero le había prometido a su mamá ayudarla a instalar un librero nuevo. Además había insistido en que cocinaría la cena, lo que era raro en esos días. Había dicho que estaría en casa a las siete.

Al veinte para las siete estaban frente a la pequeña casa en donde vivía Maribeth y ella bajó de la camioneta con pesar. Odiaba dejarlo.

—Gracias por el rato tan agradable —era la tarde más feliz que había tenido en años, y él era el mejor amigo que había tenido. Parecía providencial que hubiera llegado a su vida en estos momentos—. En verdad lo disfruté.

—Yo también —sonrió Tommy, parándose junto a ella y viendo sus brillantes ojos verdes. Había una cualidad luminosa en ella que lo hipnotizaba. Se moría por besarla mientras permanecía allí—. Iré a cenar al restaurante mañana en la noche. ¿A qué hora sales?

—Hasta la medianoche —dijo con pesar. Le habría gustado tener la libertad de ir con él a cualquier parte, al menos por el resto del verano. Después de eso, todo cambiaría de cualquier modo. Pero por el momento podía pretender todavía que no pasaría nada. Aunque, después de sentir al bebé moverse esa tarde, sabía que esos días estaban contados.

—Te llevaré a tu casa mañana en la noche después del trabajo —a sus padres no les importaba que saliera y podía decirles que iría a la última función del cine.

—Me gustaría —le sonrió ella y permaneció en los escalones de la entrada y agitó la mano mientras él se alejaba con una sonrisa enorme. Era el muchacho más feliz en la tierra cuando llegó a su casa, y todavía sonreía cuando entró por la puerta principal faltando cinco minutos para las siete.

—¿Qué te sucedió? ¿Atrapaste una ballena hoy en el lago? —su madre le sonrió, mientras terminaba de arreglar la mesa. Había hecho rosbif, el platillo favorito de su padre, y Tommy tuvo la extraña sensación de que estaba realizando un esfuerzo particular para complacerlo.

—No... no pesqué... sólo un poco de sol y arena, y nadé un poco —la casa olía maravillosa, su mamá había hecho también panecillos de huevo, puré de papas y elotes tiernos, los favoritos de cada quien, incluso los de Annie. Pero la familiar estocada de dolor al pensar en ella era menos aguda esa noche. Hablar sobre ella con Maribeth le había ayudado y hubiera deseado poder compartir eso con su madre, pero sabía que no podía—. ¿Dónde está papá?

—Dijo que estaría en casa a las seis. Supongo que se retrasó. Llegará en cualquier momento. Le dije que cenaríamos a las siete —pero una hora más tarde todavía no llegaba a la casa, nadie respondió cuando lo llamó al trabajo y la carne ya estaba bien cocida para entonces, y su boca se descompuso en una delgada línea de furia.

A las ocho quince ella y Tommy cenaron, y a las nueve su padre entró, era evidente que había bebido algunas copas, pero estaba de muy buen humor.

—¡Vaya, vaya, la mujercita hizo la cena para variar! —dijo de modo jovial, tratando de besarla, pero fallando incluso su mejilla por varios centímetros—. ¿Qué celebramos?

—Dijiste que llegarías a las seis —replicó ella, viéndose inflexible—, y te dije que serviría la cena a las siete. Simplemente pensé que era tiempo de que esta familia comenzara a cenar junta de nuevo —Tommy se aterró al escuchar sus palabras, pero al parecer no había manera de que eso sucediera de nuevo, al menos no por un tiempo, así que decidió no preocuparse de manera prematura.

—Supongo que lo olvidé. Ha pasado tanto tiempo desde que dejaste de cocinar que ni siquiera me acuerdo —él se veía apenado sólo a medias e hizo un esfuerzo para verse más sobrio de lo que estaba cuando se sentó a la mesa. Era raro que llegara tomado a su casa, pero su vida había sido bastante triste los pasados siete meses y un alivio en forma de un whisky o dos no le había parecido tan malo cuando se lo ofrecieron dos de sus empleados.

Liz le sirvió su plato, sin decirle una palabra más, y él la miró sorprendido cuando lo vio.

—La carne está bastante cocida, ¿no es así, cariño? Sabes que me gusta casi cruda —ella le arrebató el plato entonces y tiró toda la comida en el bote de la basura y luego aventó el plato vacío al fregadero con una expresión de desilusión.

—Entonces intenta llegar a casa antes de las nueve. Estaba casi cruda hace dos horas, John —dijo ella a través de los dientes apretados y él se sentó en su silla, con un aspecto desinflado.

—Lo lamento, Liz.

Entonces ella se volteó desde el fregadero y lo miró, olvidándose de que Tommy estaba allí. Siempre se olvidaban de él. Era como si, en sus mentes, él se hubiera ido con Annie. Sus necesidades ya no parecían ser de importancia para nadie. Estaban demasiado perturbados con la desesperación para ayudarlo aunque fuera un poco.

—Supongo que ya no importa, ¿no es así, John? Nada importa. Ninguno de los pequeños detalles que solían ser tan importantes. Nos hemos rendido.

—No tenemos que hacerlo —intervino Tommy en voz baja. Maribeth le había dado esperanza esa tarde y, si nadie más, él deseaba compartirla—. Nosotros todavía estamos aquí. Y Annie odiaría lo que nos está sucediendo. ¿Por qué no lo intentamos y pasamos más tiempo juntos de nuevo? No tiene que ser todas las noches, sólo de vez en cuando.

—Dile eso a tu padre —contestó Liz con frialdad y les dio la espalda, comenzando a lavar los platos.

—Es demasiado tarde, hijo —su padre le palmeó el hombro y luego desapareció en su recámara.

Liz terminó de lavar los platos y luego, taciturna, colocó el librero nuevo con Tommy. Ella lo necesitaba para los textos escolares en el otoño. Pero habló muy poco con su hijo, salvo acerca del proyecto en el que estaba trabajando; luego le dio las gracias y se marchó a su recámara. Era como si todo respecto a ella hubiera cambiado en los pasados siete meses, toda la suavidad y calidez que había conocido se habían endurecido como piedra, y ahora todo lo que veía en sus ojos era desesperación, dolor y pena. Era obvio que ninguno de ellos iba a sobrevivir la muerte de Annie.

John estaba dormido en la cama con la ropa puesta cuando ella entró a su habitación; ella se detuvo y lo contempló por un largo rato, luego se volteó y cerró la puerta detrás de ella. Tal vez no importara ya lo que sucedía entre ellos. Había ido al doctor varios meses antes y le había dicho que no tendría más hijos. No tenía caso ni siquiera intentarlo. Hubo demasiados daños cuando había nacido Annie. Y ahora Liz tenía cuarenta y siete años, y siempre le había costado trabajo embarazarse, aun cuando era más joven. Esta vez el doctor había admitido que no había esperanza.

Ya no tenía relaciones con su esposo. Él no la había tocado desde la noche anterior a la muerte de Annie, la noche en que se habían convencido uno al otro de que todo lo que tenía era un resfriado. Todavía se culpaban entre sí y a sí mismos, y la idea de hacer el amor con él ahora le resultaba repulsiva. No quería hacer el amor con nadie, no quería estar tan cerca de nadie otra vez, no quería preocuparse por nadie, o amar tanto, o quedar tan dolida cuando los perdiera. Incluso a John o a Tommy. Se había apartado de todos ellos, se había vuelto fría por completo, y la frialdad sólo enmascaraba su dolor. El dolor de John era mucho más evidente. Estaba en agonía. No sólo extrañaba con desesperación a su amada hijita, sino a su esposa y a su hijo, y no tenía a donde ir con lo que sentía, nadie a quien pudiera decirle, nadie que lo consolara. Podía haberla engañado a ella, pero no quería tener sexo con nadie, deseaba lo que habían tenido antes. Deseaba lo imposible, deseaba que regresara su vida anterior.

John se agitó cuando ella caminó por la habitación, guardando sus cosas. Ella entró al baño y se puso su camisón y luego lo despertó antes de apagar la luz.

—Ve a ponerte tu pijama —le dijo ella, como si le estuviera hablando a un niño, o quizá a un extraño. Sonaba como una enfermera, cuidando de él, no como una mujer que una vez lo había amado.

Se sentó en el borde de la cama por un minuto, aclarando su cabeza, y luego la miró.

—Siento lo de esta noche, Liz. Supongo que lo olvidé. Tal vez me puso nervioso el venir a casa y comenzar todo de nuevo. No lo sé. No era mi intención arruinar nada —pero lo había hecho de todos modos. La vida había arruinado las cosas para ellos. Ella se había ido para nunca volver a estar con ellos. Nunca volverían a ver a su pequeña Annie.

—No importa —dijo ella, sin convencerlo a él ni a sí misma—. Lo haremos de nuevo en alguna otra ocasión —pero no sonaba como si hablara en serio.

—¿Lo harás? En verdad me gustaría. Extraño tus cenas —todos habían perdido peso ese año. Habían sido siete meses muy duros para todos ellos y se notaba. John había envejecido y Liz lucía demacrada e infeliz, sobre todo ahora que le habían asegurado que nunca tendría otro bebé.

John entró al baño y se puso la pijama; olía a limpio y se veía aseado cuando regresó a acostarse junto a ella. Pero Liz estaba de espaldas y todo en ella se sentía rígido e infeliz.

—¿Liz? —le habló él en el cuarto a oscuras—. ¿Crees que podrás perdonarme alguna vez?

—No hay nada que perdonar. No hiciste nada —su voz sonó tan muerta como él la sentía y ambos se percataron.

—Tal vez si le hubiéramos pedido al doctor que viniera esa noche... si no te hubiera dicho que sólo era un resfriado...

—El doctor Stone dijo que no habría servido de nada —pero ella no sonaba como si le hubiera creído.

—Lo siento —repitió él, mientras las lágrimas lo atragantaban, y puso una mano sobre el hombro de ella. Pero Liz no se movió, cuando mucho parecía más rígida y más distante de él después de que la tocó—. Lo siento, Liz...

—Yo también —dijo ella en voz baja, pero nunca volteó hacia él. Nunca lo miraba. Nunca lo veía llorando en silencio a la luz de la luna, mientras yacía allí, y él nunca vio las lágrimas de ella deslizándose despacio hasta su almohada. Eran como dos personas ahogándose calladamente en océanos separados.

Y mientras Tommy se encontraba acostado en su cama esa noche, pensando en ellos, se imaginaba que no quedaba esperanza de que volvieran a unirse. Era obvio que habían sucedido demasiadas cosas entre ellos, el dolor era demasiado grande, la pena demasiado insoportable para recuperarse de ella. Tommy no sólo había perdido a su hermana, sino su hogar y a sus padres. Y lo único que lo consolaba, mientras yacía allí, pensando en ellos, era la perspectiva de ver a Maribeth... pensó en las largas piernas y en el brillante cabello rojo, la chistosa camisa vieja que usaba y su carrera a orillas del lago... pensó en miles de cosas y se quedó dormido poco a poco, soñando que Maribeth caminaba despacio por la playa junto al lago, tomada de la mano de Annie.

5

El domingo, Tommy la llevó a ver *De aquí a la eternidad* con Burt Lancaster y Deborah Kerr después del trabajo y ambos la disfrutaron. Se sentó muy cerca de ella, rodeándola con un brazo, y comieron palomitas de maíz y dulces; ella lloró en las escenas tristes y ambos estuvieron de acuerdo después en que era una gran película.

La llevó a su casa e hicieron planes para la tarde del siguiente miércoles, y ella le preguntó por casualidad cómo había estado la cena con sus padres, aunque lo había visto antes, había olvidado preguntarle.

—No tan bien en realidad —dijo él, pensativo—, a decir verdad estuvo pésima. Mi papá olvidó llegar a casa. Creo que salió con algunos sujetos de su trabajo. De cualquier manera, el rosbif se coció demasiado, mi mamá se enfureció en verdad y mi papá llegó tomado a casa. No fue exactamente la noche perfecta —sonrió, era tan malo que debía tomarse de modo filosófico—. Están enojados entre sí la mayor parte del tiempo. Supongo que tan sólo están molestos por las cosas que no pueden cambiar, pero parece que no son capaces de ayudarse mutuamente.

Maribeth asintió, con simpatía, y se sentaron en los escalones de la entrada por un rato. A la anciana que le rentaba la habitación le gustaba ver divertirse a Maribeth, en realidad le agradaba ella. Le decía a Maribeth todo el tiempo que estaba muy delgada, lo que Maribeth sabía que no duraría mucho, y a decir verdad no era así en este momento. Ya había comenzado a subir de peso, pero todavía se las arreglaba para ocultarlo, aunque el delantal que usaba en el trabajo estaba comenzando a abultarse más que al principio.

—¿Qué haremos el miércoles —inquirió Tommy feliz—. ¿Volveremos al lago?

—Claro. ¿Por qué no me dejas llevar a mí el almuerzo esta vez? Puedo preparar algo aquí.

—Está bien.

—¿Qué te gustaría?

—Cualquier cosa que hagas estará bien —él sólo deseaba estar con ella. Mientras estaban sentados ahí en los escalones, uno al lado del otro, podía sentir el cuerpo de ella tentadoramente cercano al suyo, pero todavía no se atrevía a inclinarse y besarla. Todo acerca de ella lo atraía, y el sólo estar cerca de ella le causaba dolor físico, pero en realidad tomarla en sus brazos y besarla era más de lo que él podía manejar. Maribeth pudo sentir su tensión mientras estaba sentado cerca de ella, pero lo interpretó mal y pensó que tenía algo que ver con sus padres.

—Tal vez sólo es cuestión de tiempo —lo tranquilizó—. Sólo han pasado siete meses. Dales una oportunidad. Tal vez cuando tu mamá regrese al trabajo mejorarán las cosas.

—O empeorarán —dijo él, preocupado—. Entonces nunca estará en casa. Mientras Annie estaba viva, ella sólo trabajaba medio tiempo. Pero creo que se imagina que no necesita estar en casa todo el tiempo por mí, y tiene razón. Ni siquiera llegaré a casa antes de las seis de la tarde cuando comiencen las clases.

—¿Crees que algún día tendrá otro bebé? —lo interrogó, intrigada, sin estar segura de la edad que tendría. Pero él negó con la cabeza. Se había hecho la misma pregunta, pero no creía que lo harían ahora.

—Creo que mi mamá es un poco grande para eso. Tiene cuarenta y siete, y siempre ha tenido muchos problemas en sus embarazos. Ni siquiera sé si desean tener otro bebé. Nunca hablan de eso.

—Los padres no hablan de cosas como esas delante de los niños —sonrió traviesa y él se vio un poco avergonzado.

—Sí. Supongo que no —hicieron sus planes para la tarde del miércoles y él le prometió ir a cenar al restaurante el lunes o el martes. Julie sospechaba para entonces que Maribeth estaba saliendo con él y en el restaurante le hacían bromas siempre que Tommy acudía, pero todo en forma sana; estaban felices de que tuviera como amigo a alguien tan agradable como Tommy.

Le dio las buenas noches a Maribeth, parado sobre un solo pie, y luego cambiando de pie, sintiéndose torpe con ella, lo cual era raro, pero no deseaba ir demasiado rápido, o demasiado despacio, o parecerle a Maribeth demasiado atrevido, o como si ella no le gustara. Fue un momento agonizante. Y después de que cerró con amabilidad la puerta, ella se veía pensativa mientras subía las escaleras hasta su habitación, preguntándose cómo, al final, iba a decirle la verdad.

La tarde siguiente fue a verla al restaurante y luego regresó al terminar el turno durante los dos días siguientes para llevarla a su casa, y el miércoles, antes de pasar a recogerla, fue al cementerio temprano por la mañana, para visitar a Annie.

Iba allí de vez en cuando para limpiar su tumba y limpiar las hojas secas. Había pequeñas flores que él había plantado y siempre arreglaba todo. Era algo que hacía por ella, y por su madre, porque sabía que ella se preocupaba por eso, pero no podía soportar ir ahí.

A veces hablaba con ella mientras trabajaba y, esta vez, le contó todo sobre Maribeth y cuánto le habría agradado. Era como si Annie estuviera sentada sobre un árbol, observándolo, y él le contaba sus más recientes actividades.

—Ella es una gran chica... no tiene espinillas... piernas largas... no puede nadar, pero es una magnífica corredora. Creo que te gustaría —y entonces sonrió, pensando en Maribeth y en su hermanita. En cierta forma, Maribeth le recordaba el tipo de mujer que habría sido Annie si hubiera llegado a los dieciséis. Tenían la misma clase de honestidad y franqueza abiertas. Y el mismo sentido de picardía y buen humor.

Terminó su trabajo en la tumba, pensando en las cosas que Maribeth le había dicho, acerca de algunas personas que sólo pasan por nuestras vidas para darnos un don, o una bendición especial. "No todos nacieron para quedarse para siempre", había dicho ella, y era la primera vez que algo sobre Annie tenía sentido para él. Tal vez sólo había estado de paso...

pero si tan sólo hubiera podido permanecer un poco más.

Su lugar bajo la sombra se veía limpio y ordenado otra vez cuando él se fue; le estrujó el corazón como siempre tener que dejarla ahí y leer su nombre, Anne Elizabeth Whittaker, en la pequeña lápida. Había un grabado de un corderito que siempre le arrancaba lágrimas de los ojos al mirarlo.

—Adiós, nena —murmuró antes de partir—. Volveré pronto... Te amo... —aún la extrañaba con desesperación, sobre todo cuando venía aquí, y estaba callado cuando recogió a Maribeth en su casa, quien de inmediato lo notó.

—¿Pasa algo malo? —lo miraba fijamente, podía ver que estaba trastornado y eso la preocupó de inmediato—. ¿Sucedió algo?

—No —lo conmovió que ella lo hubiera notado, y le tomó un minuto responder—. Hoy fui a limpiar... tú sabes... el lugar de Annie en el cementerio... Voy ahí de vez en cuando... A mamá le gusta que vaya, y de todos modos a mí me gusta ir... y sé que a mamá le desagrada hacerlo —y entonces sonrió y miró a su amiga. Llevaba puesta otra vez la gran camisa holgada, pero esta vez con pantalones cortos y sandalias—. Le hablé sobre ti. Supongo que ya sabía —dijo Tommy, sintiéndose a gusto con ella de nuevo. Le gustaba compartir sus secretos con ella. No había vacilación ni vergüenza. Ella simplemente estaba allí, como una extensión suya, o como alguien que había crecido junto a él.

—Tuve un sueño sobre ella la otra noche —comentó Maribeth, y él se sorprendió.

—Yo también. Soñé que ustedes dos caminaban

junto al lago. Me sentí tan apacible —dijo él y Maribeth asintió.

—Soñé que me estaba diciendo que cuidara de ti y le prometí que lo haría... una especie de cadena de personas... ella se fue y yo llegué, y me pidió que te cuidara... y tal vez después de mí venga alguien más... y luego... es como una progresión eterna de personas que pasan por nuestras vidas. Creo que eso es lo que te trataba de decir el otro día. Nada es para siempre, pero hay un fluir continuo de personas que pasan por nuestras vidas y que continúan con nosotros... nada se detiene simplemente y permanece... sino que fluye... como un río. ¿Te parece una locura? —se volvió hacia Tommy, preguntándose si sus divagaciones filosóficas sonaban tontas, pero no era así. Ambos eran sensatos más allá de sus años, con buena razón.

—No, no lo es. Sólo que no me gusta la parte sobre la progresión de personas, entrando y saliendo de nuestras vidas. Me gustaría más que las personas se quedaran. Deseo que Annie estuviera aquí todavía, y no quiero "a alguien más" después de ti, Maribeth. ¿Qué hay de malo en permanecer?

—No siempre podemos hacerlo —le respondió ella—, a veces tenemos que movernos. Como Annie. No siempre podemos elegir —pero ella tenía una elección, ella y su bebé estaban ligados entre sí por el momento, pero al final Maribeth seguiría su camino y el bebé tendría su propia vida, en su propio mundo, con otros padres. Parecía como si ahora, en sus vidas, nada fuera para siempre.

—No me gusta eso, Maribeth. En algún punto la gente tiene que quedarse.

—Algunos lo hacen. Otros no. Algunos no pueden. Sólo podemos amarlos mientras podemos y aprender cualquier cosa que tengan la intención de transmitirnos.

—¿Qué hay de nosotros? —preguntó, extrañamente serio para ser un chico de dieciséis. Pero ella era una mujer seria—. ¿Supones que hay algo que debemos aprender el uno del otro?

—Quizá. Tal vez nos necesitamos justo en este momento —le contestó con sabiduría.

—Me has enseñado mucho acerca de Annie, acerca de dejarla ir, acerca de amarla dondequiera que esté ahora y llevarla conmigo.

—Tú también me has ayudado —dijo cálida Maribeth, pero sin explicarle cómo, y él se sorprendió. Cuando se dirigían al lago ella sintió moverse de nuevo al bebé. Se había agitado muchas veces desde la primera vez que lo había sentido y se estaba convirtiendo en un sentimiento familiar y amigable. No se parecía a nada que hubiera sentido antes y le gustaba.

Cuando llegaron al lago, Tommy extendió una manta que había traído y Maribeth bajó el almuerzo. Había preparado sandwiches de ensalada de huevo, los cuales él le había comentado que le encantaban, y pastel de chocolate, además de una bolsa de fruta, una botella de leche, que ella parecía beber mucho estos últimos días, y algunos refrescos. Ambos estaban hambrientos y decidieron comer de inmediato, y luego se acostaron en la manta y platicaron largo rato, esta vez sobre la escuela y algo sobre sus amigos, sus padres y sus planes. Tommy comentó que había estado en California en una ocasión, con su papá, para ver allá las cosechas, y en Florida por la misma razón. Ella nunca había ido a ninguna parte y dijo que le gustaría conocer Nueva York y Chicago. Y ambos concordaron en que les encantaría conocer Europa, pero Maribeth pensaba que era muy improbable que algún día pudiera. No tenía manera de ir a ninguna parte en su vida, excepto allí, y aun esto había sido una gran aventura para ella.

También hablaron de la guerra de Corea y de las personas conocidas que habían muerto allá. A los dos les parecía una locura que estuvieran enfrascados en otra guerra tan pronto después de la última. Ambos recordaban cuando bombardearon Pearl Harbor, ellos tenían cuatro años. El padre de Tommy era demasiado grande para enlistarse, pero el padre de Maribeth había estado en Iwo Jima. Su madre había estado preocupada todo el tiempo que él estuvo ausente, pero al final había regresado a salvo a casa.

—¿Qué harías si te reclutaran para ir a la guerra? —lo cuestionó ella, y a él lo confundió la pregunta.

—¿Quieres decir ahora? ¿O cuando tenga dieciocho? —era una posibilidad, y sólo faltaban dos años, si la política sobre Corea no cambiaba.

—Cuando sea. ¿Irías?

—Por supuesto. Tendría que hacerlo.

—Yo no iría, si fuera hombre. No creo en la guerra —dijo ella con firmeza, mientras él sonreía. En ocasiones ella era graciosa. Tenía unas ideas tan definidas, y algunas de ellas eran bastante disparatadas.

—Eso es porque eres mujer. Los hombres no tienen elección.

—Tal vez deberían. O quizá algún día la tendrán. Los cuáqueros* no van a la guerra. Creo que ellos son más inteligentes que los demás.

* Miembros de una secta laica cristiana que se opone a la guerra y a la violencia. *N. del T.*

—Tal vez sólo están asustados —replicó él, aceptando todas las tradiciones que había conocido por siempre, pero Maribeth no estaba dispuesta a aceptarlas. No aceptaba muchas cosas, a menos que en verdad creyera en ellas.

—No creo que estén asustados. Pienso que son leales consigo mismos y con lo que creen. Yo rehusaría ir a la guerra si fuera hombre —dijo Maribeth con obstinación—. La guerra es estúpida.

—No, no harías eso —sonrió Tommy—. Pelearías, como todos los demás. Tendrías que hacerlo.

—Quizá algún día los hombres no se limiten a hacer lo que "tienen que hacer". Tal vez lo cuestionen y no sólo hagan lo que se les dice.

—Lo dudo. Si lo hicieran sería un caos. ¿Por qué algunos hombres irían mientras otros no? ¿Qué harían? ¿Huir? ¿Esconderse en alguna parte? Es imposible, Maribeth. Deja la guerra a los hombres. Ellos saben lo que están haciendo.

—Ése es el problema. No creo que lo sepan. Sólo nos meten en nuevas guerras cada vez que están aburridos. Fíjate en ésta. Apenas salimos de la anterior y ya estamos de nuevo en la sopa —dijo con desaprobación, y él rió.

—Deberías postularte para presidente —bromeó, pero él respetaba sus ideas y su buena disposición a ser aventurada en su forma de pensar. Había algo muy valiente en ella.

Luego decidieron caminar por la orilla del lago y, cuando regresaban, Tommy le preguntó si quería nadar. Pero ella se rehusó de nuevo, y él tenía curiosidad de saber por qué nunca quería acompañarlo. Había una balsa en el lago lejos de la orilla y él deseaba que nadaran juntos hasta ella, pero Maribeth no quería.

—Vamos, dime la verdad —dijo al fin Tommy—, ¿le tienes miedo al agua? De ser así no debe avergonzarte. Sólo dímelo.

—No es eso. Tan sólo no quiero nadar —ella era una buena nadadora, pero no había manera de que se quitara la camisa de su padre.

—Entonces ven —hacía un calor abrasador y a ella le habría encantado un chapuzón helado con él, pero sabía que no era posible. Ya tenía cuatro meses y medio de embarazo—. Sólo camina en el agua conmigo. Se siente estupendo —ella aceptó hacerlo, pero no iría más lejos. El lago era poco profundo en un trecho largo, así que estaban bastante lejos de la orilla cuando comenzó a hacerse más hondo de forma abrupta. Maribeth se detuvo en una saliente arenosa y él nadó hasta la balsa y luego regresó con brazadas largas y suaves. Tenía brazos y piernas largos y poderosos y era un gran nadador. Volvió en unos minutos y se paró junto a ella donde lo esperaba.

—Eres un nadador formidable —dijo ella con admiración.

—Estuve en el equipo de la escuela el año pasado, pero el capitán era un idiota. No voy a nadar con el equipo este año —él la veía con interés malicioso conforme comenzaban a caminar de regreso hacia la orilla y la salpicó—. Eres una verdadera gallina, ¿sabes? Es probable que nades tan bien como yo.

—No, no es así —replicó ella, tratando de esquivar sus salpicaduras. Pero él estaba juguetón y ella no pudo resistir la tentación de salpicarlo a él; un momento después, eran como dos niños, lanzándose brazadas de agua uno al otro. Ella se estaba empapando y perdió el pie cuando intentaba esquivarlo, cayendo sentada en el agua. Al principio se sorprendió y luego se percató de que estaba empapada y no había manera de salir del agua sin que Tommy viera su estómago protuberante. Era demasiado tarde para salvar la situación, así que lo hizo dar un traspiés y fue a caer en el agua cerca de ella, y entonces Maribeth se alejó nadando aprisa, pero Tommy la atrapó con facilidad y ambos balbuceaban y reían.

No nadó con él hasta la balsa, pero nadaron juntos por un rato, mientras ella trataba de imaginarse cómo saldría airosa del agua, sin que Tommy viera su vientre, pero no encontraba la forma de hacerlo. Y entonces, por último, le dijo que tenía frío, lo cual no era cierto, y le pidió que le trajera su toalla. Él la miró un poco sorprendido, en el agua tibia y el calor del sol de la tarde, pero se la trajo y se la dio. Pero ella aún tenía que salir del agua y caminar hacia él. Deseaba decirle que se volteara, pero no se atrevió, tan sólo permanecía en el agua con aspecto preocupado.

—¿Pasa algo malo? —ella no sabía qué decirle y por último, a regañadientes, asintió. No deseaba decírselo todavía y no sabía qué le diría cuando lo hiciera, pero ahora estaba atrapada—. ¿Puedo ayudarte? —él se veía desconcertado.

—No en realidad.

—Mira, sólo sal de ahí, Maribeth. Lo que sea, lo solucionaremos. Vamos, te ayudaré —le tendió una mano y el gesto hizo que brotaran lágrimas de los ojos de Maribeth; se encaminó hacia ella en el agua y la levantó con cuidado hasta que estuvo parada frente a él. Ella permitió que la sacara del agua sin resistirse mientras las lágrimas le llenaban los ojos, y Tommy no tenía idea de por qué estaba llorando. Le puso con delicadeza la toalla alrededor y cuando volteó hacia abajo lo vio, era un vientre innegable, todavía pequeño, pero muy firme y muy redondo, y era muy obvio que lo causaba un bebé. Tommy aún recordaba cómo se veía su propia madre cuando estaba esperando a Annie, y Maribeth estaba demasiado delgada como para que se tratara de alguna otra cosa; él volteó a verla de nuevo asombrado.

—No quería que te enteraras —dijo ella con tristeza—. No quería decírtelo —estaban con el agua hasta las rodillas en el lago y ninguno de los dos se movió hacia la orilla. Tommy se veía como si lo hubiera alcanzado un rayo, y ella lucía como si alguien se hubiera muerto.

—Anda —dijo él en voz baja, acercándola a sí y colocando un brazo alrededor de sus hombros—, vamos a sentarnos —caminaron en silencio hasta la playa y se dirigieron al lugar donde habían colocado la manta. Ella se quitó la toalla y luego se desabotonó la camisa de su padre. Tenía un traje de baño y pantalones cortos debajo de ella, así que no tenía caso seguir con ella puesta. Su secreto estaba al descubierto—. ¿Cómo sucedió? —dijo él al fin, tratando de no mirar la protuberancia muy obvia mientras ella se sentaba, pero aún asombrado; ella sonrió pesarosa ante su pregunta.

—De la manera habitual, supongo, aunque no sé mucho al respecto.

—¿Tenías un novio? ¿*Tienes* un novio? —corrigió, sintiendo su corazón oprimido, pero ella negó con la cabeza y miró para otro lado y luego de nuevo lo vio a él.

—Ninguna de las dos cosas. Hice algo realmente estúpido —decidió confesárselo todo. No quería tener secretos para él—. Lo hice una sola vez. Con alguien a quien apenas conocía. Ni siquiera tenía una cita con él. Me llevó a mi casa de un baile donde mi acompañante se emborrachó, y era una especie de héroe de último año. Supongo que estaba halagada de que se hubiera dignado hablarme y él era mucho más refinado de lo que esperaba. Se deshizo en atenciones conmigo y me llevó a comer una hamburguesa con sus amigos; yo pensé que era fantástico y entonces él se detuvo en alguna parte del parque en el camino a mi casa. Yo no quería ir, pero tampoco quería darle demasiada importancia; él me dio un trago de ginebra y luego... —ella miró hacia su protuberante vientre— ...puedes imaginarte el resto. Dijo que no creía que fuera a quedar embarazada. Había terminado con su novia ese fin de semana, o al menos eso dijo, y para el lunes ya había regresado con ella, y yo había quedado como una completa tonta. Mejor que eso, había destruido mi vida por un tipo que ni siquiera conocía y a quien nunca le importé. Me tomó un poco de tiempo darme cuenta de lo que había sucedido y para cuando lo hice, él estaba comprometido. Se casaron justo después de la graduación.

—¿Se lo dijiste?
—Sí, lo hice. Dijo que deseaba casarse con ella y que ella se molestaría mucho si se enteraba... Yo no quería arruinar su vida... ni la mía. No le confesé a mis padres quién era, porque no quería que mi padre lo obligara a casarse conmigo. No quiero casarme con alguien que no me ame. Tengo dieciséis años. Mi vida estaría arruinada. Aunque por otra parte —suspiró mientras se sentaba, viéndose desalentada—, mi vida está arrui-

nada de todos modos. No fue exactamente una jugada brillante de mi parte.

—¿Cómo reaccionaron tus padres? —estaba abrumado por lo que ella le estaba contando, la insensibilidad del tipo y el valor de ella para no hacer lo que no quería, a pesar de la tragedia.

—Mi padre dijo que tenía que marcharme. Me llevó con las Hermanas de la Caridad y se suponía que viviría con ellas hasta que lo tuviera. Pero no pude resistirlo. Me quedé allá unas cuantas semanas, pero era tan deprimente que pensé que sería mejor morir de hambre, así que me fui y abordé un autobús, y así llegué aquí. Compré un boleto para Chicago, pensaba conseguir un empleo allá, pero nos detuvimos aquí para cenar y vi el anuncio en el escaparate de Jimmy. Me dieron el trabajo, así que me bajé del autobús y aquí estoy —se veía vulnerable y demasiado joven, y muy hermosa mientras él la observaba, vencido por la ternura y la admiración—. Mi padre dijo que podía regresar a casa después de la Navidad, *luego* de tener a mi bebé. Entonces volveré a la escuela —dijo con voz débil, tratando de oírse bien, pero incluso para sus propios oídos, sonó lamentable.

—¿Qué vas a hacer con el bebé? —la interrogó él, todavía sorprendido por lo que le había sucedido a Maribeth.

—Regalarlo... darlo en adopción. Quiero encontrar buenas personas que lo quieran. Yo no puedo cuidarlo. Tengo dieciséis años. No puedo cuidar de un bebé... no tengo nada que darle... no sé qué hacer por él. Quiero volver a la escuela... quiero ir a la universidad... si me quedo con el bebé, estaré atrapada para siempre... y más que eso, no tengo nada que darle. Deseo encontrar una familia que en realidad lo quiera. Las monjas dijeron que me ayudarían, pero eso fue allá en mi pueblo... aquí no he hecho nada al respecto —se veía nerviosa mientras hablaba y él estaba pasmado por todo lo que le decía.

—¿Estás segura de que no quieres conservarlo? —no podía imaginarse regalando a un bebé. Incluso para él sonaba terrible.

—No lo sé —pudo sentir al bebé moviéndose mientras lo decía, como si luchara por tener una pequeña opinión en la decisión—. Lo que pasa es que no puedo ver la manera en que podría atenderlo. Mis padres no me ayudarían. No puedo ganar suficiente dinero para sostenerlo... no sería justo para el bebé. Y no deseo un bebé ahora. ¿Es eso tan espantoso? —sus ojos se llenaron de lágrimas y lo miró con desesperación. Era terrible admitir que no deseaba a su bebé, pero así era. No amaba a Paul y no quería tener un hijo, o ser responsable de la vida de otro. Con trabajos podía manejar la suya, mucho menos la de otra persona. Sólo tenía dieciséis años.

—Vaya, Maribeth. Sí que tienes de qué preocuparte —Tommy se acercó a ella y puso de nuevo su brazo a su alrededor, jalándola hacia él—. ¿Por qué no dijiste nada? Podías habérmelo contado.

—Oh, sí, claro... hola, me llamo Maribeth, me embarazó un tipo que se casó con otra y mis padres me echaron... ¿qué tal si me invitas a cenar? —él se rió de lo que decía y ella sonrió a través de sus lágrimas, y de pronto estaba llorando en sus brazos con terror y vergüenza, y con alivio de habérselo contado. Los sollozos que la sacudían la habían dejado sin energía y él la sostuvo hasta que se detuvo. Sentía una pena desesperada por ella y por el bebé.

—¿Para cuándo lo esperas? —le preguntó una vez que se calmó.

—Hasta fines de diciembre —pero sólo faltaban cuatro meses y ambos sabían que el tiempo pasaba muy rápido.

—¿Has visto a algún doctor aquí?

—No conozco a ninguno —negó con la cabeza—. No quiero decirles a las muchachas del restaurante porque temo que Jimmy me despida. Les conté que estuve casada con un muchacho que murió en Corea, así que no les sorprenderá demasiado cuando por fin se den cuenta de que estoy embarazada.

—Ésa fue una muy buena idea —comentó él con un aspecto divertido, y luego la volvió a ver a ella de manera interrogativa—. ¿Estabas enamorada de él, Maribeth? Me refiero al padre.

Significaba mucho para Tommy saber si ella lo había amado. Pero se sintió aliviado cuando negó con la cabeza.

—Estaba halagada de que quisiera salir conmigo. Eso es todo. Tan sólo fui increíblemente estúpida. A decir verdad, es un idiota. Lo único que deseaba era que me desapareciera y que no le dijera a Debbie. Me dijo que podía deshacerme del bebé. Ni siquiera estoy segura de cómo lo hacen, pero creo que eliminan al bebé. En realidad nadie me explicó y todos dicen que es muy peligroso y costoso.

Tommy la miraba con seriedad mientras le explicaba. También él había escuchado de los abortos, pero no tenía una idea más clara que ella de la naturaleza exacta del procedimiento.

—Me alegra que no lo hicieras.

—¿Por qué? —su comentario la sorprendió. ¿Qué diferencia había para él? Las cosas hubieran sido mucho más sencillas para ellos si no estuviera embarazada.

—Porque creo que no deberías. Quizá ésta es una de aquellas cosas, como Annie... tal vez sucedió por un motivo.

—No lo sé. He pensado mucho al respecto. He intentado comprender por qué pasó esto. Pero no lo consigo. Al parecer se trata sólo de mala suerte. A la primera vez. Supongo que sólo eso se necesita —él asintió con indecisión. Sus conocimientos sobre sexo eran tan estrechos como los de ella, posiblemente más. Y a diferencia de Maribeth, él nunca lo había hecho.

Entonces la miró de manera muy extraña y ella pudo percibir que se moría por hacerle otra pregunta.

—¿Qué? Anda... lo que sea... pregúntame... —ahora eran amigos hasta la muerte, unidos en una amistad que ambos sabían duraría para siempre. Tommy era parte de su pacto secreto. Ahora era parte de él. Siempre sería parte de él desde este momento.

—¿Qué se siente? —preguntó, enrojeciendo y sintiéndose muy avergonzado, pero la pregunta no escandalizó a Maribeth. Ahora nada lo haría. Tommy era como un hermano, o su mejor amigo, o algo más que eso—. ¿Fue maravilloso?

—No. No para mí. Tal vez para él. Pero creo que podría serlo... fue algo excitante y que produce vértigo. Hace que dejes de pensar en cualquier otra cosa, o de razonar, o de querer hacer lo correcto. Es una especie de tren expreso una vez que estás en marcha, o quizá fue la ginebra... pero creo que con la persona adecuada, podría ser bastante formidable. No lo sé. En realidad no deseo intentarlo de nuevo. Al menos no por un largo tiempo y no hasta que encuentre a la persona indicada. No quiero volver a hacerlo así, de esa manera tan estúpida —él asintió, intrigado por lo que ella le había dicho. Eso era lo que él había esperado, y admiró su resolución. Pero lamentaba que ella hubiera tenido ya la experiencia y él no—. Lo triste es que no significó nada, y debería. Y ahora tengo a este bebé a quien nadie desea, ni el padre, ni yo, nadie.

—Tal vez cambies de opinión cuando lo veas —le dijo pensativo. Su corazón se había derretido desde el primer momento en que había visto a Annie.

—No estoy segura de que lo veré. Las dos muchachas que tuvieron bebés en el convento antes de que me fuera nunca los vieron. Las monjas se los llevaban desde que nacían y eso era todo. Parece algo tan extraño llevarlo contigo todo este tiempo y luego regalarlo... pero parece igual de extraño conservarlo. No es por un solo día. Es para siempre. ¿Podría hacerlo? ¿Podría ser una madre todo el tiempo? No lo creo. Y entonces pienso que hay algo malo en mí. ¿Por qué no deseo tener a este bebé conmigo para siempre? Y si lo deseo cuando lo vea, ¿entonces qué voy a hacer? ¿Cómo voy a mantenerlo o a cuidarlo? Tommy, no sé qué hacer... —sus ojos se llenaron de nuevo de lágrimas y él la atrajo otra vez hacia sí y en esta ocasión, sin dudarlo, se inclinó hacia ella y la besó. Fue un beso lleno de admiración, ternura y compasión, y de todo el amor que había llegado a sentir por ella. Fue el beso de un hombre a una mujer, el primero que ambos habían conocido de esa manera, el primero que ambos habían sentido de tal magnitud en toda su vida. Era un beso que con facilidad podría conducir a algo más, salvo que ahora, y aquí, ninguno de ellos lo permitiría.

—Te amo —susurró él en su cabello, deseando que fuera suyo el bebé que llevaba ella en las entrañas y no de un muchacho que nunca le había importado a ella—. Te amo mucho... No me iré... Estaré aquí para ayudarte —eran promesas valientes para un muchacho de dieciséis años. Pero en el año que había transcurrido había llegado a la madurez.

—También yo te amo —dijo ella cautelosa, limpiando sus lágrimas con la toalla, no deseando agobiarlo con sus problemas.

—Tiener que ir con un doctor —le dijo él, sonando paternal de una manera notoria.

—¿Por qué? —en ocasiones todavía parecía muy niña, a pesar de todo lo que estaba pasando.

—Tienes que asegurarte de que el bebé está sano. Mi mamá iba todo el tiempo cuando estaba esperando a Annie.

—Sí, pero ella estaba más grande.

—Creo que se supone que debes ir de todas maneras —y entonces tuvo una idea—. Obtendré el nombre del doctor de mi mamá y quizá podamos pensar en alguna forma de que te vea —se veía complicado con la idea y ella sonrió.

—Estás loco. Pensarán que es tuyo y le dirán a tu mamá. No puedo ir con un doctor, Tommy.

—Ya se nos ocurrirá algo —trató de tranquilizarla—. Y tal vez el doctor de mi mamá pueda ayudarte a encontrar alguien que lo adopte. Creo que también hacen eso. Deben conocer personas que desean bebés y no pueden tenerlos. Creo que mi mamá y mi papá pensaron un tiempo en adoptar uno, antes de tener a

Annie, y luego ya no tuvieron que hacerlo. Obtendré su nombre y haremos una cita —él se había involucrado por completo y se había echado al hombro la carga junto con ella, como nadie más en la vida de Maribeth. La besó de nuevo, anhelante y febril, y luego, aún con más ternura, puso una mano sobre el bebé. Se estaba moviendo mucho y ella le preguntó si podía sentirlo. Tommy se concentró por un rato más y entonces, con una sonrisa, asintió. Tan sólo era la más pequeña de las palpitaciones, como si el vientre de ella tuviera vida propia, lo cual era así en ese momento.

Más tarde nadaron otro poco, y esta vez ella nadó con él hasta la balsa y estaba cansada cuando regresaron. Se recostaron en la manta por un largo rato y hablaron con tranquilidad acerca del futuro de Maribeth. Ahora le parecía un poco menos siniestro, con Tommy ahí para compartirlo, aunque su enormidad todavía la asustaba. Si lo conservaba, tendría al bebé por el resto de su vida. Si no, tal vez lo lamentaría siempre. Era difícil saber qué era lo correcto, con excepción de que seguía sintiendo que sería un obsequio más preciado para el bebé, e incluso para ella misma, dejarlo estar con otros padres. Algún día tendría otros hijos, y ella siempre lamentaría a éste, pero era el momento inadecuado y el lugar incorrecto y simplemente no podía manejar las circunstancias.

Tommy la sostuvo entre sus brazos y se besaron y se abrazaron, pero sin ir más allá. Ambos estaban tranquilos de un modo extraño cuando regresaron a la vivienda de Maribeth para que se cambiara de ropa e ir a cenar y al cine. Esa tarde habían cambiado las cosas entre ellos. Era como si ahora se pertenecieran el uno al otro. Ella había compartido con él su secreto, y él había estado ahí para ella. Sabía que no la abandonaría. Ambos se necesitaban, y en especial ella lo necesitaba a él. Era como si se hubiera formado un vínculo silencioso entre ellos, un vínculo que nunca se rompería.

—Te veré mañana —le dijo cuando la dejó en su casa a las once de la noche. Ahora sabía que no podría estar lejos de ella. Necesitaba saber que estaba bien. La llevaría a su casa después del trabajo al día siguiente, aunque le había prometido a su mamá que estaría en casa a la hora de la cena—. Cuídate, Maribeth —él sonrió y ella le correspondió con otra sonrisa y agitando la mano, mientras cerraba la puerta con suavidad detrás de sí. Y mientras se metía a la cama, pensaba en lo afortunada que había sido al conocerlo. Era la clase de amigo que nunca había tenido, el hermano que Ryan nunca había sido, el amante que Paul nunca podría ser. Por el momento, él era todo. Y esa noche, una vez más, soñó con Annie.

6

Durante la siguiente semana, Tommy fue al restaurante todas las tardes. La llevaba a su casa por la noche y el domingo en la noche la invitó a cenar y al cine. Pero en su siguiente día libre, rehusó llevarla de nuevo al lago. En su lugar, tenía un plan para algo de mucho mayor importancia. Había sustraído la agenda telefónica de su madre y con mucho cuidado había anotado el nombre y la dirección de su doctor. Después de que murió el viejo doctor Thompson, Avery MacLean había sido el ginecólogo de Liz por años, y había recibido a sus dos hijos. Era un caballero de pelo cano de años distinguidos, pero sus ideas y técnicas eran mucho más modernas que sus modales. Era cortés, y en cierta manera formal, pero estaba por completo al día en todas las prácticas modernas y Tommy sabía cuánto le agradaba a su madre. Y también sabía que Maribeth tenía que ver a un doctor.

Concertó una cita a nombre de la señora Robertson e intentó lo mejor que pudo oírse como su papá en el teléfono, engruesando su voz y tratando de sonar seguro, a pesar de que le temblaban los dedos. Había declarado ser el señor Robertson cuando le preguntaron, y dijo que se acababan de mudar a Grinnell, después de casarse, y que su esposa necesitaba un examen médico. La enfermera se escuchó como si le hubiera creído.

—¿Pero qué le voy a decir? —Maribeth lo vio con pánico cuando se lo contó.

—¿No lo sabrá él al examinarte? ¿Tienes que decírselo? —Tommy trataba de oírse más seguro de lo que se sentía y más conocedor de lo que era. Aún tenía una idea muy vaga de la mayoría de los detalles finos del problema de ella. Todo lo que sabía del embarazo era que había visto a su madre con ropas voluminosas, seis años antes, y podía recordarlo todavía, y lo que había visto en la televisión el año anterior en el programa *Amo a Lucy*, cuando ella anunció que estaba esperando.

—Me refiero a... qué le voy a decir sobre... sobre el padre del bebé... —se veía profundamente preocupada, pero sabía también que él tenía razón. Había mucho acerca de su estado que ella ignoraba y necesitaba hablar con un doctor.

—Dile lo mismo que les contaste en el restaurante, que lo mataron en Corea —allá todavía no sabían acerca del bebé, pero había preparado el terreno con la historia de que era viuda.

Y entonces ella lo miró con los ojos llenos de lágrimas y lo dejó pasmado con su siguiente pregunta:

—¿Vendrás conmigo?

—¿Yo? Y... qué... ¿qué tal si me reconoce? —se sonrojó hasta la raíz de sus cabellos de sólo pensarlo. ¿Qué tal si la examinaba delante de él?, ¿qué tal si esperaban que supiera algo que no sabía? No tenía idea de los misterios que exudaban los consultorios de los médicos de señoras. Peor aún, ¿qué tal si le decía a sus padres?—. No puedo, Maribeth... Simplemente no puedo...

Ella asintió, sin decir una palabra, mientras una lágrima solitaria rodaba despacio por su mejilla, y él sintió que el corazón se le salía del cuerpo.

—Está bien... está bien... no llores... pensaré en algo... quizá pueda decir que eres mi prima... pero entonces seguro que le dicen a mi mamá... No sé, Maribeth, tal vez podamos decir que sólo somos amigos, que conocía a tu esposo y que me ofrecí a llevarte.

—¿Crees que sospeche algo? Es decir, ¿que no estoy casada? —eran como dos chiquillos tratando de imaginarse cómo salir de un lío en el que se habían metido sin querer. Pero éste era un lío muy grande y no había escapatoria.

—No se enterará si no le dices nada —dijo Tommy con firmeza, tratando de mostrar una calma que estaba lejos de sentir. Estaba aterrado con la idea de acompañarla al doctor. Pero no deseaba dejarla sola y una vez que le había prometido ir, sabía que tendría que hacerlo.

Ambos tenían los nervios destrozados esa tarde cuando se dirigían a la cita. Apenas hablaban, y él sentía tanta pena por ella; trató de tranquilizarla cuando la ayudó a bajar de la camioneta y la siguió hasta el consultorio del doctor, rogando para que no se le notara ruborizado.

—Todo saldrá bien, Maribeth... te lo prometo —susurró mientras entraban, y ella sólo asintió. Tommy sólo había visto una vez al doctor afuera del hospital, en el lugar donde había estado parado junto a su padre saludando con la mano a su madre después de que nació Annie. Él era demasiado chico para que lo dejaran entrar y su madre estaba asomada a la ventana de su cuarto, saludándolo y sosteniendo orgullosa a la pequeña Annie. De sólo pensarlo se le rasaron los ojos de lágrimas y apretó la mano de Maribeth, tanto para alentarla como para consolarse a sí mismo, mientras la enfermera en jefe los observaba por encima de sus anteojos.

—¿Sí? —no podía imaginarse lo que estaban haciendo allí, salvo que quizá buscaran a su madre. Apenas eran más que niños—. ¿En qué puedo ayudarlos?

—Soy Maribeth Robertson... —musitó ella, mientras su voz se desvanecía hasta hacerse inaudible en su apellido, incapaz de creer que Tommy en realidad la hubiera hecho ir allí—. Tengo cita con el doctor —la enfermera frunció el ceño, buscando en su libro de citas y luego asintió.

—¿Señora Robertson? —parecía sorprendida. Tal vez la muchacha era un poco más grande de lo que parecía. Más que nada, parecía en extremo nerviosa.

—Sí —apenas fue más que un suspiro en sus labios, en tanto la enfermera les indicaba un asiento en la sala de espera y sonreía para sus adentros, recordando la llamada de él. Era obvio que estaban recién casados y apenas eran más que unos niños. No pudo evitar preguntarse si se habrían visto obligados a casarse.

Se sentaron en la sala de espera, murmurando, y tratando de no ver a las mujeres enormemente embarazadas que los rodeaban. Tommy nunca había visto a tantas en un cuarto y estaba muy avergonzado, mientras ellas charlaban acerca de sus maridos, sus otros hijos, palmeaban de vez en cuando sus vientres y tejían. Fue un alivio compasivo para ambos cuando el doctor MacLean los llamó desde su consultorio. Se refirió a ellos como el señor y la señora Robertson, y Tommy se sintió paralizado cuando no lo corrigió. Pero el doctor no tenía motivo para sospechar que él era todo menos el esposo de Maribeth. Les preguntó dónde vivían, de donde venían y por último cuánto tiempo llevaban casados. Maribeth miró por largo rato al doctor y luego negó con la cabeza.

—No estamos... yo estoy... quiero decir... Tommy sólo es un amigo... mi esposo murió en Corea —y entonces, lamentando la mentira en el momento en que la dijo, ella lo miró con sinceridad, con lágrimas en los ojos—. No estoy casada, doctor. Tengo cinco meses de embarazo... y Tommy pensó que debía venir a verlo —el doctor la admiró por proteger al muchacho y pensó que era inusitadamente noble.

—Ya veo —se veía calmado por todo lo que ella le había dicho y miró a Tommy por un largo momento, pensando que le parecía algo familiar. Se preguntó si sería hijo de alguna de sus pacientes. Sabía que lo había visto en alguna parte. De hecho, había asistido al funeral de Annie y lo vio allí, pero por el momento no podía recordar donde lo había visto.

"¿Y planean casarse pronto? —los miró a ambos, apenado por ellos. Siempre le apenaban los chicos en su situación. Pero ambos sacudieron sus cabezas como negativa, viéndose contrariados, como si temieran que los fuera a echar de su consultorio, y de pronto Tommy lamentó haber sugerido que ella fuera allí.

—Sólo somos amigos —dijo Maribeth con firmeza—. Esto no es culpa de Tommy. Sólo mía —había comenzado a llorar y Tommy alargó la mano y tocó la de ella mientras el doctor los observaba.

—Creo que eso no viene al caso ahora —dijo el doctor con amabilidad—. Por qué no tenemos una pequeña charla tú y yo solos por un rato y luego te vemos a ti, y tu... amigo —sonrió con la palabra, divertido de que ellos pensaran que no sabía lo que ocurría—, tu amigo puede regresar y hablar con nosotros después. ¿Qué te parece? —quería examinarla y hablar con ella de lo que estaba sucediendo, la manera en que habían reaccionado sus padres a su embarazo, cuáles eran sus verdaderos planes y si iba a conservar al bebé. A él le parecían muy enamorados y supuso que al final se casarían, en particular en vista de que habían llegado tan lejos. Pero era probable que sus familias les estuvieran haciendo pasar un mal rato y quería ayudarlos tanto como pudiera. Tal vez todo lo que necesitaban era un empujón en la dirección correcta.

El doctor se puso de pie entonces y acompañó a Tommy afuera del consultorio. Esta vez fue aún más atemorizante, sentado en una sala de espera llena de mujeres embarazadas, sin ella. Tan sólo rogaba que nadie que conociera a su madre entrara y lo viera.

Le pareció que pasaron horas antes de que la enfermera le hiciera señas y le permitiera regresar al consultorio del doctor.

—Pensé que te gustaría venir con tu amiga y hablar ahora de las cosas —dijo el doctor con calidez mientras entraba Tommy. Maribeth le sonreía y se veía cohibida, pero aliviada. El doctor había escuchado el corazón del bebé y dijo que al parecer sería un bebé grande y saludable. También le había contado al doctor que era probable que lo diera en adopción y que si él conocía a alguien que fuera apropiado para ello se lo comunicara. El doctor le había prometido pensarlo, pero no había dicho más acerca del asunto. Parecía más interesado en compartir la información que le había dicho a ella con Tommy, acerca del tamaño y salud del bebé, acerca de lo que Maribeth podía esperar para los siguientes meses, las vitaminas que tenía que tomar, las siestas que debía tener si su horario de trabajo se lo permitía. Les dijo todo como si Tommy fuera el padre del bebé, y entonces Tommy se percató de lo que estaba sucediendo. El doctor MacLean pensaba que ellos le estaban ocultando el hecho de que Tommy era el padre. Y no importaba cuánto hubiera insistido Maribeth en que sólo eran amigos, era obvio que no les había creído. Era demasiado evidente para él la forma en que Tommy se preocupaba por ella y cuánto la amaba.

Y mientras los observaba a ambos y les explicaba sobre sus honorarios, algo se movió en su memoria y de pronto se dio cuenta de quién era el muchacho, y se sintió complacido de que hubiera traído a Maribeth con él.

—Tú eres Tommy Whittaker, ¿no es así, hijo? —le preguntó con amabilidad. No quería asustarlo, estaba dispuesto a compartir su secreto con ellos, en tanto ninguno de ellos saliera lastimado, y no tenía una razón urgente para decírselo a sus padres.

—Sí, soy yo —respondió Tommy con sinceridad.

—¿Saben de esto tus padres?

Tommy negó con la cabeza, ruborizándose en extremo. Era imposible explicar que había robado la agenda de su madre para obtener su número telefónico.

—Ellos no conocen a Maribeth —le habría gustado presentárselas, pero no podía en estas circunstancias, y de cualquier manera las cosas estaban ahora demasiado difíciles con sus padres.

—Tal vez es tiempo de que los presentes —dijo el doctor MacLean con prudencia—. No puedes esperar para siempre. La Navidad llegará antes de lo que te imaginas —sólo faltaban cuatro meses para que llegara la fecha del parto—. Piénsalo, tus padres son personas bastante comprensivas. Han sufrido una barbaridad recientemente y estoy seguro de que esto será un choque para ellos, pero al final te ayudarán —Maribeth le había dicho que ella estaba distanciada de su familia y que el único amigo que tenía en el mundo era Tommy—. Ésta es una carga muy pesada para que la lleves tú solo en esos hombros tan jóvenes.

—Estamos bien —dijo con valentía, componiendo el problema y convenciendo de nuevo al doctor de que el bebé era suyo, sin importar cuánto lo negara Maribeth. Era muy dulce la manera en que ella lo protegía de cualquier culpa, y eso impresionó al doctor. Estaba impresionado con ambos y complacido de que hubieran acudido a él. Hizo otra cita el siguiente mes para ella y antes de que se marcharan les dio un libro muy sencillo que les explicaba lo que debían esperar durante los siguientes cuatro meses y en el parto. No tenía fotografías, sólo unos cuantos dibujos sencillos, y ninguno de los dos había visto un libro como ése. Suponía cierta cantidad de conocimientos que ninguno de los dos tenía y muchos de los términos usados les eran desconocidos por completo. Pero también le dijo a Maribeth cómo cuidarse, qué hacer y qué no hacer, y le enseñó las señales de peligro que ameritaban llamar de inmediato al doctor. Ambos pensaron que era bastante impresionante.

El doctor MacLean le dijo a Maribeth que le cobraría doscientos cincuenta dólares por todo su cuidado prenatal, y por el parto y los gastos de hospital serían otros trescientos, cantidad que por fortuna todavía tenía del dinero que su padre le había dado para el convento. Así que tenía suficiente para pagar. Pero ambos estaban bastante preocupados de que él pensara que Tommy era el padre del bebé.

—¿Qué tal si le dice a tu mamá? —preguntó ella, aterrada. No quería causarle problemas. Tommy también estaba preocupado, pero de alguna manera tenía la impresión de que el doctor no los traicionaría. Era un hombre decente y simplemente no creía que el doctor MacLean les diría a sus padres. Y a pesar del malentendido acerca de la identidad del padre del bebé, estaba contento de haber llevado a Maribeth a verlo.

—No creo que lo haga —la tranquilizó—. En verdad creo que quiere ayudarnos —Tommy confiaba en él y estaba seguro de que estaba en lo cierto.

—Es agradable —comentó ella, y luego fueron por unas malteadas. Hablaban en murmullos acerca del libro que les había dado el doctor, acerca del trimestre en el que estaba y de algunas de las cosas que les había dicho el doctor sobre la labor y el parto—. Suena muy atemorizante —dijo Maribeth nerviosa—. Dijo que podía darme algo para dormirme... Creo que me gustaría eso —no estaba segura de nada. Era mucho para pasarlo a los dieciséis años, por un bebé que no conservaría y que no volvería a ver otra vez. Había mucho que preguntar, por media hora en el asiento delantero de un Chevy con Paul Browne. En ocasiones todavía no podía creer lo que estaba pasando. Pero ver al doctor lo hizo más real. Al igual que la preocupación de Tommy y el hecho de que de improviso el bebé parecía crecer a diario.

Tommy iba a verla al restaurante casi todos los días, o se dejaba ver por su casa después del trabajo y la invitaba a tomar un refresco, o a caminar, o a ir al cine. Pero el primero de septiembre él regresó a la escuela y todo se volvió más difícil. Tenía clases hasta las tres de la tarde y luego deportes y su ruta de reparto de periódicos. Para cuando llegaba a verla por la noche, estaba rendido. Pero siempre se preocupaba por ella y, siempre que estaban solos, la sostenía en sus brazos y la besaba. A veces sentía como si en realidad estuvieran casados, por la forma en que platicaban sobre los sucesos del día, su trabajo, la escuela y sus problemas. La pasión entre ellos también parecía de casados, sólo que ninguno de ellos se permitía ir más allá de donde debían. Nunca fueron más allá de besarse, abrazarse y tocarse.

—No quiero embarazarme —dijo ella con voz ronca una noche, mientras las manos de él vagaban sobre sus senos que se hinchaban poco a poco, y ambos rieron. Ella no quería hacer el amor con él, no ahora, con el bebé de Paul en sus entrañas... y después, ella deseaba que fuera diferente. No quería que le sucediera lo mismo otra vez, hasta que lo deseara, dentro de muchos años, después de que hubiera regresado a la escuela y cursara la universidad y se casara con el hombre adecuado, entonces ella desearía a sus bebés. No quería hacerlo con Tommy demasiado pronto y estropear todo, pero él lo comprendía, aunque a veces lo volvía loco porque la deseaba demasiado.

Algunas veces hacía su tarea en la casa de ella, o en el restaurante, en un rincón de atrás, mientras ella le traía malteadas y hamburguesas, y a veces incluso le ayudaba. Y cuando su casera estaba fuera y su puerta estaba cerrada se estiraban en la cama y él le leía, o ella le hacía sus tareas de química o de álgebra o trigonometría. Casi estaban en el mismo nivel académico y habían pasado dos semanas desde que comenzó la escuela cuando de pronto se dio cuenta de que podían hacer todo el trabajo juntos. Él iba a copiar el plan de estudios para ella y le prestaba sus libros, y de esa manera ella podría mantenerse al corriente del trabajo que estaba perdiendo en su escuela y continuar con su educación.

—Puedes pedirles que te hagan un examen cuando regreses, así no perderás el semestre —pero eso era algo en lo que no le gustaba pensar a él, en que ella regresara a Iowa con sus padres. Quería que se quedara con él, pero ninguno de los dos sabía con exactitud lo que sucedería después de que Maribeth tuviera al bebé.

Por el momento, su plan era trabajar extremadamente bien. Se reunían todas las noches después de la escuela y estudiaban cuando ella podía, y entre ambos hacían la tarea. Ella conservaba todos los ensayos que escribía y hacía todos los trabajos por igual. En efecto, estaba continuando con la escuela y trabajando también en el restaurante de Jimmy, y Tommy estaba muy impresionado con la calidad de las tareas escolares que estaba realizando. A pesar de sus buenas calificaciones, Tommy se dio cuenta en cuestión de días que ella era mejor estudiante que él.

—Eres buena —dijo Tommy con admiración, al corregir algo de álgebra para ella, con la hoja que le habían dado en la escuela. Le correspondía MB en los dos cuestionarios que le había traído esa semana y él pensaba que su ensayo de historia acerca de la guerra civil era el mejor que había leído alguna vez. Deseaba que su profesor de historia pudiera verlo.

El único problema era que él estaba llegando a casa a medianoche todos los días, y para fines del primer mes de escuela, su madre estaba empezando a sospechar. Le explicó a ella que tenía práctica deportiva todos los días y que estaba ayudando a estudiar a un amigo que tenía muchos problemas en matemáticas pero, con su madre trabajando en la escuela, no era muy fácil convencerla de que se justificaban sus llegadas a medianoche.

Pero a él le encantaba estar con Maribeth. En ocasiones hablaban por horas después de terminar sus labores, acerca de sus sueños e ideales, los temas que trataban sus tareas acerca de valores, objetivos y ética, y era inevitable que hablaran sobre el bebé, sobre lo que ella esperaba, la clase de vida que deseaba tener. Ella quería tener mucho más de lo que tenía. Deseaba tener la mejor educación que pudiera y padres que la ayudaran a sobresalir en el mundo, no a retroceder a posiciones forjadas por los temores o la ignorancia de generaciones pasadas. Maribeth sabía qué tipo de lucha tendría que emprender para poder ir algún día a la universidad. Sus padres pensaban que era frívolo e innecesario y nunca lo comprenderían. Pero ella no quería estar confinada a un trabajo como el que tenía ahora. Sabía que podía hacer mucho más con su vida, si tan sólo pudiera obtener una educación.

Sus profesores siempre habían intentado decirle a sus padres que podía llegar lejos, pero ellos no lo entendían. Y ahora su padre decía que era igual que sus tías y apenas se las había arreglado para escapar del matrimonio. Sabía que nunca conseguiría olvidar eso, y aun sin el bebé en sus brazos, ellos no le permitirían que lo olvidara.

—¿Entonces por qué no lo conservas? —le dijo Tommy más de una vez, pero ella sacudía la cabeza ante eso. Sabía que ésa tampoco era la respuesta. Sin importar cuán lejos llegara, o qué tan dulces fueran sus sentimientos, sabía que no podía hacerse cargo de él y, en alguna parte de sí misma, sabía que no lo deseaba.

A principios de octubre, tuvo que confesarles a las muchachas del trabajo que estaba embarazada. Ya se lo imaginaban y estaban emocionadas por ella, pensando que era un último regalo de su marido muerto, una maravillosa forma de hacer que su recuerdo perdurara para siempre. No tenían manera de saber que era el recuerdo de Paul Browne, alguien cuya esposa de dieciocho años era probable que también estuviera embarazada para entonces y a quien no le importaba este bebé.

No pudo decirles que deseaba regalar al bebé y le trajeron pequeños obsequios al trabajo, lo que siempre la hacía sentir muy culpable. Los colocaba aparte en un cajón en su dormitorio y trataba de no pensar en el bebé que los usaría.

Además fue a visitar de nuevo al doctor MacLean y él estaba muy contento con ella y siempre preguntaba por Tommy.

—Qué muchacho tan bueno —sonrió, hablando con ella, seguro de que su error tendría un final feliz. Ambos eran muchachos agradables. Ella era una muchacha adorable y estaba seguro de que los Whittaker se adaptarían y la aceptarían en cuanto supieran del bebé. Y era mediados de octubre cuando por pura coincidencia Liz Whittaker pasó un día al salir de la escuela para su examen médico de rutina. Y entonces, antes de que se marchara, el doctor recordó decirle qué hijo tan bueno tenía.

—¿Tommy? —lo miró asombrada de que lo recordara. La última vez que había visto al muchacho fue seis años antes, cuando nació Annie, y él había estado parado afuera del hospital saludándola a través de la ventana—. Es un buen chico —concordó, sonando intrigada.

—Debe estar muy orgullosa —dijo con complicidad, deseando decir más acerca de los dos jóvenes que lo habían impresionado tanto, pero sabía que no podía. Les había prometido a los dos que no lo haría.

—Estoy orgullosa de él —dijo ella, distraída por su prisa por regresar a la escuela, pero más tarde, mientras volvía a su casa, pensó otra vez en su comentario y se preguntó si se habría encontrado a Tommy en algún sitio. Tal vez él había dado clases en la escuela o tenía un hijo en la clase de Tommy, y luego olvidó el asunto.

Pero a la semana siguiente, uno de sus colegas comentó que había visto a Tommy con una chica notablemente hermosa y por casualidad mencionó que la muchacha se veía muy embarazada.

Se horrorizó cuando escuchó eso y entonces, con una oleada de terror, recordó los halagos inesperados para Tommy del doctor MacLean. Pensó en ello toda la tarde y decidió preguntarle a Tommy al respecto esa noche. Pero él llegó a casa hasta después de la medianoche.

—¿Dónde estabas? —le preguntó su madre en tono severo cuando entró. Había estado esperándolo en la cocina.

—Estudiando con unos amigos —respondió él, viéndose nervioso.

—¿Cuáles amigos? —ella conocía casi a todos, sobre todo ahora que estaba dando clases en la preparatoria—. ¿Quiénes? Quiero saber sus nombres.

—¿Por qué? —Tommy de pronto se puso a la defensiva, y cuando su padre entró en la habitación, vio que una extraña mirada se intercambiaba entre sus padres. La hostilidad entre ellos había disminuido un poco desde que su madre había vuelto a trabajar, pero la distancia parecía más grande que nunca. Liz no le había comentado nada a John acerca de la muchacha que alguien había visto con Tommy, pero los había escuchado hablar y se preguntó qué estaba sucediendo. Recientemente, se había dado cuenta de que Tommy casi nunca estaba en casa y que llegaba muy tarde por la noche.

—¿Qué sucede? —le preguntó a Liz, sin verse preocupado en realidad. Tommy era un buen muchacho y nunca se había metido en problemas. Quizá tuviera una novia.

—He oído algunas cosas extrañas sobre Tommy —dijo su madre, preocupada—, y quiero que él me hable al respecto —pero al mirarla, Tommy supo que ella sabía algo.

—¿Qué clase de cosas "extrañas"? —preguntó John. Eso no le sonaba a Tommy.

—¿Quién es la muchacha con la que te han visto? —le preguntó su madre sin rodeos, mientras su padre se sentaba y los observaba.

—Sólo una amiga. Nadie especial —pero era mentira y ella lo sintió. Maribeth era más que una amiga para él. Estaba locamente enamorado de ella, tratando de ayudarla a seguir con la escuela y muy preocupado por su bebé.

Pero su madre no detuvo los golpes.

—¿Está embarazada? —parecía como si le hubieran dado un puñetazo en la boca del estómago y su padre se veía como si se fuera a caer de la silla, mientras Liz fijaba la mirada en Tommy, que guardaba silencio—. ¿Y bien, lo está?

—Yo... no... yo... caramba, mamá... no sé... yo no... bueno... oh, cielos... —agonizaba mientras pasaba una mano por su cabello y lucía aterrado—. Puedo explicarlo. No es lo que parece.

—¿Es que está gorda? —preguntó su padre esperanzado y Tommy se vio pesaroso.

—No exactamente.

—¡Oh, Dios mío! —murmuró su madre.

—Será mejor que te sientes —le dijo John, y Tommy se sentó en una silla, mientras Liz seguía parada mirándolo con horror.

—No puedo creer esto —dijo ella con tono angustiado—. Está embarazada... Tommy, ¿qué has estado haciendo?

—No he estado haciendo nada. Sólo somos amigos Yo... está bien... somos más que eso... pero... oh, mamá... te agradará.

—¡Oh, Dios mío! —repitió su madre, y esta vez se sentó—. ¿Quién es ella? ¿Cómo sucedió esto?

—De la manera habitual, supongo —agregó Tommy, luciendo desolado—. Su nombre es Maribeth. La conocí este verano.

—¿Por qué no nos dijiste? —pero, ¿cómo podía haberles dicho algo? Ya no hablaban con él, o entre sí. Su vida familiar había terminado cuando Annie murió, ahora sólo iban a la deriva, como restos de un naufragio en un océano solitario—. ¿Cuánto tiene de embarazo? —quiso saber su madre, como si eso cambiara en algo las cosas.

—Seis meses y medio —dijo él con calma. Tal vez era mejor que lo supieran después de todo. Había deseado por mucho tiempo pedirle a su madre que la ayudara, y siempre había pensado que a ella le agradaría. Pero ahora Liz se veía más horrorizada.

—¿*Seis meses y medio*? ¿Cuándo comenzó esto? —trataba con desesperación de contar hacia atrás, pero estaba demasiado trastornada para hacerlo.

—¿Cuándo comenzó? —Tommy parecía confundido—. Ya te dije, la conocí este verano. Se mudó aquí en junio. Trabaja en el restaurante al que voy.

—¿Cuándo vas a ese restaurante? —su padre se veía aún más confundido que su madre.

—Montones de veces. Mamá ya no cocina nunca. No lo ha hecho en meses. Uso algo del dinero que gano con los periódicos para pagar la cena.

—Qué bonito —dijo su padre, sarcástico, viendo a su esposa con reproche y luego de nuevo a su hijo, confundido—. ¿Cuántos años tiene esta muchacha?

—Dieciséis.

—No entiendo —interrumpió su madre—. Se mudó aquí en junio y tiene seis meses y medio de embarazo... eso significa que se embarazó en marzo, más o menos. ¿La embarazaste en alguna otra parte y luego se mudó acá? ¿Dónde estabas? —él no había ido a ninguna parte que ellos supieran. Pero tampoco sabían que con frecuencia cenara fuera ni que tuviera una novia embarazada. Seis meses y medio hacían que el bebé fuera inminente. Liz tembló al pensarlo. ¿En qué estaban pensando y por qué no les habían dicho nada? Pero conforme lo pensaba, comenzó a entender. Ellos habían estado tan distanciados y tan perdidos desde que murió Annie, sobre todo ella y John, que no era sorprendente que Tommy se hubiera metido en problemas. Nadie le había puesto atención.

Pero Tommy había comprendido por fin la naturaleza de sus preguntas.

—Yo no la embaracé, mamá. Se embarazó en su pueblo, en Onawa, y su padre la obligó a marcharse y no quiere que vuelva hasta que tenga al bebé. Ella se fue a vivir a un convento y no pudo soportarlo, así que llegó aquí en junio. Y fue cuando la conocí.

—¿Y has estado saliendo con ella todo este tiempo? ¿Por qué no nos contaste?

—No lo sé —suspiró—. Quería hacerlo, porque en verdad pensé que les caería bien, pero tenía miedo de que no lo aprobaran. Ella es maravillosa y está muy sola. No tiene a nadie que la ayude.

—Excepto tú —su madre se veía adolorida, pero su padre respiró aliviado—. Lo que me recuerda —comentó Liz conforme comenzaba a desenredar la historia—, ¿la has estado llevando con el doctor MacLean?

Tommy se sorprendió con la pregunta.

—¿Por qué? ¿Te dijo él algo? —no debería, había prometido que no lo haría, pero su madre negó con la cabeza mientras lo observaba.

—En realidad no dijo nada. Tan sólo comentó que eras un muchacho muy agradable y yo no podía entender cómo era que se acordaba. Han pasado seis años... y luego uno de los profesores te vio con ella la semana pasada y dijo que se veía embarazada —entonces miró a su hijo de dieciséis años, preguntándose si pretendería casarse con la muchacha, por verdadera emoción por ella o tan sólo por ser caballeroso—. ¿Qué va a hacer con el bebé?

—No está segura. Cree que no podrá hacerse cargo de él. Desea darlo en adopción. Piensa que será mejor hacer eso, por el bien del bebé. Ella tiene la teoría —deseaba explicarle todo a su mamá de una vez, para hacer que la amaran tanto como él— de que algunas personas pasan por las vidas de otras personas sólo por poco tiempo, como Annie, para dar una bendición o un regalo de algún tipo... ella siente que sucede así con el bebé, como si ella estuviera aquí para traerlo al mundo, pero no para compartir su vida para siempre. Su sentimiento es muy fuerte en ese sentido.

—Ésa es una gran decisión para una jovencita —dijo Liz en voz baja, apenada por ella, pero preocupada por el enamoramiento obvio de Tommy—. ¿Dónde está su familia?

—Ellos no le hablan ni le permiten regresar a su casa hasta que regale al bebé. Su padre parece ser un verdadero idiota y su madre le tiene miedo. Ella está realmente sola.

—Excepto por ti —dijo Liz con tristeza. Era una carga terrible para él, pero John ya no estaba tan preocupado ahora que sabía que el bebé no era de su hijo.

—Me gustaría que la conocieras, mamá —ella dudó por un largo rato, sin estar segura de si deseaba solemnizar la relación conociéndola o simplemente prohibirle que la viera. Pero eso no parecía justo para él, y volteó a ver a su esposo en silencio. John se encogió de hombros, demostrando que no tenía ninguna objeción.

—Tal vez podríamos —de una manera extraña, sentía que se lo debían a Tommy. Si él se interesaba tanto en esta muchacha, tal vez valía la pena conocerla.

—Está desesperada por ir a la escuela. He estado estudiando con ella todas las noches, prestándole mis libros y dándole copias de todo lo que hemos hecho. Ya va más adelantada que yo y ha hecho mucho más ensayos y lecturas independientes.

—¿Por qué no está en la escuela? —cuestionó su madre, con desaprobación.

—Tiene que trabajar. No puede regresar a la escuela hasta que regrese a su casa, después del bebé.

—Y luego, ¿qué? —su madre estaba presionándolo, y ni siquiera Tommy tenía todas las respuestas—. ¿Qué hay respecto a ti? ¿Esto va en serio?

Tommy dudó, no deseando decirles todo, pero sabía que tenía que hacerlo.

—Sí, mamá... va en serio. La amo.

De pronto su papá se vio aterrado por su respuesta.

—No irás a casarte con ella, ¿o sí? ¿O hacerte cargo del bebé? Tommy, a los dieciséis, no sabes lo que estás haciendo. Sería bastante malo si el bebé fuera tuyo, pero no lo es. No tienes que hacerlo.

—Ya sé que no —respondió él, viéndose como un hombre cuando le contestó a su padre—. La amo. Me casaría si ella quisiera y me haría cargo del bebé, pero ella no desea ninguna de las dos cosas. Quiere regresar a la escuela e ir a la universidad si puede. Piensa que todavía puede vivir en su casa, pero yo no estoy seguro de que pueda. No creo que su padre la deje estudiar alguna vez, por lo que me ha contado. Pero no quiere casarse con nadie hasta que obtenga una educación. Ella no está tratando de presionarme, papá. Si me caso con ella, tendré que obligarla a hacerlo.

—Bueno, no lo hagas —dijo su padre, abriendo una cerveza y tomando un sorbo. La sola idea de que Tommy se casara a los dieciséis lo perturbaba.

—No hagas nada que lamentes después, Tommy —dijo su madre, tratando de sonar más calmada de lo que estaba. Pero después de todo lo que había escuchado, sus manos temblaban—. Ambos son muy jóvenes. Arruinarás las vidas de los dos si cometes un error. Ella ya cometió uno, no lo agraves con otro.

—Eso es lo que dice Maribeth. Es por eso que quiere regalar al bebé. Dice que conservarlo sería un error más que todos tendrían que pagar. Creo que está equivocada, creo que lamentará algún día haberlo regalado, pero piensa que merece una vida mejor que la que ella le puede dar.

—Es probable que tenga razón —dijo su madre con tristeza, incapaz de creer que hubiera algo más triste en la vida que regalar a un bebé, excepto quizá perder uno, en especial un hijo al que amabas. Pero regalar a un bebé que habías llevado durante nueve meses sonaba como una pesadilla—. Hay montones de personas maravillosas por ahí, ansiosas por adoptar... personas que no pueden tener sus propios hijos, y sería muy bueno para un bebé.

—Lo sé —de pronto se veía muy cansado. Era la una y media de la madrugada y llevaban una hora y media sentados en la cocina, discutiendo el problema de Maribeth—. Sólo que creo que suena muy triste. ¿Y qué tendrá ella?

—Un futuro. Quizá eso es más importante —su madre dijo juiciosamente—. Ella no tendrá una vida si anda arrastrando un bebé por ahí a los dieciséis, sin familia que la ayude. Y tampoco la tendrás tú, si te casas con ella. Ésa no es vida para dos chicos que ni siquiera han terminado la preparatoria.

—Tan sólo conócela, mamá. Habla con ella. Quiero que la conozcas y tal vez puedas darle algún material de la escuela. Ella ya va más adelantada que yo y no sé qué más darle.

—Está bien —sus padres se veían preocupados cuando intercambiaron una mirada, pero ambos estuvieron de acuerdo y asintieron—. Tráela a la casa la próxima semana. Haré la cena —sonó como si fuera a hacer un gran sacrificio. Ahora odiaba cocinar, pero lo hacía cuando tenía que hacerlo, y ahora se sentía más culpable que nunca por haber obligado a su hijo a comer en restaurantes, como un huérfano. Intentó decirle algo al respecto cuando apagaron las luces y se dirigieron a la sala—. Lo lamento... lamento no haber estado para ti últimamente —dijo y se le llenaron los ojos de lágrimas, mientras se paraba de puntillas para darle un beso—. Te amo... supongo que he estado perdida los pasados diez meses.

—No te preocupes por eso, mamá —dijo él con ternura—. Estoy bien —y lo estaba ahora, gracias a Maribeth. Ella lo había ayudado aún más de lo que él la había ayudado. Se habían dado uno al otro un gran consuelo.

Tommy entró en su recámara, y en su propio dormitorio Liz miró a John y se sentó pesadamente en la cama, destrozada.

—No puedo creer lo que acabo de escuchar. ¿Sabes?, se casará con la muchacha si se lo permitimos.

—Será un condenado tonto si lo hace —dijo John con furia—. Es probable que ella sea una pequeña mujerzuela si se embarazó a los dieciséis, y le está montando toda una escenita acerca de querer una educación e ir a la universidad.

—No sé qué pensar —dijo Liz, mirándolo—, excepto que enloquecimos bastante durante el pasado año. Tú has estado bebiendo, yo me he ido, perdida en alguna parte de mi propia cabeza, tratando de olvidar lo que sucedió. Tommy ha estado comiendo en restaurantes y teniendo un romance con una muchacha embarazada con la que quiere casarse. Creo que somos un lío de proporciones gigantescas, ¿no crees? —preguntó, pasmada por todo lo que acababa de oír y sintiéndose muy culpable.

—Tal vez eso es lo que les pasa a las personas cuando pierden lo fundamental de sus vidas —dijo él, sentándose en la cama junto a ella. Era lo más cerca que habían estado en mucho tiempo, y por primera vez en mucho tiempo, Liz se percató de que no se sentía furiosa, sólo preocupada—. Pensé que moriría cuando... —dijo John en voz baja, incapaz de terminar su propia frase.

—Yo también... creo que lo hice —admitió ella—. Me siento como si hubiera estado en coma durante el año pasado. Ni siquiera estoy segura de lo que sucedió.

Entonces él le puso un brazo alrededor y la abrazó durante un largo rato; esa noche, cuando se acostaron, él no le dijo nada, ni ella a él, él tan sólo la abrazó.

7

Tommy recogió a Maribeth en su día libre; ella se había puesto su mejor vestido para ir a su casa a conocer a sus padres. Había pasado a recogerla después de su práctica de futbol, por lo que llegó retrasado y parecía un poco más que nervioso.

—Te ves muy bien —dijo, mirándola, y luego se inclinó y la besó—. Gracias, Maribeth —él sabía que ella en realidad hacía un gran esfuerzo al conocer a sus padres. Ella sabía que era importante para Tommy y no quería avergonzarlo. Ya era bastante malo que tuviera un embarazo de siete meses. Nadie más en el mundo la habría llevado a conocer a nadie, mucho menos a sus padres, excepto Tommy.

Ella llevaba un vestido de lana gris oscuro, con un pequeño cuello blanco y una corbata de lazo negra, que se había comprado con su sueldo cuando ya no le quedó nada de lo que poseía y Tommy la comenzó a invitar a cenar en sus días de descanso en el restaurante de Jimmy. Además había peinado su cabello rojo brillante en una apretada cola de caballo atada con una cinta de terciopelo negro. Parecía como una niñita que ocultaba un gran balón bajo el vestido y él sonrió mientras la ayudaba a subir a la camioneta de su papá. Se veía tan linda y esperaba que la reunión con sus padres fuera tranquila. Ellos habían platicado muy poco con él después de la larga charla de la semana anterior, excepto que querían conocerla. Y Maribeth iba intolerablemente callada mientras se dirigían a su casa.

—No te pongas nerviosa, ¿de acuerdo? —le dijo, cuando se detuvieron frente a su casa, y ella se admiró de lo arreglada que se veía. Estaba recién pintada y afuera había macizos de flores bien cuidados. No había flores ahí en esa época del año, pero era fácil ver que la casa estaba bien cuidada—. Todo saldrá bien —la tranquilizó mientras la ayudaba a bajar y caminaban hacia la casa, sosteniendo su mano mientras abría la puerta y veía a sus padres. Estaban esperándolos en la sala, y Tommy se percató de que su madre observaba a Maribeth mientras ella cruzaba con rapidez la habitación para estrechar su mano y luego la de su padre.

Todos estaban circunspectos y corteses en extremo, y Liz la invitó a sentarse y luego le ofreció té o café. En vez de eso ella prefirió una Coca, y John charló con ella mientras Liz iba a revisar la cena. Había preparado carne asada para ellos, y las tortitas de papa que tanto le gustaban a Tommy, con crema de espinacas.

Maribeth se ofreció a ayudarla después de un rato y se dirigió hacia la cocina para reunirse con la madre de Tommy. La mirada de los dos hombres la siguió por toda la habitación, y John tocó el brazo de Tommy para detenerlo cuando pareció a punto de seguirla hasta la cocina.

—Déjala que platique con tu mamá, hijo. Deja que tu madre la conozca. Parece una muchacha agradable —dijo con justicia—. Bonita también. Es una pena que le haya sucedido esto. ¿Qué sucedió con el muchacho? ¿Por qué no se casaron?

—Se casó con otra y Maribeth no quiso casarse con él, papá. Dijo que ella no lo amaba.

—No estoy seguro de si eso es algo inteligente, o muy tonto. El matrimonio puede ser bastante difícil a veces, sin casarte con alguien que no te importa. Pero fue valiente al hacerlo así —encendió su pipa y miró a su hijo. Tommy había crecido mucho últimamente—. No me parece justo que sus padres no quieran verla hasta que tenga al bebé —comentó John, viendo con atención a su hijo, preguntándose cuánto significaba para él esta muchacha, y pudo ver que significaba mucho. Su corazón estaba al desnudo a la vista de todos y el corazón de su padre en seguida simpatizó con él.

Cuando por fin Liz los llamó para cenar, ella y Maribeth parecían haberse vuelto amigas. Maribeth le ayudaba a poner las cosas en la mesa y hablaban acerca de la clase de civismo de último año en la que estaba enseñando Liz. Cuando Maribeth dijo que deseaba poder tomar algo así, Liz dijo pensativa:

—Supongo que podría darte algo del material. Tommy dijo que habías estado tratando de mantenerte al día con tus trabajos escolares, haciendo junto con él los suyos. ¿Te gustaría que viera algunos de tus ensayos? —Maribeth se veía estupefacta por la oferta.

—Me encantaría —dijo agradecida, sentándose entre los dos hombres.

—¿Estás enviando algo a tu antigua escuela, o lo estás haciendo nada más por tu cuenta?

—Sobre todo por mi cuenta, pero espero que me permitan presentar algunos exámenes cuando regrese para ver si puedo acreditar lo que he estado haciendo.

—Por qué no dejas que lo vea, quizá pueda presentarlo en nuestra escuela para algún tipo de equivalencia. ¿Has realizado todas las tareas de Tommy? —Maribeth se apuró a asentir y Tommy habló por ella mientras se sentaba entre Maribeth y su madre.

—Ella ha hecho mucho más que yo, mamá. Ya acabó mi libro de ciencias para todo el año, y el de historia europea, y ha hecho todos los ensayos optativos —Liz la miró impresionada y Maribeth le prometió traerle todo su trabajo escolar para el fin de semana.

—A decir verdad podría darte algunas tareas adicionales —dijo Liz, mientras le pasaba la carne asada a Maribeth—. Todas mis clases son de penúltimo y último años —ambas se veían emocionadas mientras conversaban. Para el final de la cena, Liz y Maribeth habían ideado un plan excelente para reunirse el sábado en la tarde por unas cuantas horas, y Liz le iba a dar el domingo media docena de tareas especiales—. Puedes trabajar en ellas siempre que puedas y devolvérmelas cuando tengas oportunidad. Tommy dijo que trabajas en un restaurante seis días a la semana y sé que no va a ser fácil —de hecho, Liz estaba sorprendida de que ella todavía tuviera la energía para trabajar de pie turnos de doce horas sirviendo mesas—. ¿Hasta cuándo planeas trabajar, Maribeth? —le daba pena hacer comentarios respecto a su embarazo, pero era difícil evitarlo, su estómago era enorme para entonces.

—Hasta el final, creo. En realidad no puedo darme el lujo de no hacerlo —ella necesitaba el dinero que su padre le había dado para pagar el parto y los honorarios del doctor MacLean, y necesitaba su salario para vivir. En verdad no podía permitirse renunciar muy pronto. Tan sólo sostenerse después del bebé por una semana o dos sería un desafío. Las cosas estaban muy apretadas para ella, pero por fortuna no necesitaba mucho. Y en vista de que no iba a conservar al bebé, no le había comprado nada, aunque las muchachas del restaurante hablaban de organizarle una fiesta de regalos para el bebé. Ella trataba de desanimarlas, porque la hacía sentirse más conmovida, pero ellas no tenían ni la menor idea de que no iba a conservar a su bebé.

—Va a ser difícil para ti —dijo Liz, simpatizando con ella—, trabajar hasta el final. Yo hice eso cuando Tommy nació y pensé que lo tendría justo en el salón de clases. Me tomé mucho más tiempo antes de que naciera Annie —comento Liz y de súbito se hizo un silencio en la mesa. Entonces Liz miró a Maribeth y la joven le sostuvo la mirada de frente—. Supongo que Tommy te ha hablado acerca de su hermana —dijo en voz baja.

Maribeth asintió y sus ojos se llenaron del amor que sentía por él y de la simpatía hacia sus padres. Annie era tan real para ella, había escuchado tantas historias y soñado con ella tantas veces que casi sentía como si la conociera.

—Sí, lo hizo —respondió Maribeth en voz baja—, debe haber sido una nenita muy especial.

—Lo era —concordó Liz, devastada, y entonces, calladamente, John tomó la mano de ella por encima de la mesa. Apenas tocó sus dedos y Liz levantó la mirada llena de sorpresa. Era la primera vez que hacía algo así—. Supongo que todos los niños lo son —continuó—, también lo será el tuyo. Los niños son una bendición maravillosa —Maribeth no le contestó y Tommy volteó a verla, sabiendo el conflicto que tenía por el bebé.

Luego platicaron acerca del próximo juego de futbol de Tommy y Maribeth deseó en silencio poder ir con ellos.

Charlaron largo rato, sobre el pueblo natal de Maribeth, sus estudios, el tiempo que había pasado ese verano en el lago con Tommy. Hablaron de muchas cosas, pero no de la relación que tenía con su hijo, ni del bebé. A las diez de la noche, Tommy la llevó a casa, ella les dio un beso de despedida a sus padres y, una vez que estuvieron en la camioneta, lanzó un suspiro de alivio y se recostó contra el asiento como si estuviera exhausta.

—¿Cómo estuve? ¿Me odiarán? —él se enterneció con la pregunta y se acercó a ella para besarla de modo aún más tierno.

—Estuviste maravillosa y ellos te adoraron. ¿Por qué crees que mi madre ofreció ayudarte con tus estudios? —él estaba bastante aliviado. Sus padres habían sido mucho más que amables, fueron sinceramente amigables. De hecho, habían quedado muy impresionados con ella, y mientras John le ayudaba a Liz con los platos, una vez que los muchachos se habían ido, alabó a Maribeth por su mente brillante y sus buenos modales.

—Es una muchacha bastante buena, ¿no crees, Liz? Es una maldita pena que se haya metido en este lío ella sola —sacudió la cabeza y secó un plato. Había sido la primera cena que había disfrutado tanto en meses y le complacía que Liz hubiera hecho el esfuerzo.

—No se metió ella sola para ser exactos —dijo Liz con una pequeña sonrisa. Pero tuvo que admitir que él tenía razón. Era una muchacha adorable, y así se lo dijo a Tommy cuando volvió a casa media hora más tarde. Había acompañado a Maribeth hasta su habitación, la besó y pudo comprobar que estaba muy cansada y que su espalda le había estado doliendo. Había sido un día muy largo para ella y en los dos días anteriores se había comenzado a sentir incómoda y torpe.

—Me agrada tu amiga —le dijo Liz con calma mientras acomodaba el último plato. John había encendido apenas su pipa y asintió cuando entró Tommy, para indicar su acuerdo.

—Ustedes también le agradaron a ella. Creo que en verdad ha estado muy sola y extraña a sus padres y a su hermana menor. A mí no me parecen muy adecuados, pero supongo que ella está acostumbrada a su manera de ser. Su padre suena como un verdadero tirano y ella dice que su madre nunca se opone a él, pero creo que de cualquier forma ha de ser duro para ella dejar de verlos. Su madre le ha escrito un par de veces, pero al parecer su padre ni siquiera ha leído sus cartas. Y no la dejan comunicarse con su hermana. Me parece muy tonto —dijo, enfadado, y su madre lo miró a los ojos. Era fácil notar cuánto la amaba y estaba ansioso de protegerla.

—A veces las familias toman decisiones tontas —dijo su madre, sintiendo pena por él—. Creo que esto los va a lastimar durante mucho tiempo, tal vez para siempre.

—Ella dice que quiere regresar y terminar la escuela, y luego mudarse a Chicago. Dice que desea ingresar a la universidad allá.

—¿Por qué no aquí? —sugirió su padre, y Liz se sorprendió por la tranquilidad con que lo había dicho. Era una universidad de pueblo, y era una muy buena escuela, si ella pudiera obtener una beca, y si lo deseaba, Liz podría ayudarla con su examen de admisión.

—No lo había pensado, y creo que ella tampoco —reflexionó Tommy, complacido—. Hablaré con ella del asunto, aunque creo que por el momento está más preocupada por lo del bebé. Parece asustada. Creo que no sabe lo que le espera. Quizá —miró con vacilación a Liz, agradecido de que las dos mujeres se hubieran conocido—. Quizá tú pudieras hablar con ella, mamá. En realidad no tiene a nadie más con quien hablar excepto yo y las otras meseras de Jimmy D's. Y la mayor parte del tiempo, creo que ellas sólo la asustan —por lo poco que Tommy sabía del tema, también estaba asustado. Todo el proceso sonaba atroz.

—Hablaré con ella —dijo Liz con amabilidad, y poco más tarde se fueron a dormir. Cuando Liz se acostó junto a John, se encontró pensando en ella. "Es una muchacha muy dulce, ¿no es así? No puedo imaginármela pasando por todo esto sola... debe ser muy triste... y regalar a su bebé..." De sólo pensarlo se le llenaron de lágrimas los ojos, mientras recordaba cuando sostuvo a Annie por primera vez, y a Tommy... habían sido tan adorables y tan cálidos y entrañables. La idea de regalarlos al nacer la habría matado. Pero ella había esperado mucho tiempo por ellos y era mucho mayor. Quizá a los dieciséis habría sido demasiado y Maribeth era prudente al darse cuenta de que era más de lo que podía afrontar—. ¿Crees que Avery encontrará una familia para el niño? —de pronto estaba preocupada por ella. Como Tommy, no podía resistir el hecho de que Maribeth no tenía a nadie más a quien acudir.

—Estoy seguro de que lo hace con mayor frecuencia de lo que sospechamos. No es tan insólito, tú sabes. Sólo que por lo común las chicas en su situación son ocultadas en alguna parte. Estoy seguro de que encontrará a alguien muy adecuado para su bebé.

Liz asintió, acostada en la oscuridad, pensando en ambos, Maribeth y su hijo. Eran tan jóvenes y estaban tan enamorados y llenos de esperanza. Todavía creían que la vida sería amable y confiaban en que sus destinos los conducirían. Liz ya no tenía esa clase de fe, había sufrido demasiado dolor cuando murió Annie. Sabía que no confiaría otra vez en las parcas. Eran demasiado crueles y demasiado quijotescas.

Hablaron un rato sobre ella y luego John se fue quedando dormido. De cierta forma, no estaban más cerca de lo que habían estado, pero estos días la distancia entre ellos parecía menos prohibitiva y, de vez en cuando, había algún gesto o palabra amable que la alegraba. Ella estaba haciendo un esfuerzo un poco mayor por él, y la cena de esa noche le había mostrado que debía volver a preparar las cenas. Necesitaban estar juntos por la noche, necesitaban tocarse de nuevo, y escuchar y hablar y brindarse esperanza de nuevo uno al otro. Habían estado perdidos demasiado tiempo y poco a poco Liz podía sentir cómo surgían de entre las nieblas que los habían estado ocultando. Casi podía ver a John, alcanzándola, o deseando hacerlo, y Tommy estaba ahí, donde había estado siempre, sólo que ahora Maribeth estaba a su lado.

Se sintió tranquila por primera vez en meses cuando se quedó dormida esa noche y, a la mañana siguiente, en la biblioteca de la escuela, comenzó a sacar libros y a escribir tareas para Maribeth. Estaba por completo preparada para ella cuando llegó a visitarla ese sábado en la tarde y quedó sorprendida por la calidad del trabajo que Maribeth le presentó. Estaba haciendo un trabajo de mejor calidad aun que la mayoría de los estudiantes de último año.

Liz frunció el ceño mientras leía una parte y sacudió la cabeza. Maribeth sintió pánico cuando la vio.

—¿Está mal, señora Whittaker? En realidad no tuve mucho tiempo de hacerlo por la noche. Puedo trabajar más en él, y quiero hacer otra ficha bibliográfica sobre *Madame Bovary*. Creo que en realidad no se le ha hecho justicia al libro.

—No seas ridícula —la reprendió, mirándola con una sonrisa inesperada—. Esto es extraordinario. Estoy muy impresionada —hacía ver flojo el trabajo de Tommy en comparación, y él era un estudiante que sólo obtenía MB. Maribeth había escrito un ensayo sobre literatura rusa y otro sobre el humor de Shakespeare. Había hecho un artículo editorial sobre la guerra de Corea, como tarea de redacción para inglés, y todo su trabajo de matemáticas era meticuloso y perfecto. Todo tenía la más alta calidad que Liz había visto en años, así que miró a la inmensamente embarazada muchacha y le apretó con ternura la mano—. Hiciste un trabajo maravilloso, Maribeth. Deberían acreditarte todo un año por esto, o más. En realidad tienes aquí un trabajo del calibre de último grado.

—¿En verdad lo cree? ¿Cree que pueda enviarlo a mi antigua escuela?

—Tengo una idea mejor —dijo Liz, poniendo las carpetas en una pila—. Quiero mostrarle éstos a nuestro director, tal vez pueda obtener que te los acrediten aquí. Incluso tal vez podrían dejarte presentar exámenes de equivalencia y, cuando regreses a casa, podrías entrar directo al último año.

—¿Usted cree de verdad que me permitirán hacer eso? —Maribeth estaba anonadada y abrumada por lo que Liz le estaba sugiriendo. Podría significar adelantar un año completo y quizá incluso terminar en junio, lo que en verdad anhelaba. Sabía que aun los pocos meses siguientes en su casa serían dolorosos. Se había probado que podía hacerse cargo de ella misma, pero deseaba ir de nuevo a su casa, sólo para estar ahí y ver a su madre y a Noelle y terminar la escuela. Pero ahora sabía que no podría permanecer ahí por mucho tiempo. Había llegado demasiado lejos y había madurado mucho como para quedarse en casa otros dos años después de haber regalado al bebé. Sabía que no le permitirían olvidarlo, sobre todo su padre. Seis meses, hasta la graduación en junio, sería suficiente. Y luego se podría mudar, conseguir un trabajo y quizá un día, si tenía suerte, obtendría una beca para la universidad. Hasta estaba dispuesta a ir de noche. Estaba preparada para hacer cualquier cosa para estudiar y sabía que su familia nunca lo entendería.

Liz le dio diversas tareas adicionales y le prometió ver qué podía hacer en la escuela, y le dijo a Maribeth que se lo haría saber en cuanto hubiera una respuesta.

Después de eso platicaron por un rato, acerca de cosas ajenas a la escuela, sobre todo de Tommy y sus planes. Era obvio que Liz aún estaba preocupada de que se casara con ella, sólo para que no tuviera que dar a su bebé, pero Liz no comentó eso. Tan sólo habló sobre las universidades a las que ella esperaba que fuera Tommy y las oportunidades que se le abrirían, y Maribeth la comprendió por completo. Sabía que Liz se lo estaba diciendo a ella, y al fin no se pudo contener. La miró directamente y habló con voz muy calmada.

—No me voy a casar con él, señora Whittaker. No ahora al menos. No le haría eso. Él ha sido maravilloso conmigo. Es el único amigo que he tenido desde que sucedió todo esto. Pero ambos somos demasiado jóvenes, eso arruinaría todo. No estoy segura de que él entienda eso en verdad —dijo con tristeza—, ...pero yo sí. No estamos preparados para un hijo. Al menos yo no. Tiene que dárseles mucho, tiene uno que atender a los hijos... tiene uno que ser de una manera que yo todavía no soy... tiene uno que madurar —dijo con los ojos llenos de lágrimas, mientras Liz simpatizaba con ella. Apenas era más que una niña, con un hijo propio en su vientre.

—A mí me pareces muy madura, Maribeth. Tal vez no tan madura como para hacer todo eso... pero tienes mucho que ofrecer. Harás lo que sea correcto para ti... y para el bebé. Sólo que no quiero que Tommy saiga lastimado o haga alguna tontería.

—No lo hará —contestó ella, sonriendo mientras se limpiaba los ojos—. No dejaré que lo haga. Por supuesto que a veces a mí también me gustaría quedarme con el bebé, pero ¿luego qué? ¿Qué voy a hacer, el próximo mes o el próximo año... o si no puedo obtener un empleo, o no hay nadie que me ayude? ¿Y cómo iba a terminar Tommy la escuela con un bebé? No podría, y tampoco yo. Sé que es mi bebé y no debería estar hablando de este modo, pero también quiero lo que sea correcto para el bebé. Tiene derecho a tener mucho más de lo que puedo darle. Tiene derecho a tener unos padres que enloquezcan por él y a los que no les dé miedo cuidarlo como a mí. Quisiera estar con él, pero sé que no puedo... y eso me asusta —la idea le desgarraba el corazón a veces, sobre todo ahora, con el bebé tan grande y tan real, moviéndose todo el tiempo. Era difícil ignorarlo, más difícil aún negarlo. Pero para ella amar a su hijo significaba proporcionarle una vida mejor y moverse hacia donde tuviera que ir, dondequiera que fuera.

—¿Te ha dicho algo el doctor MacLean? —le preguntó Liz—. ¿Respecto a quién tiene en mente? —Liz tenía curiosidad. Conocía a varias parejas jóvenes sin hijos que estarían felices de tener a su bebé.

—No me ha dicho nada —contestó Maribeth con una mirada de preocupación—. Espero que sepa que en realidad hablo en serio. Tal vez él piensa que Tommy y yo... —dudó las palabras y Liz rió.

—Creo que lo piensa. Hace poco me insinuó que Tom era un "joven" magnífico. Creo que pensó que el bebé era suyo. Al menos eso fue lo que pensé cuando me enteré. Me dio un susto mortal, lo admito... pero no sé. Supongo que hay destinos peores. Tommy parece estar manejándolo bastante bien, aun cuando no es suyo, y eso debe ser todavía más difícil.

—Ha sido fantástico conmigo —afirmó Maribeth, sintiéndose más cercana a la madre de él de lo que se había sentido con la propia en años. Era amorosa y cálida e inteligente, y parecía estar resucitando después de un año de pesadilla. Era alguien que había sufrido por demasiado tiempo y lo sabía.

—¿Qué vas a hacer durante los próximos dos meses? —Liz la interrogó mientras le servía un vaso de leche y le daba algunas galletas.

—Sólo trabajar, supongo. Continuar con las tareas escolares. Esperar que llegue el bebé. Vendrá en Navidad.

—Eso está muy cerca —Liz la vio con cariño—. Si puedo hacer algo para ayudar, házmelo saber —ahora deseaba ayudarlos a ambos, tanto a Maribeth como a Tommy, y antes de que Maribeth se marchara esa tarde, le prometió ver qué podía hacer por ella en la escuela. Esa perspectiva la llenó de emoción, y Maribeth no le habló de otra cosa a Tommy esa noche cuando pasó a recogerla para llevarla al cine.

Fueron a ver *El Demonio Bwana*, en tercera dimensión, y tuvieron que ponerse anteojos coloreados para observar el efecto tridimensional. Era la primera película de este tipo y a ambos les encantó. Después de eso, ella le platicó todo lo que sucedió en el tiempo que pasó con su madre. Maribeth tenía mucho respeto por ella y Liz se encariñaba con ella cada día más. La había invitado a cenar el siguiente fin de semana. Y cuando Maribeth se lo contó a Tommy, éste le dijo que a veces tenerla con su familia lo hacía sentir casi casado. Se sonrojó cuando pronunció las palabras, pero era obvio que le gustaba. Había estado pensando mucho en ello últimamente, ahora que el nacimiento del bebé estaba mucho más cercano.

—Eso no estaría tan mal, ¿no crees? —le preguntó, cuando la llevó a su casa, tratando de parecer casual—. Quiero decir, estar casados —se veía tan joven y tan inocente cuando lo dijo. Pero Maribeth ya le había prometido a su madre, y a sí misma, que no le permitiría hacerlo.

—Hasta que te canses de mí. Como en un año o dos, o cuando esté realmente vieja, como a los veintitrés —bromeó ella—. Piensa en eso, faltan siete años. Podríamos tener ocho hijos para entonces, al paso que voy —ella siempre tenía un buen sentido del humor sobre sí misma, y sobre él, pero esta vez sabía que no estaba bromeando.

—Hablo en serio, Maribeth.

—Yo también. Ése es el problema. Ambos estamos demasiado jóvenes y tú lo sabes —pero él estaba decidido a hablar del asunto otra vez con ella. No iba a dejarla ir tan fácil. Todavía le faltaban dos meses a ella pero, antes de que todo terminara, él deseaba hacerle una propuesta seria de matrimonio.

Y ella todavía lo estaba evitando la semana siguiente, cuando la llevó a patinar. Apenas había caido la primera nevada y el lago estaba reluciente. Tommy no pudo resistir ir allá y eso le recordó a Annie y todas las veces que la había llevado a patinar.

—Solía venir aquí los fines de semana con ella. La traje aquí una semana antes de que... ella muriera —se forzó a sí mismo a decir las palabras, sin importar cuanto le dolieran. Sabía que era tiempo de enfrentarse al hecho de que ella se había ido, pero aún no era sencillo—. Extraño la manera en que me hacía bromas todo el tiempo. Siempre me estaba molestando con las chicas... me habría vuelto loco contigo —sonrió, pensando en su hermanita.

Cuando había ido a su casa, Maribeth había visto la habitación de Annie. Había entrado en ella por accidente, cuando buscaba el cuarto de baño. Y todo estaba ahí. Su pequeña cama, sus muñecas, la cuna en la que las ponía, el librero con sus libros, su almohada y su pequeña manta rosa. Le destrozó el corazón a Maribeth pero no le había dicho a ninguno de ellos que lo había visto. Era como si hubiera visitado un santuario, y le dijo lo mucho que la extrañaban.

Pero ahora ella estaba riendo, escuchándolo, mientras le contaba historias acerca de las chicas que habían asustado a Annie, sobre todo porque pensaba que eran demasiado tontas o demasiado feas.

—Es probable que yo tampoco lo hubiera logrado, ¿sabes? —dijo Maribeth, deslizándose sobre el hielo con él y preguntándose si no debería hacerlo—. En especial ahora. Probablemente habría pensado que era un elefante. En realidad me siento como uno —dijo, pero aún se veía grácil en el hielo con los patines que le había prestado Julie.

—¿Deberías estar haciendo esto? —le preguntó él, sospechando de alguna manera que no debería.

—Estaré bien —dijo ella con calma—, mientras no me caiga —y realizó unas cuantas vueltas garbosas para mostrarle que no siempre había sido un dirigible. Él estaba impresionado con su naturalidad sobre el hielo y ella hacía sin esfuerzo figuras en ocho, hasta que de pronto se le dobló el talón y cayó con un ruido sordo en el hielo; Tommy y otras personas quedaron sorprendidos y luego se apresuraron hacia ella. Se había golpeado en la cabeza y perdió el aliento, y se necesitaron tres personas para levantarla; cuando lo lograron, casi se desmaya. Tommy la sacó del hielo casi cargándola y todos se veían muy preocupados.

—Será mejor que la lleves a un hospital —dijo en un murmullo una de las madres que estaban patinando con sus hijos—. Podría adelantársele el parto —Tommy la ayudó a entrar en la camioneta y un momento después se dirigía a toda velocidad al consultorio del doctor MacLean, mientras la regañaba a ella, y a sí mismo, por ser tan estúpidos.

—¿Cómo pudiste hacer una cosa como ésa? —preguntó—. ¿Y por qué te dejé?... ¿Cómo te sientes? ¿Estás bien? —Tommy era una ruina absoluta para cuando llegaron y ella no tenía dolores de parto, pero tenía un dolor de cabeza del tamaño del mundo.

—Estoy bien —dijo ella, viéndose más que un poco avergonzada—. Y sé que fue una tontería, pero estoy cansada de estar gorda y torpe, y enorme.

—No estás gorda. Estás embarazada. Se supone que debes ponerte así. Y el hecho de que no quieras al bebé no significa que debas matarlo —ella comenzó a llorar cuando él dijo esto, y para cuando llegaron con el doctor MacLean, ambos estaban molestos y Maribeth todavía lloraba, mientras Tommy se disculpaba y luego le gritaba de nuevo por haber ido a patinar.

—¿Qué sucedió? ¿Qué sucedió? Por todos los cielos, ¿qué pasa aquí? —el doctor no podía encontrarle ni pies ni cabeza al asunto mientras ellos discutían. Todo lo que pudo averiguar fue que Maribeth se había golpeado la cabeza y había intentado matar al bebé. Y luego ella empezó a llorar de nuevo y por fin confesó y explicó que se había caído en el hielo cuando fueron a patinar.

"¿Patinar? —se veía sorprendido. Ninguna de sus otras pacientes había intentado algo así. Pero ellas no tenían dieciséis años de edad y tanto Tommy como Maribeth en verdad se apaciguaron cuando les dio un pequeño sermón. Nada de montar a caballo, nada de patinar en hielo, nada de bicicleta ahora, en caso de que se cayera, en especial en caminos helados y nada de esquiar—. Y nada de futbol —agregó con una pequeña sonrisa, y Tommy rió entre dientes—. Tienen que comportarse —les dijo y agregó otro deporte que se suponía que no debían permitirse—. Y nada de relaciones sexuales de nuevo hasta después de que nazca el bebé —ninguno de los dos le había explicado que nunca lo habían hecho ni que Tommy era virgen.

"¿Puedo confiar en que no irán a patinar de nuevo? —el doctor los miró con mordacidad, y ella se avergonzó.

—Lo prometo —y cuando Tommy salió a buscar la camioneta, ella le recordó de nuevo que no planeaba conservar al bebé y que quería que él encontrara una familia que lo adoptara.

—¿Hablas en serio? —la miró con sorpresa. Se veía que el chico Whittaker la quería tanto. Se habría casado con ella en un segundo—. ¿Estás segura, Maribeth?

—Lo estoy... eso creo... —dijo ella, tratando de sonar madura—. No me puedo hacer cargo de un bebé.

—¿No te ayudaría su familia? —él sabía que Liz Whittaker había deseado otro bebé. Pero quizá ellos no aprobaban que su hijo tuviera uno tan joven, y fuera del matrimonio. Fiel con su promesa a los muchachos, nunca se los había preguntado.

Pero las ideas de Maribeth eran firmes en ese sentido.

—No me gustaría que ellos hicieran eso. No es correcto. Este bebé tiene derecho a que lo cuiden unos padres de verdad, no unos chiquillos. ¿Cómo lo cuidaría y al mismo tiempo iría a la escuela? ¿Cómo podría alimentarlo? Mis padres ni siquiera me permitirían volver a casa, a menos que regrese sin él —tenía lágrimas en sus ojos mientras le explicaba su situación, y para entonces Tommy había regresado y el doctor le dio palmaditas en la mano, apenado por ella. Era demasiado joven para llevar esa carga tan pesada sobre sus hombros.

—Veré que puedo hacer —dijo en voz baja y luego le dijo a Tommy que la tuviera en cama durante dos días. Nada de trabajo, nada de diversión, nada de sexo, nada de patinar.

—Sí, señor —le aseguró Tommy, ayudándola a caminar hacia la camioneta y sosteniéndola fuerte para que no se resbalara en ningún charco helado. Entonces le preguntó de qué había estado hablando con el doctor. Ambos se veían muy serios cuando regresó a recogerla.

—Me prometió que me ayudará a encontrar una familia para el bebé —no le dijo nada más, y se asombró al darse cuenta de que se dirigían a casa de él y no a la suya—. ¿A dónde vamos? —le dijo ella, viéndose aún molesta. No era un pensamiento feliz el regalar a su bebé, aunque supiera que era lo correcto. Sabía que iba a ser muy doloroso.

—Llamé a mi mamá —le explicó—. El doctor dijo que sólo podías levantarte para comer. Aparte de eso tienes que quedarte en cama. Así que le pregunté a mi mamá si podías quedarte el fin de semana.

—Oh, no... no debiste hacer eso... no puedo... dónde me... —parecía muy turbada, no deseando imponerse a ellos, pero ya todo estaba arreglado, y la madre de Tommy no había dudado ni por un segundo. Aunque se había horrorizado por lo tontos que habían sido al ir a patinar.

—Está bien, Maribeth —dijo Tommy con calma—. Me dijo que te podías quedar en la recámara de Annie —no hubo la más mínima interrupción en su voz cuando lo dijo. Nadie había estado en esa habitación en once meses, pero su madre se la había ofrecido y, cuando llegaron, la cama estaba arreglada, había cambiado las sábanas y su madre le tenía lista una taza humeante de chocolate caliente.

—¿Estás bien? —le preguntó, muy preocupada. Habiendo tenido varios abortos, no quería que algo así le sucediera a Maribeth, sobre todo a estas alturas—. ¿Cómo pudiste ser tan temerario? Tienes suerte de que no haya perdido al bebé —riñó a Tommy. Pero ambos eran tan jóvenes y, mientras los regañaba, parecían como niños.

Y con el camisón rosa que Liz le prestó, acostada en la estrecha cama de la recámara de Annie, Maribeth se veía más niña que nunca. Su brillante cabello rojo le colgaba en largas trenzas y todas las muñecas de Annie la miraban sentadas a su alrededor en la habitación. Durmió por horas esa tarde, hasta que Liz entró a revisarla y pasó una mano por su mejilla para asegurarse de que no tenía fiebre. Liz había llamado al doctor MacLean y se había tranquilizado al escuchar que él no creía que hubiera sufrido algún daño el bebé.

—Son tan jóvenes —sonrió mientras hablaba con ella, y luego comentó que pensaba que era una lástima que Maribeth fuera a regalar a su bebé, pero no quiso decir más. No quería que Liz pensara que se estaba entrometiendo—. Ella es una muchacha agradable —agregó pensativo, y Liz estuvo de acuerdo; luego fue a revisarla. Maribeth se estaba estirando y dijo que su dolor de cabeza ya estaba pasando. Pero todavía se sentía culpable por estar en esa recámara. Más que nada, no quería importunarlos.

Pero Liz se sorprendió al ver lo bien que se sentía entrar de nuevo a la habitación de Annie, sentarse otra vez en su cama y mirar dentro de los grandes ojos verdes de Maribeth. Difícilmente se veía más grande que Annie.

—¿Cómo te sientes? —le preguntó Liz en un susurro. Había dormido durante casi tres horas, mientras Tommy jugaba hockey sobre hielo y la dejaba con su madre.

—Un poco adolorida, y tiesa, pero mejor, creo. Me asusté tanto cuando me caí. En verdad pensé que podía haber matado al bebé... no se movió en absoluto por un rato... y Tommy estaba gritándome... fue espantoso.

—Estaba asustado —le sonrió con amabilidad y la arropó de nuevo—, ambos lo estaban. Ahora ya no falta mucho. Siete semanas más, según el doctor Mac-Lean, tal vez seis —era una responsabilidad enorme para ella cuidar de otro ser humano dentro de su cuerpo—. Yo solía estar muy nerviosa antes de que nacieran mis bebés... preparando todo —y de pronto Liz se puso triste por ella, dándose cuenta de que en su caso sería muy diferente—. Lo siento —dijo, con lágrimas en los ojos, pero Maribeth sonrió y le tocó la mano.

—Está bien... gracias por permitir que me quedara aquí... me encanta esta recámara... es extraño decirlo, ya que nunca nos conocimos, pero en verdad la quiero. Sueño con ella alguna veces y todas las cosas que Tommy me ha platicado de ella. Siempre siento como si aún estuviera aquí... en nuestros corazones y en nuestras mentes... —esperaba no molestar demasiado a Liz al decir esto, pero la mujer mayor sonrió y asintió.

—Yo también siento eso. Ella siempre está cerca de mí —parecía más tranquila de lo que había estado en mucho tiempo, y John también. Tal vez por fin se habían recuperado. Tal vez lo iban a intentar—. Tommy me contó que tú piensas que algunas personas especiales pasan por nuestras vidas para brindarnos bendiciones... Me gusta esa idea... ella estuvo aquí por tan poco tiempo... cinco años parece tan poco ahora, pero fue un verdadero regalo... me alegra haberla conocido. Me enseñó tantas cosas... acerca de reír, amar y dar.

—A eso es a lo que me refiero —dijo Maribeth en voz baja, mientras las dos mujeres se sostenían las manos con fuerza, sobre sus cobertores—. Ella les enseñó cosas... incluso me enseñó a mí sobre Tommy, y yo nunca la conocí... y mi bebé me enseñará algo también, aun cuando sólo lo conozca por unos cuantos días... o unas cuantas horas —sus ojos se llenaron de lágrimas al decirlo—. Y yo quiero darle el mejor regalo de todos... personas que lo amarán —cerró los ojos y las lágrimas rodaron por sus mejillas; Liz se inclinó para besarla en la frente.

—Lo harás. Ahora trata de dormir un poco más... tú y el bebé lo necesitan —Maribeth asintió, incapaz de decir nada más, y Liz salió de la habitación sin hacer ruido. Sabía que le esperaban tiempos difíciles a Maribeth, pero también tiempos de grandes regalos y tiempos de bendiciones.

Tommy tardó en volver a casa esa tarde y preguntó por ella tan pronto entró. Pero su madre lo tranquilizó pronto:

—Ella está bien. Está dormida —entonces él fue a verla a hurtadillas y ella estaba profundamente dormida en la cama de Annie, abrazada a una de sus muñecas, y parecía un ángel.

De pronto él parecía mayor cuando salió de la recámara y miró a su madre.

—La amas mucho, ¿verdad, hijo?

—Me voy a casar con ella algún día, mamá —contestó, seguro de que hablaba en serio.

—No hagas planes todavía. Ninguno de los dos sabe lo que la vida les depara.

—La encontraré. Nunca la dejaré ir. La amo... y al bebé... —dijo con determinación.

—Va a ser difícil para ella regalarlo —dijo Liz. Ella se preocupaba por ambos, habían asumido tanta responsabilidad. Maribeth por accidente y Tommy por su bondad.

—Lo sé, mamá —y si tenía algo que decir al respecto, él no se lo permitiría.

Cuando Maribeth salió despacio de la habitación de Annie a la hora de la cena, Tommy estaba sentado en la mesa de la cocina, haciendo su tarea.

—¿Cómo te sientes? —le preguntó, sonriéndole. Ella lucía refrescada y más bonita que nunca.

—Como si hubiera estado mucho de perezosa —miró a la madre de él disculpándose mientras ella terminaba la cena. Liz estaba cocinando con frecuencia estos días y hasta a Tommy le encantaba.

—Siéntate, jovencita. Se supone que no debes andar paseando. Oíste lo que dijo el doctor. Cama, o al menos una silla. Tommy, acércale una silla a tu amiga, por favor. Y no, no puedes llevarla a patinar de nuevo mañana —todos rieron como niños traviesos, y ella les dio una galleta de chocolate recién horneada. Le encantaba tener de nuevo gente joven en la casa.

Estaba feliz de que Tommy la hubiera traído a casa con ellos. Era divertido tener ahí a una jovencita. Le recordaba que nunca vería crecer a Annie y sin embargo disfrutaba estar con Maribeth, al igual que John. Él estaba feliz de encontrarlos a todos reunidos en la cocina cuando volvía a su casa después de una inesperada tarde de trabajo en la oficina.

—¿Qué pasa aquí? ¿Hay un mitin? —bromeó, complacido de encontrar la atmósfera festiva en su cocina por largo tiempo silenciosa.

—Un regaño. Tommy intentó matar a Maribeth hoy, la llevó a patinar.

—Oh, por todos los cielos... ¿por qué no futbol? —miró a Tommy, recordando de nuevo lo jóvenes que eran ambos. Pero ella parecía haber sobrevivido.

—Pensábamos intentar el futbol mañana, papá. Después del hockey.

—Excelente plan —les sonrió a ambos, feliz de que no hubiera pasado nada malo. Esa noche, después de la cena, todos jugaron charadas y luego Scrabble. Maribeth colocó dos palabras de siete letras y Liz la puso al tanto de la opinión de la escuela respecto a sus tareas. Estaban dispuestos a acreditarlas y a darle equivalencia, y si ella estaba dispuesta a que Liz le aplicara cuatro exámenes al final del año, no sólo estaban dispuestos a acreditarle el penúltimo año completo, sino también casi la mitad del último año. El trabajo que les había enviado había sido de primera categoría y, si salía bien en sus exámenes, sólo tendría que completar un semestre antes de la graduación.

—Lo lograste, niña —la felicitó, orgullosa de ella, como si hubiera sido uno de sus alumnos.

—No, no lo hice —Maribeth estaba rebosante de satisfacción—, usted lo logró —y entonces dejó escapar un pequeño chillido de felicidad y le recordó a Tommy que ahora era una alumna de último año.

—No dejes que se te suba a la cabeza. Ya sabes, mi mamá todavía podría expulsarte si quisiera. Y lo haría, ella es muy dura con los de último año —todos estaban de muy buen humor esa noche, hasta el bebé. Había reunido toda su energía para vengarse y estaba pateando a Maribeth de manera notoria cada cinco minutos.

—Está enojado contigo —le dijo Tommy más tarde, mientras se sentaba en su cama junto a ella y sentía patear al bebé—. Supongo que debería. Fue una verdadera estupidez de mi parte... lo siento...

—No lo lamentes, me encantó —sonrió Maribeth. Aún estaba alegre por las buenas noticias de su condición de alumna de último año.

—Significa mucho para ti, ¿verdad? La escuela, quiero decir —comentó él, mientras observaba su rostro al hablar de la escuela y no tener que repetir el penúltimo año.

—Sólo quiero regresar y mudarme tan pronto como pueda. Aun seis meses me parecerán una eternidad.

—¿Vendrás a visitarnos? —le preguntó con tristeza. Odiaba pensar en cuando ella se hubiera marchado.

—Seguro —contestó ella, pero no sonó muy convincente—. Lo intentaré. Tú también puedes visitarme —pero ambos sospechaban que su padre no le daría la calurosa bienvenida que ella estaba disfrutando de los padres de él. Al igual que Tommy, ellos se habían enamorado de Maribeth. Podían ver con facilidad por qué Tommy se había enamorado de ella—. Tal vez pueda visitarte el próximo verano, antes de partir hacia Chicago.

—¿Por qué Chicago? —se quejó él, no satisfecho con sólo un verano—. ¿Por qué no vas a la universidad aquí?

—Haré el examen de admisión —concedió Maribeth—, ya veremos si me aceptan.

—Con tus calificaciones, te rogarán.

—No exactamente —sonrió ella, y él la besó, y ambos se olvidaron de calificaciones y escuela y universidad y hasta del bebé, aunque lo pateó con fuerza cuando la abrazó.

—Te amo, Maribeth —le recordó—. A ambos. No te olvides de eso —ella asintió, y Tommy la abrazó por largo rato, mientras permanecían sentados juntos en la estrecha cama de su hermana, hablando en voz baja de todas las cosas que eran importantes para ellos. Sus padres ya se habían ido a dormir y sabían que él estaba ahí. Pero confiaban en ellos. Y al fin, cuando Maribeth comenzó a bostezar, Tommy le dedicó una sonrisa y luego se retiró a su propia habitación, pensando en su futuro.

8

Liz invitó a Maribeth a compartir el Día de Acción de Gracias con ellos, una tarde en que estaba trabajando en un ensayo de historia con ella. Era una tarea importante que Liz había diseñado para ella a fin de que obtuviera su crédito para el último año. Maribeth estaba trabajando durante horas todas las noches, después de que salía de trabajar, y en ocasiones se quedaba hasta las dos o tres de la mañana. Pero ahora tenía una sensación de urgencia al respecto. Deseaba obtener todos los créditos que pudiera antes de regresar a la escuela. Y el trabajo que le estaba dando Liz sería su boleto hacia la libertad. Tenía toda la intención de terminar la preparatoria en junio, y luego intentaría abrirse paso hacia la universidad. A su padre por supuesto que no le gustaría, razón por la que ella deseaba irse a Chicago.

Pero Liz exploró de nuevo la posibilidad de que regresara a Grinnell, para asistir ahí a la universidad. Adondequiera que Maribeth deseara ir, Liz estaba dispuesta a escribirle una recomendación. Por el trabajo que le había visto hacer, sabía que sería una ventaja para cualquier institución. Sólo la hería lo desafortunado que era que su propia familia no estuviera dispuesta a ayudarla a obtener una educación.

—Mi papá cree que eso no es importante para las mujeres —dijo cuando dejó a un lado los libros y Maribeth le ayudaba a Liz a comenzar la cena. Era su día libre e incluso le había ayudado a Liz a corregir algunos ensayos simples de alumnos de segundo año—. Mi mamá nunca fue a la universidad. Creo que debió hacerlo. Le fascina leer, le encanta aprender cosas. A papá no le gusta ni siquiera verla leyendo el periódico. Dice que las mujeres no necesitan saber esas cosas, que sólo las confunden. Todo lo que necesitan es cuidar a los hijos y mantener limpia la casa. Siempre dice que no se necesita una educación universitaria para cambiar un pañal.

—Eso ciertamente es simple y directo —comentó Liz, tratando de no parecer furiosa, aunque lo estaba. En su opinión, no había razón por la que las mujeres no pudieran hacer ambas cosas, ser inteligentes y educadas, y cuidar a sus esposos y a sus hijos. Ella estaba feliz de haber regresado a trabajar este año. Había olvidado lo recompensante que era y cuánto lo disfrutaba. Había estado en casa durante tanto tiempo que de algún modo se habían desvanecido los placeres de la enseñanza. Pero ahora, sin Annie, le llenaba un vacío que no podría llenar de ninguna otra manera. Una vaciedad de tiempo, aunque sólo fuera eso, pero a ella le gustaba ver esas caras brillantes y emocionadas. Aliviaba su dolor a veces, aunque la pena profunda de su pérdida nunca la abandonaba en realidad.

Ella y John todavía no hablaban al respecto. Hablaban muy poco en aquellos días. No había nada que decir, pero al menos las palabras que intercambiaban parecían un poco menos cortantes, y más de una ocasión él le había tocado la mano o le había preguntado algo con la voz amable que le recordaba la época anterior a la muerte de Annie, y que ambos se habían perdido uno al otro en el proceso. Parecía que últimamente él regresaba a casa más temprano de lo que había llegado en mucho tiempo, y Liz estaba haciendo un esfuerzo por cocinar de nuevo. Era casi como si conocer a Maribeth los hubiera suavizado y los hubiera acercado un poco. Era tan vulnerable, tan joven, y ella y Tommy estaban tan enamorados. A veces el sólo observarlos hacía sonreír a Liz.

Le reiteró la invitación de pasar el Día de Acción de Gracias con ellos mientras cocinaban la cena.

—No me gustaría ser una intrusa —dijo Maribeth, en serio. Ya había planeado ofrecerse como voluntaria para trabajar en el restaurante, para los pocos rezagados que fueran por una cena de pavo. La mayoría de las otras muchachas tenían familias o hijos y deseaban estar en casa con ellos. Maribeth no tenía ningún lugar a donde ir y pensó que podría trabajar, para ayudar a las demás. Ahora se sentía un poco culpable, abandonándolas tan sólo para estar con Tommy y sus padres, y así se lo dijo a Liz mientras ponían la mesa.

—De cualquier manera ya estás muy avanzada para que sigas trabajando tan duro —la regañó Liz mientras colocaba la sopera—. No deberías estar parada todo el tiempo —el bebé estaba a sólo un mes de distancia y Maribeth estaba enorme.

—No me importa —dijo en voz baja, tratando de no pensar en el bebé, aunque tenía mucho la inclinación a hacerlo. Era difícil no pensar en él. Podía sentir la agitación de sus brazos y piernas empujándola, y a veces el sentirlo la hacía sonreír.

—¿Cuánto tiempo vas a seguir trabajando en el restaurante? —preguntó Liz, mientras se sentaban por un momento.

—Hasta el final, supongo —Maribeth se encogió de hombros, necesitaba el dinero.

—Deberías dejarlo antes —le dijo Liz con amabilidad—. Al menos date un par de semanas para descansar. Aun a tu edad, es una carga pesada para tu cuerpo. Además, me gustaría que tuvieras tiempo para presentar tus exámenes —Liz los había programado para mediados de diciembre.

—Haré lo que pueda —prometió Maribeth, y las dos mujeres charlaron sobre otras cosas mientras compartían los quehaceres de preparar la cena. Liz redujo la flama para mantener las cosas calientes para cuando Tommy y su padre llegaran, en el momento justo, con el ánimo muy arriba. Tommy había estado ayudando a su padre en el trabajo después de la escuela y John había llamado a casa por primera vez en meses para preguntar a qué hora debían estar en casa para cenar.

—Hola, chicas, ¿qué han estado haciendo? —preguntó John con jovialidad mientras besaba a su esposa con cautela y luego la veía a la cara para notar su reacción. En los últimos días parecían estar acercándose poco a poco de nuevo, pero eso los atemorizaba un poco. Habían estado apartados por tanto tiempo que cualquier intimidad entre ellos parecía inusitada y extraña. John miró también a Maribeth con una cálida sonrisa y vio que Tommy estaba sosteniéndole la mano y hablando quedamente con ella en la mesa de la cocina.

Todos habían tenido un buen día y Liz le asignó a Tommy la tarea de convencer a Maribeth de que los acompañara el Día de Acción de Gracias. Pero fue una tarea que realizó con facilidad, cuando la llevó a su casa después de que terminaron sus quehaceres escolares en la sala y estaban platicando sentados en la camioneta. Ella se sentía muy nostálgica esos días, tan sensible por tantas cosas, y a veces tan asustada. De pronto deseó abrazarlo con fuerza y sujetarlo en formas que ella nunca había esperado. Deseaba estar con él más que antes y siempre se sentía aliviada y feliz cuando lo veía entrar en el restaurante, o en su vivienda, o en la cocina de sus padres.

—¿Estás bien? —le preguntó con ternura, al ver que tenía lágrimas en los ojos cuando le dijo que sí iría el Día de Acción de Gracias.

—Sí, estoy bien —se veía avergonzada mientras se limpiaba las lágrimas—. Sólo un poco estúpida, supongo. No lo sé... ahora todo me hace llorar... ellos son tan amables conmigo y ni siquiera me conocen. Tu mamá me ha ayudado con la escuela, con todo... han hecho tanto por mí, y no sé cómo agradecérselos.

—Cásate conmigo —dijo serio, y ella se rió.

—Sí, claro. Eso sí que estaría bueno. En verdad me agradecerían por eso.

—Creo que deberían. Eres lo mejor que le ha sucedido a mi familia en años. Mis padres ni siquiera se hablaron en todo el año, salvo para gritarse uno al otro o decir algo desagradable acerca de no haberle puesto gasolina al automóvil u olvidar sacar al perro. Ellos te adoran, Maribeth. Todos te adoramos.

—Ésa no es razón para arruinar tu vida, sólo porque hice un lío de la mía. Ellos son personas muy agradables.

—Yo también —dijo él, abrazándola con fuerza, rehusándose a dejarla ir, mientras ella reía quedito—. Te gustaré aún más cuando estemos casados.

—Estás loco.

—Sí —él rió—, por ti. No puedes deshacerte de mí tan fácilmente.

—No quiero hacerlo —dijo con los ojos llenos de lágrimas otra vez, y luego se rió de sí misma. Parecía estar en una montaña rusa de emociones, pero el doctor MacLean le había dicho que era normal. Estaba en su último mes y un montón de cambios importantes estaban por suceder. Sobre todo a su edad, y en su situación, era de esperarse un montón de subidas y bajadas emocionales.

Tommy la acompañó despacio hasta la puerta y se quedaron en los escalones largo rato. Era una noche clara y fría y cuando la besó para despedirse pudo sentirla a ella y al bebé y supo que la desearía por siempre. Se rehusaba a aceptar la idea de que nunca se casaría con él, ni dormiría con él, ni tendría a su bebé. Deseaba compartir tanto con ella y sabía que ahora no la dejaría ir nunca; la besó de nuevo y luego la dejó y bajó aprisa los escalones, viéndose guapo y despeinado.

—¿Por qué te ves tan feliz? —le preguntó su madre cuando llegó después de dejar a Maribeth en su casa.

—Ella vendrá el Día de Acción de Gracias —le comentó, pero ella pudo percatarse de que había algo más que eso. Su hijo estaba viviendo de sueños y esperanzas, y la emoción del primer amor. A veces estaba tan regocijado cuando había estado con ella que casi parecía maniático.

—¿Te dijo algo más? —su madre lo miró con atención. Algunas veces le preocupaba, sabía cuán enamorado estaba de ella. Pero también sabía que Maribeth tenía problemas mayores. Regalar a su bebé podía marcarla por siempre—. ¿Cómo está tomando las cosas? Ya está muy cerca del día del parto —ella era saludable, pero en su caso ése no era el problema. Tenía que enfrentar un parto, sin esposo, sin familia, con un bebé que regalar, si en realidad lo hacía, y una situación familiar difícil cuando regresara a su casa. Era inflexible respecto a dejarlos en junio, si es que duraba hasta entonces, lo cual a veces dudaba Liz. Había estado fuera durante cinco meses y se había independizado por completo de ellos. No sería fácil para ella regresar y soportar cualquier abuso que su padre eligiera infligirle por sus transgresiones.

"¿Habla en serio respecto a regalar al bebé? —interrogó Liz, mientras terminaba de secar los platos y Tommy se comía algunas galletas. Le gustaba platicar con su madre, ella sabía sobre las cosas, y las chicas, y la vida. No habían hablado mucho el último año, pero ahora se parecía más a la que solía ser antes.

—Creo que sí. Creo que está loca al hacer eso. Pero dice que sabe que no podría cuidar bien a su bebé. No creo que en realidad ella desee regalarlo, pero ella piensa que debe hacerlo, por el bien del bebé.

—El sacrificio máximo —comentó Liz con tristeza, pensando que no había nada peor en el mundo que alguna mujer tuviera que enfrentar, y deseando que ella pudiera tener otro bebé.

—Yo le insisto en que no lo haga, pero no me escucha.

—Quizá tiene razón. Por ella. Tal vez en este momento sabe qué puede y qué no puede hacer. Es muy joven y no tiene a nadie que la ayude. Su familia no parece que vaya a hacer algo por ella. Sería una carga tremenda y podría tomarla contra el bebé. Podría arruinar la vida de ambos si lo conserva —no podía imaginárselo, pero con toda justicia tenía que admitir que la situación de Maribeth no era nada fácil.

—Eso es lo que ella dice. Dice que sabe que eso es lo que debe hacer. Creo que a eso se debe que no habla mucho del bebé ni le compra cosas. No quiere apegarse a él —pero él todavía deseaba casarse con ella y conservarlo. Para él, eso parecía ser lo correcto. Estaba dispuesto a cargar con sus propias responsabilidades, las de ella y las de alguien más. Sus padres lo habían educado bien y era una persona excepcionalmente decente.

—Tienes que escuchar lo que ella desea, Tom —lo previno Liz—. Maribeth sabe lo que es correcto para ella, sin importar lo que te parezca a ti. No trates de forzarla a hacer otra cosa... —entonces lo miró de manera intencional— ...ni tú te metas en algo que no puedas manejar. Ambos son muy jóvenes, el matrimonio y la paternidad no son algo que deba tomarse a la ligera, o porque desean ayudar a alguien. Es un pensamiento bonito, pero es mucho para vivir con ello. Si las cosas salen mal, y así sucede muchas veces, ambos tendrán que ser muy fuertes para ayudarse uno al otro. No se puede hacer eso a los dieciséis años —...ni siquiera a los cuarenta o cincuenta... ella y John habían hecho muy poco para ayudarse entre sí durante el último año. Ahora ella se daba cuenta de qué solitarios habían estado ambos, cuán aislados, e incapaces de apoyarse. Habían estado totalmente perdidos el uno para el otro.

—La amo, mamá —dijo él con sinceridad, sintiendo que algo se le partía en el corazón—. No quiero que pase por todo esto sola —estaba siendo sincero y ella lo conocía bien. Sabía lo que deseaba hacer por Maribeth pero, a pesar de lo buenas que fueran sus intenciones, o lo dulce que fuera Maribeth, ella no quería que se casaran. No todavía, no ahora y no por razones equivocadas.

—Ella no está sola. Tú estás con ella.

—Lo sé. Pero no es lo mismo —dijo lleno de tristeza.

—Ella necesita solucionar esto. También es su vida. Déjala encontrar el camino correcto por sí misma. Si es correcto para ambos, un día estarán juntos.

Él asintió, deseando convencer a todos de que ella debía conservar al bebé y casarse con él, pero ni Maribeth estaba de acuerdo con eso, ni sus padres. Todos estaban siendo increíblemente obstinados.

Pero el Día de Acción de Gracias parecían una familia feliz cuando se sentaron alrededor de la mesa. Liz había puesto su mejor mantel de encaje, que había pertenecido a la abuela de John y había sido un regalo de bodas para ellos, y la porcelana que sólo usaban en ocasiones especiales. Maribeth llevaba un vestido de seda verde oscuro que había comprado para las fiestas y su abundante cabello rojo caía en cascada en generosas ondas hasta más abajo de sus hombros. Sus grandes ojos verdes la hacían parecer una niñita y, a pesar de su inmensa gordura, se veía muy bonita. Liz se había puesto un vestido azul brillante, y un toque de rubor, que nadie había visto en mucho tiempo. Los hombres llevaban traje y la casa lucía cálida y festiva.

Maribeth le había llevado flores a Liz, grandes crisantemos dorados, y una caja de chocolates, los cuales estaba devorando Tommy. Después del almuerzo, cuando todos se sentaron frente a la chimenea, más que nunca parecían una familia. Era su primera festividad importante sin Annie y Liz había estado temiéndola. Y estuvo pensando repetidamente en ella durante todo el día, pero de alguna manera con Maribeth y Tommy cerca parecía mucho menos doloroso. Esa tarde, Liz y John salieron a caminar, y Tommy llevó a pasear a Maribeth. Aunque ella se había ofrecido para trabajar, le habían dado libre todo el fin de semana y se iba a quedar con Tommy y sus padres.

—¡No vayan a patinar, ustedes dos! —les gritó Liz cuando se alejaban, y ella y John salieron a caminar con el perro. Iban a visitar a algunos amigos, y los cuatro habían acordado reunirse de nuevo en la casa dos horas después para ir al cine.

—¿Qué quieres hacer? —le preguntó Tommy mientras se dirigían hacia el lago, pero Maribeth tenía una petición extraña. Él se sorprendió, pero de alguna manera se sintió aliviado. Había querido ir allá durante todo el día y había pensado que ella creería que era algo extraño y loco si se lo decía.

—¿Te importaría mucho si nos detenemos unos minutos en el cementerio? Sólo pensé... sentí como si estuviera ocupando su lugar el día de hoy, pero no es así. Seguí deseando que estuviera allí con nosotros, para que tus padres fueran felices de nuevo. No sé... sólo quiero pasar por ahí y saludarla.

—Sí —dijo Tommy—, yo también —era lo mismo que él había sentido, con excepción de que sus padres habían estado mucho mejor de lo que habían estado en mucho tiempo, en especial entre ellos.

Se detuvieron en el camino y compraron flores.

Pequeñas rosas amarillas y rosas con nubes, atadas con largas cintas rosas, que colocaron con ternura sobre su tumba, cerca de la pequeña lápida de mármol blanco.

—Hola, nenita —saludó Tommy en voz baja, pensando en los grandes ojos azules que siempre relucían—. Mamá hizo un pavo muy sabroso hoy. Hubieras odiado el relleno, tenía pasas.

Se sentaron juntos allí durante largo rato, tomados de la mano, pensando en ella, y sin hablar. Era difícil creer que se hubiera ido hacía casi un año. De cierta manera parecía que sólo había pasado un momento, en otras ocasiones parecía una eternidad.

—Adiós, Annie —dijo Maribeth suavemente cuando se marcharon, pero ambos sabían que la llevaban con ellos. Estaba con ellos en todas partes, en los recuerdos que Tommy llevaba con él, en la recámara en la que se quedaba Maribeth, en la mirada que había en los ojos de Liz cuando la recordaba.

—Ella fue una gran niña —dijo Tommy con la voz entrecortada mientras se alejaban—. Aún no puedo creer que se haya ido.

—No lo ha hecho —dijo Maribeth en voz baja—. Sólo que ahora no la puedes ver, Tommy. Pero ella siempre está contigo.

—Lo sé —se encogió de hombros, viéndose de dieciséis completos y ni un instante más—, pero todavía la extraño.

Maribeth asintió y se acercó a él. Las festividades la hacían pensar en su familia y hablar de Annie la hacía extrañar a Noelle. No había podido hablar con ella desde que dejó su casa, y su madre le había dicho meses antes por teléfono que su padre no le permitía a Noelle leer las cartas de Maribeth. Al menos la vería pronto... pero qué tal si alguna vez le pasaba algo... como a Annie... la sola idea la hizo estremecerse.

Maribeth iba callada cuando regresaron a su casa y Tommy sabía que algo la molestaba. Se preguntaba si tal vez no debería haberla llevado a la tumba de Annie. Quizá en esta etapa de su embarazo, eso era muy trastornante.

—¿Estás bien? ¿Quieres recostarte?

—Estoy bien —respondió ella, luchando de nuevo por contener las lágrimas. Los padres de Tommy no habían regresado aún. Maribeth y él habían vuelto temprano. Y entonces ella lo sorprendió por completo—: ¿Crees que tus padres se molesten si llamo a casa? Pensé que tal vez... tal vez por las fiestas... pensé en desearles un feliz Día de Acción de Gracias.

—Seguro... está bien —él estaba seguro de que a sus padres no les molestaría. Y si les molestaba, él pagaría la llamada. La dejó sola mientras le daba el número a la operadora y esperaba.

Su madre fue la primera que contestó. Se oía sin aliento y atareada, y había mucho ruido a su alrededor. Maribeth sabía que sus tías y sus familias siempre iban a su casa el Día de Acción de Gracias, y ambas tenían niños pequeños. Había muchos gritos y su madre no podía oírla.

—¿Quién?... ¡Cállense! ¡No puedo oír! ¿Quién es?

—Soy yo, mamá —dijo Maribeth un poco más fuerte—. Maribeth. Quería desearte un feliz Día de Acción de Gracias.

—¡Oh, Dios mío! —dijo ella y estalló al instante en lágrimas—. Tu padre va a matarme.

—Sólo quería saludarte, mamá —de pronto deseó

tocarla y estrecharla y abrazarla. Hasta ese momento no se había dado cuenta de lo mucho que la extrañaba—. Te extraño, mamá —las lágrimas le inundaron los ojos y Margaret Robertson casi parecía plañidera al escucharla.

—¿Estás bien? —le preguntó en voz baja, esperando que nadie la oyera—. ¿Ya lo tuviste?

—Falta un mes —pero cuando le contestaba, hubo un arrebato repentino en el otro extremo, una discusión, y le arrancaron el teléfono de las manos a su madre, y una voz cortante llegó con claridad por la línea.

—¿Quién es? —vociferó. Por las lágrimas de su mujer podía adivinar quién estaba llamando.

—Hola, papá. Sólo quería desearte un feliz Día de Acción de Gracias —su mano tembló con violencia, pero trató de oírse normal.

—¿Ya acabó todo? Ya sabes a lo que me refiero —sonaba inmisericorde y brutal mientras ella luchaba por contener las lágrimas.

—Todavía no... yo sólo... deseaba...

—Te dije que no llamaras hasta que terminara todo. Ven a casa cuando te hayas encargado de todo y te hayas deshecho de eso. Y no llames hasta entonces. ¿Me oíste?

—Te oí, yo... papá, por favor... —podía escuchar a su mamá llorando en el fondo, y pensó que oía a Noelle gritándole a su padre, diciéndole que no podía hacer eso, pero él lo hizo, y mientras Maribeth lloraba, colgó el receptor y la operadora regresó a la línea y preguntó si había terminado la llamada.

Ella lloraba demasiado como para responderle. Sólo colgó el teléfono y se quedó sentada ahí, viéndose como una niña extraviada, y sollozando. Tommy regresó a la habitación y se horrorizó al ver el estado en el que estaba.

—¿Qué sucedió?

—Él no... me dejó... hablar con mi mamá... —sollozaba—, y me dijo que no llamara de nuevo hasta que "me hubiera deshecho de eso". Él... yo... —ni siquiera podía decirle lo que estaba sintiendo, pero era fácil verlo. Maribeth todavía estaba trastornada cuando los padres de Tommy regresaron media hora después. La había hecho recostarse, porque estaba llorando tan fuerte que pensó que tendría al bebé.

—¿Qué sucedió? —preguntó su madre, viéndose preocupada cuando su hijo le contó.

—Llamó a sus padres y su padre le colgó. Supongo que estaba hablando con su mamá y él le arrebató el teléfono y le dijo que no volviera a llamar hasta después de que hubiera regalado al bebé. Parecen espantosos, mamá. ¿Cómo puede regresar allá?

—No lo sé —dijo Liz, viéndose preocupada—. Ciertamente no suena como un padre, pero parece que ella está muy apegada a su madre... sólo será hasta junio... —pero Liz tenía un panorama muy claro de todas las dificultades que iba a tener Maribeth cuando regresara con sus padres.

Caminó sin hacer ruido hasta la recámara de Annie y se sentó en la cama cerca de Maribeth, quien todavía lloraba.

—No puedes dejar que te mortifique tanto esto —dijo con calma, tomando la mano de Maribeth entre las suyas y acariciando sus dedos con ternura, como lo hacía con los de Annie—. No es bueno para ti ni para el bebé.

—¿Por qué tiene que ser tan malo? ¿Por qué no puede dejarme al menos hablar con Noelle y con mi mamá? —no le importaba si no hablaba con Ryan, él era igual que su padre.

—Él cree que las está protegiendo de tus errores. No comprende. Es probable que esté avergonzado con lo que sucedió.

—Yo también. Eso no cambia lo que siento por ellos.

—No creo que él comprenda eso. Tú eres una chica afortunada, tienes una mente extraordinaria y un gran corazón. Tienes un futuro, Maribeth. Tu padre no lo tiene.

—¿Qué futuro tengo? Todos en el pueblo hablarán siempre de lo que sucedió. Ellos lo sabrán. Aun cuando me vaya lejos, la gente hablará, alguien se los dirá. Y me odiarán. Los hombres pensarán que soy fácil, las muchachas pensarán que soy mala. Mi papá nunca me dejará ir a la universidad cuando termine la preparatoria. Me hará trabajar para él en el taller o quedarme en la casa y ayudarle a mi mamá, y me quedaré enterrada igual que ella.

—No tiene por qué ser así —le dijo Liz con tono tranquilo—. No tienes que hacer nada en la forma en que ella lo hizo. Tú sabes quién eres. Sabes que no eres ni fácil ni mala. Terminarás la escuela y luego decidirás que quieres... y lo harás.

—No me dejará hablarles de nuevo. No podré hablar otra vez con mi madre nunca —comenzó a sollozar de nuevo, como una niña pequeña, y Liz la tomó en sus brazos y la abrazó. Era todo lo que podía hacer, tan sólo estar a su lado. Le rompió el corazón ver a esta muchacha maravillosa volver con esas personas miserables. Ahora podía ver por qué Tommy quería casarse con ella. Era todo lo que se le ocurría para ayudarla. Liz deseaba que se quedara con ellos y dejarla a salvo de ellos. Pero, por otro lado, ellos eran su familia y Liz sabía que a su manera los extrañaba. Maribeth siempre hablaba de regresar a su casa después de tener al bebé. Quizá no supiera qué debía hacer, pero siempre deseaba verlos.

—Tu papá estará mejor una vez que regreses a casa —dijo Liz, tratando de alentarla, pero Maribeth sólo negó con la cabeza y se sonó la nariz en el pañuelo de Liz.

—No es así. Se pondrá peor. Me lo recordará todo el tiempo, como lo hace con mis tías. Siempre hace comentarios sobre la manera en que tuvieron que casarse y las avergüenza. O al menos a una de ellas. Ella solía llorar todo el tiempo. La otra le dijo que se callara y que su esposo lo golpearía si lo mencionaba de nuevo. Y en realidad ya no dice nada sobre ella.

—Tal vez sea una lección que hay que aprender —dijo Liz, pensando en ello—. Es posible que necesites dejar claro que no lo admitirás —pero ella era una chica de dieciséis años. ¿Cómo podía enfrentarse a su padre? Había sido una suerte que hubiera encontrado a los Whittaker. Sin ellos, habría tenido que esperar a su bebé sola por completo.

Liz la ayudó a levantarse de nuevo después de un rato y le hizo una taza de té, mientras los dos hombres hablaban en voz baja sentados frente al fuego. Por último, fueron al cine de todos modos y Maribeth estaba de mejor humor cuando regresaron. Nadie mencionó otra vez a sus padres y, una vez en casa, se fueron a dormir temprano.

—Siento tanta pena por ella —le dijo Liz a John, una

vez que estuvieron en la cama. De nuevo eran amigables y hablaban más abiertamente de las cosas. No había el mismo silencio ensordecedor en su recámara.

—Tommy siente pena por ella también —dijo él—. Es una maldita pena que se haya embarazado —eso era demasiado obvio, pero Liz estaba muy molesta respecto a sus padres.

—Odio la idea de que volverá a su casa con ellos y, sin embargo, de manera extraña ella lo desea.

—Son todo lo que tiene. Y es muy joven. Pero no durará. Ella quiere ir a la universidad y su padre no podrá controlarla.

—Parece un verdadero tirano. Pero se sale con la suya. Tal vez si alguien hablara con él... —dijo Liz pensativa—. Ella necesita una salida, una alternativa, de modo que si las cosas no salen bien afuera, tenga algún lugar a donde ir.

—No quiero que se case con Tommy —dijo él con firmeza—. Al menos no todavía. Son demasiado jóvenes y ella cometió un gran error y necesita superarlo. Es demasiado para él tomar la responsabilidad ahora, aun cuando lo desee.

—Sé eso —le dijo con brusquedad a John. En ocasiones todavía la fastidiaba. Ninguno de ellos quería que Tommy se casara ahora, pero ella tampoco estaba preparada para abandonar a Maribeth. Se había cruzado en su camino por alguna razón y era una muchacha notable. Liz no iba a darle la espalda ni a dejar de ayudarle.

—Creo que debes quedarte al margen del asunto. Ella tendrá al bebé y se irá a casa con ellos. Si tiene un problema, siempre podrá llamarnos. Estoy seguro de que Tommy seguirá en contacto con ella. Está loco por la muchacha. No la va a olvidar un minuto después de que se vaya de aquí —aunque la distancia entre sus hogares significaría un desafío para que ellos continuaran con su romance.

—Quiero hablar con ellos —dijo Liz, mirándolo de pronto, y él sacudió la cabeza—. Me refiero a sus padres.

—No te metas en sus asuntos.

—No son "sus" asuntos, son los de ella. Esas personas han dejado que ella solucione sus propios problemas en un momento en que realmente los necesita. La han dejado por completo abandonada a sus propios recursos. Del modo en que yo lo veo, ellos perdieron el derecho a dictar sus términos, basados en su falta de apoyo a ella.

—Puede que ellos no lo vean de ese modo —él sonrió, con frecuencia le gustaba la forma en que ella se involucraba y se preocupaba tanto por todo, y a veces lo enloquecía. Liz no se había preocupado por nada en mucho tiempo y a él le complacía la manera en que Maribeth había encendido eso en ella otra vez. Ella había encendido muchas cosas en todos ellos. De cierta forma, John se sentía paternal hacia ella—. Hazme saber lo que decidas —dijo, sonriendo de nuevo mientras ella apagaba las luces.

—¿Irás conmigo si voy a verlos? —le preguntó sin rodeos—. Quiero verlos por mí misma antes de que ella regrese allá —dijo Liz, sintiéndose inusitadamente maternal hacia Maribeth. Tal vez algún día podría incluso ser su nuera, pero lo fuera o no, no iba a abandonarla con unos padres insensibles.

—En realidad, me gustaría —rió entre dientes en la oscuridad—. Creo que disfrutaría observando cómo les dices sus verdades —él se rió de nuevo entre dientes y ella soltó la carcajada—. Sólo hazme saber cuándo deseas ir —dijo con calma y ella asintió.

—Les llamaré mañana —dijo ella con aire pensativo, y luego se volteó sobre su costado y miró a su marido—. Gracias, John —de nuevo eran amigos, nada más. Pero al menos era algo.

9

Con mucha pena, Maribeth les dio la noticia en el restaurante el lunes posterior al Día de Acción de Gracias. Ella y Liz habían hablado otra vez del asunto y había estado de acuerdo en que necesitaba tiempo para prepararse de manera apropiada para los exámenes, además de que el bebé nacería justo después de Navidad. Iba a dejar el trabajo el día quince y los Whittaker querían que se quedara con ellos hasta que naciera el bebé. Liz dijo que no debería estar sola, en caso de que algo sucediera. Y ellos le aseguraron que en verdad querían que estuviera con ellos.

Estaba abrumada por la amabilidad que le habían ofrecido y le gustaba la idea de quedarse con ellos. Se estaba poniendo nerviosa por el parto y estar con ellos significaba que podría trabajar más con Liz y quizá incluso obtener más créditos para la escuela. Para no mencionar el hecho de estar más cerca de Tommy. Parecía un acuerdo ideal, y Liz había convencido a John de que tenerla allí hasta que llegara el bebé era algo especial que podían hacer por Tommy.

—Y ella necesitará que alguien esté con ella cuando pase todo —le explicó Liz—. Será terriblemente duro para ella cuando deje al bebé —ella sabía cuánto dolor le causaría eso. Habiendo perdido a su hija, entendía demasiado bien lo que le costaría a Maribeth regalar a su bebé. La agonía sería intensa y Liz deseaba estar con ella. Sin pretenderlo, había llegado a querer a la muchacha y el lazo entre ellas había crecido mientras trabajaban juntas. Maribeth tenía una mente notable y era incansable en sus esfuerzos por mejorarla. Era algo que deseaba con desesperación. Era su única esperanza para un futuro.

Todos en el restaurante se pusieron tristes de que se fuera, pero lo comprendieron. Les dijo que iba a regresar con su familia para tener al bebé, pero nunca le contó a nadie que en realidad no había estado casada ni que planeaba no conservar al bebé. En su último día ahí, Julie le hizo una pequeña fiesta para el bebé y todos le trajeron pequeños obsequios para el bebé. Había zapatitos y un juego de chambritas que una de las muchachas había tejido para ella, una manta rosa y azul con pequeños patitos en ella, un osito de peluche, algunos juguetes, una caja de pañales de uno de los ayudantes y Jimmy le dio una silla alta.

Cuando vio todas las cosas que le habían dado, Maribeth estaba abrumada por la emoción. Su amabilidad desinteresada le rompió el corazón, pero aún más que eso el darse cuenta por primera vez de que nunca vería a su hijo usar nada de eso al llegar a casa con ella y que eso era lo que significaba en realidad el regalarlo. De pronto el bebé se hizo real para ella más que nunca antes. Tenía ropas y calcetines y sombreros y pañales y un osito de peluche y una silla alta. Lo que no tenía era un papá y una mamá, así que cuando regresó a su cuarto esa tarde le llamó al doctor

MacLean y le preguntó los avances que tenía en la localización de padres adoptivos para el bebé.

—He tenido en mente a tres parejas —dijo con cautela—, pero no estoy seguro de que una de ellas sea la correcta —el padre había admitido que tenía problemas con la bebida y Avery MacLean estaba reacio a darle al bebé—. La segunda acaba de darse cuenta de que está embarazada. Y la tercera familia tal vez no desee adoptar. No he hablado aún con ellos. Todavía tenemos algo de tiempo.

—Dos semanas, doctor MacLean... dos semanas —ella no quería llevar a casa al bebé y luego regalarlo. Eso sería una tortura. Además sabía que no podía ir a casa de los Whittaker con el bebé. Eso sería una imposición muy grande.

—Encontraremos a alguien, Maribeth. Te lo prometo. Y si no, puedes dejar al bebé en el hospital por un par de semanas. Encontraremos a la pareja adecuada. No queremos cometer un error, ¿o sí? —ella estuvo de acuerdo con él, pero la silla alta en el rincón de su habitación de pronto parecía de mal agüero. Todos le habían hecho prometer que los llamaría para decirles el sexo que había tenido el bebé y ella les había dicho que lo haría. El saber que les había mentido a todos ellos hacía más difícil decir adiós, sobre todo a Julie.

—¡Cuídate, cariño! —le aconsejó Julie—. Sigo pensando que deberías casarte con Tommy —tal vez lo hiciera después de que llegara el bebé, comentaron todos después de que se fue. Y el doctor MacLean todavía opinaba lo mismo cuando colgó. No quería ayudarla a dar al bebé sólo para encontrar que ella y Tommy lo lamentaban después. Había pensado en discutirlo con Liz, para ver lo que ella pensaba al respecto, si hablaban en serio acerca de regalar al bebé, pero no estaba seguro de lo que pensaría la joven pareja si él hablaba con los padres de Tommy. Era una situación delicada. Pero ahora podía sentir la urgencia de Maribeth. Era evidente que ella deseaba una resolución y él le prometió, y a sí mismo, que iniciaría una búsqueda seria de padres adoptivos.

Al día siguiente de que dejó el restaurante, Tommy le ayudó a cambiar todas sus cosas a la recámara de Annie. Colocó las cosas que le habían regalado para el bebé en unas cajas en la cochera y dijo que las enviaría al hospital para que se las dieran a los padres adoptivos. El verlas todavía hacía que se sintiera atragantada. Hacían que todo pareciera demasiado real.

El sábado por la mañana, Liz les explicó que ella y John tenían que estar fuera del pueblo hasta el día siguiente. Él necesitaba ver a algunos clientes al otro lado de la frontera estatal y no volverían hasta el domingo. Liz estaba muy incómoda por dejarlos solos, pero ella y John lo habían discutido bastante y sabían que podían confiar en ellos.

Tommy y Maribeth estaban agradecidos por el tiempo para estar solos y tenían toda la intención de comportarse bien y no fallarles a sus padres. Y con lo embarazada que estaba Maribeth, no había tentaciones graves.

El sábado en la tarde, fueron a hacer sus compras navideñas. Ella le compró a su mamá un pequeño broche de camafeo, era caro para ella, pero pensó que era muy bonito y le pareció algo que usaría, y a su padre le compró una pipa especial para mal clima. Y mientras vagaban por las tiendas, vio algunas cosas para bebés, pero siempre se forzaba a dejarlas y no comprarlas.

—¿Por qué no le compras algo de tu parte? ¿Como un osito de peluche o un pequeño guardapelo o algo? —se preguntaba si hacer eso podría sacarla de su sistema y sería algo con lo que podría enviarlo a su nueva vida con sus nuevos padres, pero los ojos de ella se llenaron de lágrimas mientras negaba con la cabeza. No quería dejar ningún rastro de ella en el bebé. Estaría tentada a buscarlo luego o a mirar con ansia a todos los niños que viera usando un guardapelo.

—Tengo que dejarlo ir, Tommy. Por completo. No puedo aferrarme a él —un pequeño sollozo se le atragantó cuando hablaba.

—No puedes dejar ir algunas cosas —dijo él, viéndola de manera significativa, y ella asintió. Ella no quería apartarse de Tommy, ni del bebé, pero a veces la vida te hace desprenderte de lo que más quieres. Con frecuencia no hay compromisos ni tratos. Él también sabía esto. Pero ya había perdido más de lo que hubiera querido. Y no estaba dispuesto a perder a Maribeth, ni a su bebé.

Regresaron a casa con sus paquetes y ella cocinó la cena para él. Sus padres no volverían antes de la tarde siguiente. Era como si estuvieran casados, deshaciéndose en atenciones por él y limpiando los trastos después, y luego sentándose a ver la televisión. Vieron *Su espectáculo de espectáculos*, seguido de *Hit Parade*. Y mientras estaban sentados uno al lado del otro como jóvenes recién casados, Maribeth lo miró y sonrió, y él la atrajo hacia su regazo y la besó.

—Siento como si ya estuviera casado contigo —dijo él, adorándolo y sintiendo que el bebé lo pateaba mientras la abrazaba y rozaba su estómago. Estaban sorpresivamente íntimos, considerando que nunca habían hecho el amor. Pero a veces era difícil recordar que no debían. Entonces ella pudo sentirlo surgiendo a la vida cuando se sentó sobre sus rodillas y ella lo besó y lo sintió crecer más. Después de todo él sólo tenía dieciséis años y casi todo lo que hacía ella lo excitaba.

—Creo que se supone que no debes excitarte con chicas de más de ciento ochenta kilos —bromeó ella y luego se levantó y atravesó la habitación, sobando su espalda, la cual le dolía. Habían caminado mucho esa tarde y últimamente el bebé parecía estar mucho más abajo. No había duda de que iba a nacer pronto o de que iba a ser un bebé enorme. Ella era alta, pero sus caderas eran estrechas y siempre había sido delgada. Maribeth estaba empezando a asustarse cada vez que creía que estaba a punto de nacer el bebé.

Ella lo admitió ante él esa noche y él se apenó por ella. Tommy tan sólo esperaba que no fuera tan malo como ambos lo temían.

—Es probable que ni siquiera lo sientas —le dijo, dándole un plato de helado, el cual compartieron con dos cucharas.

—Ojalá que no —concordó ella, tratando de olvidar sus temores—. ¿Qué quieres hacer mañana?

—¿Por qué no traemos el árbol y lo decoramos antes de que mamá y papá lleguen a casa? Podría ser una bonita sorpresa para ellos —a ella le gustó la idea, le gustaba hacer cosas para ellos y ser parte de su familia. Esa noche, cuando se fue a dormir a la recámara de Annie, Tommy se sentó a su lado por largo rato y luego se acostó junto a ella en la estrecha cama que había sido de Annie—. Podríamos dormir en el cuarto de mis papás, ¿sabes? Tendríamos bastante espacio y ellos nunca lo sabrían. —pero les habían prometido que se portarían bien y Maribeth deseaba cumplir su promesa.

—Sí, lo sabrían —dijo con firmeza—. Los padres lo saben todo.

—Eso es lo que mi mamá piensa —sonrió él—. Vamos, Maribeth. No tendremos otra oportunidad. Ellos salen más o menos una vez cada cinco años.

—No creo que tu mamá quisiera que durmiéramos en su cama —objetó ella, recatada.

—Está bien, entonces vamos a dormir en la mía. Es más grande que ésta —se quejó, rodando hacia el suelo por enésima vez, mientras ella reía. No tenían que dormir juntos, pero ambos lo deseaban. Era tan agradable estar juntos.

—Está bien —ella lo siguió hasta su recámara y se acurrucaron en la cama, con su camisón y su pijama, colocando sus brazos alrededor del otro, riendo y platicando, como dos chiquillos, y entonces él la besó, largo y lento y fuerte, y ambos se excitaron, pero a dos semanas de que naciera el bebé de ella, había poco que pudieran hacer al respecto. Tommy le besó los senos y ella gimió y lo acarició, y él estaba tan duro y rígido que en verdad le dolía cuando ella lo abrazaba. Maribeth seguía recordándose a sí misma que lo que estaban haciendo era incorrecto, excepto que en realidad no lo creían. No sentía que fuera erróneo estar con él, sentía que era el único lugar en el que deseaba estar siempre, por el resto de su vida, y mientras yacía ahí junto a él, sintiendo su vientre entre ellos, se preguntó por primera vez si un día estarían juntos en realidad.

—Así es como quiero estar —dijo él, mientras la tenía en sus brazos y ambos comenzaron a quedarse dormidos. Habían permanecido excitados tanto como pudieron y al fin acordaron que tenían que calmarse y dejar de jugar. Todas sus travesuras habían incluso empezado a producirle contracciones—. Sólo quiero estar junto a ti por el resto de mi vida —dijo Tommy soñoliento—, y un día el bebé que lleves en el vientre será nuestro, Maribeth... eso es lo que deseo...

—Yo también... —ella hablaba en serio, pero también deseaba otras cosas, igual que la madre de él, antes de casarse con su padre.

—No puedo esperarte. Mi papá esperó a mi mamá. Aunque no fue por mucho tiempo —comentó, pensando en lo bien que se sentía cuando ella lo abrazaba—. Como un año o dos —le sonrió y luego la besó—. Podríamos casarnos y asistir a la universidad juntos.

—¿Y vivir de qué?

—Podríamos vivir aquí —dijo él—. Podríamos ir a la universidad aquí y vivir con mis padres —pero a ella no le agradó esa idea, sin importar cuánto quisiera a los padres de Tommy.

—Cuando nos casemos, si lo hacemos —comentó ella severa, mientras bostezaba—. Quiero que seamos maduros, que nos hagamos cargo de nuestras propias responsabilidades, de nuestros propios hijos, sin importar qué tan viejos tengamos que estar para hacerlo.

—Sí, tal vez unos sesenta —dijo él, bostezando también, mientras le sonreía y luego la besaba—. Sólo quiero que sepas que me voy a casar contigo un día, Maribeth Robertson. Más vale que te hagas a la idea. Eso es lo que tienes que hacer.

Ella no puso objeción, sólo sonrió, mientras yacía entre sus brazos y se iba quedando dormida, pensando en Annie, en Tommy y en su bebé.

10

Al día siguiente se levantaron temprano y salieron a comprar el árbol; Tommy compró también un árbol más pequeño, uno diminuto, que colocó en la camioneta junto con el grande. Cuando llegaron a casa sacó los adornos y pasaron casi todo el día colocándolos en el árbol. Algunos de ellos lo hacían llorar, sobre todo los que había hecho su madre con Annie.

—¿Crees que debimos dejarlos guardados? —dijo Maribeth pensativa y lo discutieron. Verlos podría trastornar a su mamá, pero darse cuenta de que no estaban también pondría tristes a todos. No había una solución fácil. Al final, decidieron colocarlos de todos modos, porque dejarlos guardados sería como negar a Annie. Ella había estado allí con ellos, todos compartían su recuerdo. Era mejor reconocerlos que tratar de pretender que nunca habían existido. Para las tres de la tarde ambos estuvieron de acuerdo en que el árbol se veía bien y estaba concluido.

Ella hizo sandwiches de atún para el almuerzo y, mientras guardaban el resto de los adornos, Tommy dejó afuera una caja pequeña y miró de manera extraña a Maribeth.

—¿Pasa algo malo?

Tommy negó con la cabeza. Ella se dio cuenta de que estaba tramando algo.

—No. Voy a ir a una parte. ¿Quieres venir o estás demasiado cansada?

—Estoy bien. ¿A dónde vamos?

—Ya lo verás —sacó sus abrigos y ya estaba comenzando a nevar cuando salieron hacia la camioneta y Tommy colocó en ella la pequeña caja de adornos. El árbol pequeño todavía estaba en la parte trasera de la camioneta y puso la caja a su lado. Al principio ella no estaba segura de lo que hacía Tommy, pero tan pronto como colocó ahí los adornos supo qué iban a hacer. Iban a ir al cementerio y él había deseado llevarle un arbolito a Annie.

Él bajó el árbol de la camioneta y ella cargó la caja de adornos. Eran los más pequeños, los que Annie adoraba, con pequeños ositos y soldaditos de juguete tocando trompetas y pequeños ángeles. Había una cadena de abalorios y un tramo de oropel plateado. Con solemnidad, él colocó el árbol en la tierra cercana a ella, en un pequeño promontorio de madera, y fueron turnándose para poner los adornos. Fue un ritual estrujante y sólo les tomó unos cuantos minutos completarlo, y se quedaron mirándolo, mientras él recordaba cuánto amaba su hermanita la Navidad. Annie adoraba todo lo que se relacionaba con ella. Tommy se lo había contado a Maribeth antes, pero esta vez no pudo decir nada. Tan sólo permaneció allí, con las lágrimas escurriéndole por las mejillas, recordando cuánto la había querido y cuánto había sufrido cuando la perdió.

Luego volteó a mirar a Maribeth, desde el otro lado

del árbol, con su enorme vientre envuelto en su abrigo, sus ojos tan tiernos, su brillante cabello asomando furtivamente de la bufanda de lana que llevaba. Nunca la había amado tanto como en ese momento.

—Maribeth —dijo él quedo, sabiendo que Annie aprobaría lo que iba a hacer. Era correcto hacerlo allí. Ella habría querido ser parte de su vida y su futuro—. Cásate conmigo... por favor... te amo...

—Yo también te amo —le contestó ella, acercándose a él y tomándolo de la mano mientras lo miraba—, pero no puedo... no ahora... no me pidas que haga eso...

—No quiero perderte... —miraba hacia la pequeña tumba donde yacía su hermana, justo debajo de ellos, cerca del árbol de Navidad que le habían traído—. La perdí a ella... no quiero perderte a ti... por favor, vamos a casarnos.

—Todavía no —dijo ella con suavidad, deseando darle algo, aunque temerosa de herirlo si le fallaba. Era muy prudente para su edad y, de cierta forma, más prudente que él.

—¿Me prometes casarte conmigo después?

—Te prometo solemnemente este día, Thomas Whittaker, que te amaré para siempre —y decía en serio cada palabra. Sabía que nunca olvidaría lo que él había sido para ella desde el primer instante en que la conoció. Pero lo que eso significaba, a dónde los conducirían sus vidas, nadie podía prometer eso o saberlo en ese momento. Ella deseaba ser parte de su vida para siempre pero, ¿quién sabía a dónde los llevaría la vida?

—¿Me prometes casarte conmigo?

—Si es correcto, si es lo que queremos ambos —ella siempre era sincera.

—Siempre te estaré esperando —dijo él con solemnidad y Maribeth sabía que hablaba en serio.

—Y yo a ti. Siempre seré tu amiga, Tommy... siempre te amaré —y si eran afortunados, algún día sería su esposa. Ella también deseaba eso, ahora, a los dieciséis, pero era lo bastante inteligente para saber que un día las cosas podían ser distintas. O quizá no, tal vez su amor crecería con el tiempo y un día sería más intenso que nunca. O quizá, como las hojas, el viento los llevaría a los confines de la tierra y los apartaría para siempre, pero ella esperaba que no fuera así.

—Estaré listo para casarme contigo, en cualquier momento que quieras —afirmó Tommy.

—Gracias —dijo ella y se acercó para besarlo. Él la besó, deseando que le hubiera prometido todo, pero satisfecho de que le hubiera brindado lo que podía en ese momento.

Se quedaron en silencio, mirando el pequeño árbol de Navidad y pensando en la hermana de Tommy.

—Creo que ella también te quiere —dijo él en voz baja—. Ojalá pudiera estar aquí —y luego puso la mano de Maribeth en su brazo y la condujo a la camioneta. Había aumentado el frío desde que salieron y ambos iban muy callados mientras regresaban a su casa. Había algo muy pacífico entre ellos, algo muy fuerte y muy limpio, y muy sincero. Ambos sabían que podrían estar juntos algún día, o tal vez no. Lo intentarían, estarían el uno para el otro tanto como pudieran. A los dieciséis, eso era mucho, más de lo que algunas personas tenían después de toda una vida. Tenían esperanza, y promesas, y sueños. Era una buena manera de comenzar. Era un regalo que se habían dado mutuamente.

Se sentaron a platicar con calma en la sala, viendo viejos álbumes y riendo de las fotografías de bebé de Tommy y de Annie. Y Maribeth tenía la cena lista cuando sus padres regresaron de su viaje. Sus padres estaban felices de volver a casa y contentos de verlos, y emocionados de ver el árbol de Navidad, y Liz se detuvo y lo contempló largo rato cuando vio los adornos familiares, y luego miró a su hijo y sonrió.

—Me alegra que pusieras ésos. Los hubiera extrañado si no estuvieran ahí —hubiera sido como tratar de olvidar que había existido, y Liz no quería olvidarlo.

—Gracias, mamá —estaba contento de haber hecho lo correcto, y todos fueron a la cocina a cenar. Maribeth les preguntó sobre su viaje y Liz dijo que había salido bien. Ella no se veía emocionada, pero John asintió en acuerdo. Había salido tan bien como podía, dadas las circunstancias. Pero parecían contentos y hubo una atmósfera festiva entre ellos por el resto de la velada. No obstante, Liz notó algo diferente en ellos. Parecían más serios que antes, y más tranquilos, y se miraban entre sí con un lazo aún mayor del que Liz había notado antes entre ellos.

—¿Crees que hayan hecho algo mientras estuvimos fuera, John? —le preguntó en la noche, en su recámara, y él la miró sorprendido.

—Si te refieres a lo que supongo, ni un chico de dieciséis años de edad podría vencer un obstáculo como ése. Creo que tus temores son infundados en definitiva.

—No crees que se hayan casado, ¿verdad?

—Necesitan nuestro permiso para hacerlo. ¿Por qué?

—Los veo distintos. Más cercanos, más como si fueran uno solo y no dos, del modo en que está la gente casada, o se supone que debe estar —el viaje también había sido bueno para ellos. Estar solos en un cuarto de hotel los había acercado más de lo que habían estado en años y él la había invitado a una cena muy agradable. Y habían logrado más o menos lo que querían antes de eso.

—Creo que tan sólo están muy enamorados. Tenemos que aceptar eso —dijo John con calma.

—¿Supones que en realidad se casarán algún día?

—No sería lo peor para ninguno de ellos. Y ellos ya han pasado muchas cosas juntos. Podría probar haber sido demasiado para ellos, al final, o podría ser la causa de su triunfo. Sólo el tiempo lo dirá. Ambos son buenos chicos, espero que sigan juntos.

—Aunque ella desea esperar —dijo Liz, comprendiendo eso bien, y él sonrió pesaroso.

—Conozco a esa clase de mujer —pero era una clase buena, como el tiempo se lo había demostrado. No siempre era una clase fácil, pero era bueno—. Si ha de ser, ellos encontrarán la forma de hacer que funcione a final de cuentas. Si no, habrán tenido algo que la mayoría de la gente no ha tenido en toda su vida. En cierta forma, los envidio —había algo acerca de comenzar de nuevo que le atraía, acerca de tener una nueva vida. Le habría gustado comenzar otra vez con Liz. Pero para ellos, de cierta forma, ahora ya era demasiado tarde.

—Yo no envidio lo que ella tiene que afrontar —dijo Liz con tristeza.

—¿Te refieres al parto? —sonó sorprendido, Liz nunca se había quejado acerca de los nacimientos.

—No, me refiero a dar a su bebé. Eso no será fácil —él asintió, apenado por ella. Apenado por ambos por los sufrimientos que tendrían que pasar, madurando, pero aún envidiándolos por lo que compartían y lo que les esperaba adelante, separados o juntos.

Liz se acostó muy cerca de John esa noche, mientras él dormía, y Maribeth y Tommy se sentaron en la sala y hablaron durante horas.

Se sentían exactamente como su madre había percibido, más cercanos, y más como si fueran uno solo y no dos. Eran cada uno más de lo que habían sido antes. Y por primera vez en su vida, Maribeth sentía que tenía un futuro.

La alarma despertó a todos al día siguiente y Maribeth se bañó y se vistió a tiempo para ayudar a Liz a preparar el desayuno. Liz había arreglado que Maribeth presentara un examen especial para acreditar la primera mitad del último año. Y Tommy también tenía ese día exámenes finales. Hablaron sobre sus exámenes una y otra vez en la mesa. La escuela le estaba permitiendo presentarlos en un salón especial, en el edificio administrativo, donde ninguno de los estudiantes la vería, y Liz iba a encontrarla allá esa mañana para sus evaluaciones. La escuela había sido muy razonable con ella, estaban haciendo todo lo que podían para ayudarla, gracias a que Liz la había respaldado. Cuando se despidieron afuera de la escuela, Tommy le deseó suerte y luego corrió a sus clases.

El resto de la semana pasó volando y el siguiente fin de semana era el último antes de Navidad. Liz terminó sus compras navideñas y, de regreso a su casa, dudó por un momento y luego dio la vuelta, decidida a visitar a Annie. Lo había estado posponiendo por meses, porque era muy doloroso para ella, pero aun así hoy había sentido que tenía que ir.

Cruzó las puertas del cementerio y encontró el lugar donde la habían sepultado pero, cuando se aproximaba, se detuvo y se quedó atónita cuando lo vio. Vio el pequeño árbol, un poco inclinado hacia un lado, los adornos tintineando al viento, tal como ellos los habían dejado. Caminó despacio hacia él y lo enderezó, acomodándole de nuevo el oropel, mirando los adornos familiares que Annie había colgado en su árbol tan sólo un año antes. Sus pequeñas manitas los habían colocado con tanto cuidado justo donde quería, y ahora su madre recordaba cada palabra, cada sonido, cada momento, cada agonía silenciosa del año anterior, y de pronto hubo una especie de dolor agridulce mientras sentía que las compuertas se abrían y la sumergían. Permaneció allí en silencio largo rato, llorando por su nenita y mirando el árbol que Maribeth y Tommy le habían traído. Luego tocó las espinosas ramas, como un pequeño amigo, y musitó su nombre... cuyo solo sonido tocó su corazón como dedos de bebé.

—Te amo, pequeña... siempre lo haré... dulce, dulce Annie... —no podía decirle adiós, sabiendo que nunca la vería de nuevo, y regresó a casa sintiéndose triste, pero extrañamente tranquila.

No había nadie en casa cuando llegó y se sintió aliviada. Liz se sentó sola en la sala por largo rato, viendo su árbol, mirando los adornos familiares que tenía. Iba a ser difícil pasar la Navidad sin ella. Era difícil todos los días. Era difícil desayunar y almorzar y cenar y viajar al lago o a cualquier otra parte sin su pequeña niña. Era difícil levantarse en la mañana y saber que no estaba ahí. Y sin embargo sabía que tenían que continuar. Ella había venido a visitarlos, por corto tiempo, si tan sólo hubieran sabido que sería así. Pero, ¿qué hubieran hecho de manera diferente? ¿La habrían amado más? ¿Le hubieran dado más cosas? ¿Hubieran pasado más tiempo con ella? Ellos habían hecho todo lo que habían podido, pero mientras Liz permanecía ahí sentada, soñando con ella, sabía que habría dado la vida entera por otro beso, otro abrazo, otro momento con su hija.

Todavía estaba sentada ahí, pensando en ella cuando los muchachos llegaron, llenos de vida, con sus rostros colorados por el frío, llenos de historias acerca de los lugares en que habían estado y las cosas que habían hecho.

Ella les sonrió entonces y Tommy se percató de que había estado llorando.

—Quiero darles las gracias a los dos —dijo, atragantándose con sus propias palabras—, por llevarle el árbol a... gracias... —dijo en voz baja y se alejó aprisa. Maribeth y Tommy no sabían qué decirle, y Maribeth estaba llorando también, mientras se quitaba el abrigo y colgaba sus cosas. En ocasiones deseaba poder hacerlos sentirse mejor. Todos sufrían mucho todavía por la pérdida de Annie.

El padre de Tommy llegó a casa poco después, con los brazos cargados de paquetes, y Liz estaba ya en la cocina para entonces, preparando la cena. Ella sonrió cuando levantó la vista para mirarlo. Había más ternura entre ellos estos días y Tommy se sintió aliviado de ver que no estaban riñendo tanto como antes. Poco a poco, estaban sintiéndose mejor, aunque la Navidad no era fácil.

Todos fueron juntos a misa la Nochebuena y John roncó por lo bajo con el calor de la pequeña iglesia y el olor del incienso. Le recordó a Liz cuando Annie venía con ellos y a menudo dormitaba entre ellos, en especial el año anterior, cuando se estaba enfermando y ellos no lo sabían. Cuando regresaron a casa, John se fue derecho a la cama y Liz terminó de colocar los obsequios. Era diferente este año, para todos. No había carta a Santa Claus, ni zanahorias para los renos, ni deliciosa simulación, y no habría salvajes grititos de emoción la mañana de Navidad. Pero se tenían uno al otro.

Cuando se dirigía a su recámara, Liz vio a Maribeth moviéndose pesadamente por el recibidor, con los brazos llenos de obsequios para ellos y acudió a ayudarla. Era tan torpe ahora, y en definitiva más lenta. Había estado molesta los últimos días, el bebé estaba muy abajo, y estaba contenta de que hubieran concluido los exámenes. Liz sospechaba que el bebé no tardaría ya mucho.

—Déjame darte una mano —dijo, y la ayudó a bajar los presentes. Era difícil doblarse para Maribeth.

—Ya casi no me puedo mover —se quejó de manera amable, y Liz sonrió—. No me puedo sentar, no me puedo levantar, no me puedo inclinar, no puedo verme los pies.

—Todo terminará pronto —le dijo Liz, alentándola, y Maribeth asintió en silencio. Y entonces la miró. Maribeth había querido hablar con Liz por días, sin Tommy ni su padre.

—¿Puedo hablar contigo unos minutos? —le preguntó Maribeth.

—¿Ahora? —Liz parecía sorprendida—. Claro —se

sentaron en la sala, cerca del árbol, al alcance de todos los adornos de Annie. Liz se sentía mejor ahora respecto a ellos. Adoraba verlos todos los días. Era como verla a ella o algo que ella había tocado no hacía mucho. Era casi como una visita de Annie.

—He pensado mucho en esto —dijo Maribeth con ansiedad—. No sé que vas a pensar, o a decir, pero... yo... quiero darte a mi bebé —casi perdía el aliento después de decirlo.

—¿Tú *qué*? —Liz la miró con la vista fija, como si no lo asimilara. La enormidad de lo que acababa de decir desafiaba a la imaginación—. ¿Qué quieres decir? —Liz no apartaba su mirada de ella. Los bebés no eran algo que les regalabas a tus amigos, como obsequios navideños.

—Quiero que tú y John lo adopten —dijo Maribeth con firmeza.

—¿Por qué? —Liz estaba pasmada. Nunca había pensado en adoptar un bebé. En tener uno, sí, pero no en adoptar uno, y ni siquiera podía imaginarse la reacción de John. Habían hablado al respecto hacía muchos años, antes de que naciera Tommy. Pero John nunca quiso hacerlo.

—Quiero darte al bebé porque te amo y ustedes son unos padres maravillosos —dijo Maribeth en voz baja. Era el regalo máximo que podía darles a ellos o al bebé. Todavía temblaba pero sonaba más calmada. Estaba completamente segura de lo que estaba haciendo—. No puedo cuidar al bebé. Sé que todos piensan que estoy loca al regalarlo, pero sé que no puedo darle lo que necesita. Ustedes pueden. Ustedes lo amarían y lo cuidarían, y se harían cargo de él, tal como lo hicieron con Annie y con Tommy. Tal vez yo sería capaz de hacerlo también, algún día, pero ahora no puedo. No sería justo para ninguno de nosotros, no importa lo que diga Tommy. Quiero que ustedes lo tengan. Nunca les pediré que me lo devuelvan, nunca volveré a molestarlos, si ustedes no quieren... yo sabré cuán feliz es el bebé con ustedes y lo buenos que son con él. Eso es lo que quiero para mi bebé —para entonces estaba llorando, pero también Liz, mientras la tomaba de las manos y se las estrechaba.

—No es un regalo que tú le das a alguien, Maribeth. Como un juguete o un objeto. Es una vida. ¿Lo entiendes? —ella deseaba estar segura de que comprendía lo que estaba haciendo.

—Lo sé. Lo sé todo. Es lo único en lo que he estado pensando durante los últimos nueve meses. Créeme, sé lo que estoy haciendo —sonaba como si fuera cierto, pero Liz aún estaba conmocionada. ¿Qué tal si después cambiaba de opinión? ¿Qué pasaría con Tommy? ¿Cómo se sentiría si adoptaban al bebé de Maribeth, o a cualquier bebé respecto a eso? ¿Y John? La cabeza de Liz daba vueltas.

—¿Qué hay de ti y Tommy? ¿Es serio lo que hay entre ustedes? —¿cómo podría saberlo a los dieciséis? ¿Cómo podía tomar ese tipo de decisión?

—Lo es. Pero no quiero comenzar de esta manera. Este bebé nunca fue correcto para mí. Ni siquiera siento que signifique algo para mí. Sólo siento que debía estar aquí para él, por un tiempo, para traerlo al lugar correcto y con las personas indicadas. Yo no soy la adecuada. Quiero casarme con Tommy algún día y tener a nuestros hijos, pero no a éste. No sería justo para él, aunque no lo sepa —Liz estuvo de acuerdo con ella, pero la impresionó escuchar a Maribeth decirlo. Ella pensaba que necesitaban un comienzo nuevo algún día, si aún podía funcionar para ellos, y no había manera de que alguien pudiera saber eso. Pero comenzar a los dieciséis, con el hijo de otro hombre, era mucho pedir—. Aunque nos casáramos, no trataría de quitarles al bebé. Ni siquiera tiene que saber que yo soy su madre —le estaba implorando, rogándole que tomara a su bebé, que le diera el amor y la vida que merecía y que sabía que ellos podían darle—. Siento como si estuviera destinado a ser su bebé, por eso es que vine aquí, porque tenía que ser... por lo que sucedió... —se atragantó con las palabras y los ojos de Liz se llenaron de lágrimas—, por Annie.

—No sé qué decirte, Maribeth —dijo Liz con sinceridad, mientras las lágrimas le corrían por las mejillas—. Es el regalo más hermoso que nadie pudiera darme. Pero no sé si es correcto. Uno no toma así nada más al bebé de otra mujer.

—¿Qué tal si eso es lo que ella quiere, si es todo lo que tiene para dar? Todo lo que puedo darle a este bebé es un futuro, una vida con personas que puedan dárselo con amor. No es justo que tú perdieras a tu pequeña, no es justo que mi bebé no tenga vida, ni futuro, ni esperanza, ni hogar, ni dinero. ¿Qué puedo darle yo? Mis padres no me dejarán llevarlo a casa. No puedo ir a ninguna parte. Todo lo que puedo hacer es trabajar en Jimmy D's por el resto de mi vida y ni siquiera podré pagar niñeras con mi salario, si lo conservo —estaba llorando mientras veía a Liz a los ojos, rogándole que se quedara con su bebé.

—Podrías quedarte aquí —dijo Liz en voz baja—. Si no tienes ningún lugar a donde ir, puedes quedarte con nosotros. No tienes que darnos a tu bebé, Maribeth. Yo no te haría eso. No tienes que regalarlo para darle una vida mejor. Puedes quedarte con nosotros, como nuestra hija, si lo deseas, y nosotros te ayudaremos —ella no quería forzar a esta muchacha a regalar a su bebé, sólo porque no podía mantenerlo. Eso le parecía incorrecto, y si lo aceptaba, deseaba hacerlo porque Maribeth en verdad lo quería así, no porque no pudiera sostenerlo.

—*Quiero* dártelo —repitió Maribeth—. Quiero que tú lo tengas. No puedo hacer eso, Liz —dijo, llorando suavemente, y Liz la tomó entre sus brazos y la abrazó—. No puedo... no soy lo bastante fuerte... no sé cómo... no puedo cuidar de este bebé... por favor... ayúdame... hazlo tuyo... nadie entiende lo que se siente, sabiendo que tú no puedes y deseando lo correcto para el bebé. Por favor —la miró, desesperada, y ambas mujeres estaban llorando.

—De cualquier manera puedes volver aquí siempre, ¿sabes? No quiero que te alejes si lo hacemos. Nadie tiene que saber que el bebé es tuyo... el bebé no tiene que saberlo... sólo nosotros... Te queremos, Maribeth, y no deseamos perderte —sabía demasiado bien cuánto significaba ella para Tommy. No quería estropearle nada, por egoísmo o por su ansia de otro hijo. Era una oportunidad extraña, un regalo inimaginable, y necesitaba tiempo para asimilarlo—. Déjame hablar con John —le dijo, calmada.

—Por favor dile cuánto deseo esto —le dijo, aferrándose a las manos de Liz—. Por favor... no quiero que mi bebé esté entre extraños. Sería maravilloso si estuviera aquí contigo... por favor, Liz...

—Veremos —dijo Liz en voz baja, meciéndola, tratando de consolarla y calmarla. Se estaba sobreexcitando, rogándole a Liz que adoptara a su bebé.

Liz le preparó algo de leche caliente después de eso y platicaron un rato más; luego Liz la arropó en la cama de Annie y le dio un beso de buenas noches, tras lo cual regresó a su propia habitación.

Permaneció despierta por largo tiempo, mirando a John, preguntándose qué diría y si toda la idea no sería un tanto descabellada. También había que pensar en Tommy, ¿qué pasaría si no quería que lo hicieran? Había miles de consideraciones. Pero de sólo pensarlo el corazón le palpitaba de una manera que no había sentido por años... éste era el regalo del siglo... el regalo de vida que ella no podía resistir... el regalo de otro bebé.

John se estiró un poco cuando ella se acostó junto a él, y casi deseó que se hubiera despertado para poder hablar con él, pero no lo hizo. En vez de ello puso sus brazos alrededor de Liz y la acercó a sí, como lo había hecho por años, hasta que la tragedia los había conmocionado a ambos durante el año anterior. Pero ella yacía allí en sus brazos, pensando, sobre lo que sentía y lo que deseaba, sobre lo que era correcto para todos ellos. Maribeth le había dado argumentos poderosos para aceptarlo, pero era difícil saber si eso era lo correcto o sólo era muy atractivo porque era lo que ella deseaba.

Permaneció acostada así por largo rato, incapaz de dormir y deseando que él despertara, hasta que al fin John abrió los ojos y la miró, como si sintiera su ansiedad. Estaba aún medio dormido cuando abrió los ojos y le habló:

—¿Sucede algo malo? —susurró en la oscuridad.

—¿Qué dirías si te preguntara cómo te sentirías de tener otro bebé? —le preguntó ella, bien despierta, deseando que John estuviera algo más que semiconsciente.

—Diría que estás loca —sonrió y cerró de nuevo los ojos, quedándose dormido en menos de un minuto. Pero ésa no era la respuesta que ella esperaba.

Se quedó despierta a su lado toda la noche, durmiendo sólo durante media hora antes del alba. Estaba demasiado nerviosa para dormir, demasiado preocupada, demasiado alterada, demasiado llena de interrogantes y terrores y preocupaciones y anhelos. Al fin se levantó y fue a la cocina en camisón para prepararse una taza de café. Se sentó ahí con la mirada fija por mucho rato, bebiendo a sorbos su café, y para las ocho de la mañana ya sabía lo que quería. Lo había sabido mucho antes, pero no sabía si tendría el valor de buscarlo. Pero ahora sabía que tenía que hacerlo, no sólo por Maribeth y el niño, sino por sí misma, y John, y quizá incluso por Tommy. El regalo había sido ofrecido para todos y no había manera de que ella fuera a rehusarlo.

Tomó su taza de café y regresó a su recámara, despertando a John. Él se sorprendió de verla levantada. Este año no había prisa por levantarse, no había razón para precipitarse a la sala y ver lo que Santa Claus les había dejado bajo el árbol. Todos podían levantarse a buena hora, y Tommy y Maribeth aún no se despertaban.

—Hola —dijo ella, sonriéndole. Era una pequeña sonrisa tímida que él no había visto en mucho tiempo y le recordó la época en que habían sido mucho más jóvenes.

—Te ves como una mujer con una misión —sonrió él y rodó sobre su espalda, estirándose.

—Lo soy. Maribeth y yo tuvimos una larga charla anoche —dijo ella, mientras se acercaba a la cama y se sentaba cerca de él, rogando que no la rechazara. No había manera de falsear esto, de retrasarlo ni de evitarlo. Ella sabía que tenía que decírselo, pero la aterraba hacerlo. Era de mucha importancia para ella. Lo deseaba demasiado y con desesperación quería que él también lo deseara, pero tenía miedo de que no fuera así—. Ella quiere que nos quedemos con el bebé —dijo en voz baja.

—¿Todos nosotros? —se veía perplejo—. ¿Tommy también? ¿Ella desea casarse con él? —John se sentó en la cama, seriamente preocupado—. Temía que esto sucediera.

—No, no todos nosotros. Y ella no quiere casarse con él, no ahora al menos. Tú y yo. Ella quiere que adoptemos al bebé.

—¿Nosotros? ¿Por qué? —se veía más que impresionado. Se veía incoherente.

—Porque ella piensa que somos buenas personas y buenos padres.

—Pero, ¿qué tal si cambia de opinión?, ¿y qué vamos a hacer nosotros con un bebé? —se veía horrorizado y Liz le sonrió. En definitiva le había dado una sacudida como desayuno esa mañana.

—Lo mismo que hicimos con los otros dos. Estar despiertos toda la noche durante dos años y anhelar los días en que podíamos dormir un poco, y luego disfrutarlo endemoniadamente por el resto de nuestras vidas... o de las suyas —dijo Liz con tristeza, pensando en Annie—. Es un regalo, John... por un momento, por un año, por lo que la vida nos permita tenerlo. Y no quiero rechazarlo. No quiero renunciar de nuevo a mis sueños... nunca pensé que tendríamos otro bebé y el doctor MacLean me dijo que no puedo... pero ahora esta muchacha ha llegado a nuestras vidas y nos ofrece devolvernos nuestros sueños.

—¿Qué pasa si ella desea regresar en unos cuantos años, cuando madure, y está casada, o incluso si se casa con Tommy?

—Supongo que podemos protegernos legalmente, y ella dice que no lo hará. No creo que lo haga. Creo que en realidad cree que habrá una vida mejor para el bebé si lo regala, y ella habla en serio. Sabe que no podría cuidar de él. Nos suplica que nos quedemos con él.

—Espera a que lo vea —dijo con escepticismo—. Ninguna mujer puede llevar un bebé por nueve meses y darlo así nada más.

—Algunas pueden —dijo Liz, realista—. Creo que Maribeth lo hará, no porque no le importe, sino porque le importa demasiado. Es su mayor acto de amor para ese bebé, darlo, dárnoslo a nosotros —las lágrimas le llenaban los ojos y se derramaban por sus mejillas en tanto miraba a su esposo—. John, lo deseo. Lo deseo más que nada... por favor no digas que no... por favor vamos a hacerlo —él la observó detenidamente mientras ella trataba de no decirse a sí misma que lo odiaría si no se lo permitía. No podía creer que él pudiera saber todo lo que ella había pasado, y cuánto deseaba este niño, no para reemplazar a Annie, quien nunca regresaría a ellos otra vez, sino para salir adelante, para brindarles alegría de nuevo, y risas y amor, para ser una pequeña luz brillante entre ellos.

Era todo lo que deseaba y no podía creer que él comprendiera eso alguna vez. Sabía que si él no le permitía hacerlo, ella moriría.

—Está bien, Liz —dijo con suavidad, tomando las manos de ella entre las suyas—. Está bien, cariño... comprendo... —dijo, mientras las lágrimas le rodaban por las mejillas y ella se aferraba a él, dándose cuenta de lo injusta que había sido con él. Él lo sabía. Aún era el mismo hombre de siempre, y ella lo amaba más que nunca. Habían pasado por muchas cosas y habían sobrevivido—. Le diremos a ella que lo haremos. Aunque creo que debemos hablar con Tommy. Tiene que sentir de la misma forma acerca de lo que vamos a hacer.

Ella estuvo de acuerdo con eso, y apenas podía esperar a que él se despertara. Pasaron otras dos horas, y él se levantó antes que Maribeth. Se quedó pasmado cuando su madre le explicó lo que Maribeth les había ofrecido. Pero hacía poco había llegado a comprender lo intensos que eran los sentimientos de Maribeth respecto a regalar al bebé, y que ella sentía que era lo correcto para ella y para el bebé, y que deseaba hacerlo y proporcionarle una vida mejor. Y ahora que él sentía que después de todo podía no perderla, estaba menos asustado respecto a forzarla a casarse con él y quedarse con el bebé. De hecho, pensó que era la solución ideal. Esperaba que un día Maribeth y él tendrían sus propios hijos, pero para este bebé era la solución perfecta. Podía ver en los ojos de su madre lo mucho que significaba para ella. Sus padres parecían ya más cercanos mientras hablaban con él, y su padre se veía poderoso y calmado, sentado junto a Liz y tomándole la mano. En cierta forma, era muy emocionante. Estaban a punto de compartir una vida nueva.

Cuando Maribeth se levantó, todos estaban esperándola para decirle su decisión. Habían acordado por unanimidad adoptar al bebé. Ella los miró y comenzó a llorar con alivio; luego se los agradeció a todos ellos y los abrazó, llorando un poco más. Todos lloraron, era un tiempo emotivo para todos ellos. Un tiempo de esperanza y amor, un tiempo para dar y compartir. Un tiempo para comenzar de nuevo, con el regalo que ella les dio.

—¿Estás segura? —le preguntó Tommy esa tarde, cuando salieron a dar un paseo, y ella asintió, viéndose segura por completo. Habían abierto sus regalos y habían tenido un almuerzo enorme. Ésta era la primera oportunidad que tenían de hablar a solas desde esa mañana.

—Es lo que quiero —contestó ella, sintiéndose muy calmada y muy fuerte. Se sentía más llena de energía que en mucho tiempo. Caminaron todo el trecho hasta el estanque de patinaje y de regreso, lo que eran varios kilómetros. Pero ella dijo que nunca se había sentido mejor. Ahora se sentía como si pudiera hacer cualquier cosa. Sentía como si hubiera realizado lo que había venido a hacer aquí. Les había dado a ellos el regalo que quería darles. Y una vez que lo hizo todo en sus vidas sería más abundante por la bendición que habían compartido entre sí.

Trató de explicárselo a él mientras caminaban de regreso, y él pensó que lo comprendía. Pero a veces era difícil escucharla. Era tan seria y tan intensa, y tan hermosa, que lo distraía. Cuando se detuvieron en la escalera de entrada cuando volvieron a casa, él la besó y la sintió tensa contra él cuando lo hizo, y agarró su mano, y ella se dobló mientras Tommy trataba de sostenerla.

—¡Oh, Dios mío! ¡Oh, Dios mío!... —dijo él, aterrado de pronto al sentarla suavemente en el escalón mientras ella se sostenía el vientre y trataba de aguantar la respiración en el agudo dolor de la contracción. Tommy corrió al interior en busca de su madre y cuando salieron Maribeth estaba sentada ahí, con los ojos bien abiertos, asustada. Estaba en labor de parto y había comenzado más intenso de lo que había esperado.

—Está bien, está bien —Liz trató de calmarlos a ambos y le dijo a Tommy que trajera a su padre. Ella quería llevar adentro a Maribeth y llamar al doctor—. ¿Qué hicieron ustedes, niños? ¿Caminar hasta Chicago?

—Sólo hasta el estanque y de regreso —dijo Maribeth y jadeó. Le estaba dando otro dolor. Eran largos e intensos y no podía comprenderlo. Se suponía que no debía comenzar así, le dijo a Liz, mientras ella y John la ayudaban a entrar, y Tommy se quedaba parado, nervioso—. Tuve un dolor de estómago esta mañana pero luego desapareció —dijo, incapaz de creer lo que estaba sucediendo. No hubo ninguna advertencia.

—¿Has tenido algún calambre —le preguntó Liz, amable—, o dolor de espalda? —a veces era fácil malinterpretar los primeros signos de la labor.

—Tuve un dolor de espalda anoche, y calambres esta mañana con el dolor de estómago, pero pensé que era por toda la comida de anoche.

—Es probable que estés en labor desde anoche —dijo Liz con gentileza, lo que significaba que no debían perder tiempo para llevarla al hospital. Era obvio que la caminata le había acelerado la labor. La fecha esperada era al día siguiente, estaba justo a tiempo y su bebé no quería perder ni un minuto. Era casi como si ahora que ella sabía que los Whittaker se quedarían con él, el bebé pudiera llegar. Ahora no podía retractarse.

Tan pronto como entraron, Liz comenzó a tomar el tiempo de sus dolores y John corrió a llamar al doctor. Tommy se sentó cerca de ella, sosteniéndole la mano, y viéndose triste por ella. Odiaba verla con tanto dolor, pero ninguno de sus padres estaba preocupado. Eran afectuosos y amables con ella, y Liz no la dejó ni un minuto. Los dolores tenían tres minutos de separación y eran largos e intensos; John llegó a decirles que el doctor MacLean había dicho que saldría de inmediato. Los encontraría en el hospital en cinco minutos.

—¿Tenemos que ir ahora? —preguntó Maribeth, viéndose muy joven y muy asustada, mientras paseaba la mirada de Liz a Tommy y a John—. ¿No podemos quedarnos aquí un rato? —casi lloraba y Liz le aseguró que no podía retrasar esto más. Era tiempo de ir ahora.

Tommy puso algunas cosas para ella en una bolsa y cinco minutos después estaban en camino. Liz y Tommy se sentaron en el asiento trasero con ella y la sostenían entre ellos, y John manejaba tan rápido como podía en los caminos helados. Tan pronto como llegaron al hospital, el doctor MacLean y una enfermera los estaban esperando. La pusieron en una silla de ruedas y comenzaron a empujarla; ella se aferró frenética a Tommy.

—No me dejes —le suplicó, agarrando sus manos y llorando, y el doctor MacLean les sonrió. Ella iba a estar bien. Era joven y saludable y ahora ya estaba en camino.

—Verás a Tommy dentro de poco —la tranquilizó el doctor—, con tu bebé —pero ella sólo comenzó a llorar al oírlo y Tommy la besó con ternura.

—No puedo ir contigo, Maribeth. No me lo permitirán. Tienes que ser valiente ahora. Estaré contigo la próxima vez —le dijo, apartándola suavemente para que se la pudieran llevar. Pero Maribeth volteó los ojos asustados hacia Liz y le pidió que viniera con ella, y el doctor consintió en eso. Liz sintió que el corazón le latía más rápido mientras los seguía hasta el elevador y luego hasta la sala de labor, donde desvistieron a Maribeth y luego la examinaron para ver qué tan avanzada estaba. Maribeth estaba casi histérica para entonces y la enfermera le puso una inyección para calmarla. Después de eso se puso mejor, aunque sentía mucho dolor, pero una vez que la revisó, el doctor dijo que no tardaría. Tenía la dilatación completa y lista para pujar.

Entonces la llevaron a la sala de parto y Maribeth aferró la mano de Liz, se veía en sus ojos que confiaba en ella por completo.

—Prométeme que no cambiarás de opinión... lo adoptarás, ¿verdad, Liz? Lo amarás... siempre amarás a mi bebé...

—Te lo prometo —dijo Liz, abrumada por su confianza y el amor que compartían—. Siempre lo amaré... Te quiero, Maribeth... gracias —le dijo, y luego los dolores hundieron de nuevo a la muchacha y las siguientes horas fueron de intensa labor para ella. El bebé venía en mala posición por un momento y tuvieron que usar fórceps. Le pusieron una mascarilla en la cara a Maribeth y le administraron un poco de gas. Estaba débil, confundida y angustiada, pero Liz le sostuvo la mano todo el tiempo. Pasaba de la medianoche cuando al fin un pequeño vagido se oyó en la sala de parto y la enfermera le quitó la mascarilla de éter para que Maribeth pudiera ver a su hija. Todavía estaba medio dormida, pero sonrió cuando vio la pequeña carita rosada y luego miró a Liz con los ojos llenos de alivio y alegría.

—Tienes una niñita —le dijo a Liz. Aun en su estado drogado, nunca perdió de vista de quién era ahora el bebé.

—Ésta es *tu* nenita —corrigió el doctor, sonriéndole a Maribeth, y luego le entregó a la bebé a Liz. Maribeth estaba demasiado débil para cargarla, y cuando Liz miró el pequeño rostro y vio un cabello pelirrojo y unos ojos llenos de inocencia y amor, tembló mientras la sostenía.

—Hola —musitó mientras cargaba a la niña que sería suya, sintiéndose casi como cuando nacieron los suyos. Sabía que éste era un momento que nunca olvidaría y deseaba haber podido compartirlo con John. Había significado tanto verla nacer, verla surgir de pronto y llorar, como si estuviera llamándolos y diciéndoles que lo había logrado. Todos habían esperado mucho por ella. A Maribeth le aplicaron otra inyección y se quedó dormida; a Liz le permitieron llevar a la bebé a la enfermería, donde la pesaron y la limpiaron. Liz se quedó a ver todo mientras sostenía los deditos con su mano. Unos minutos más tarde, vio a John y a Tommy llegar al ventanal del cunero y ambos hombres se quedaron con la vista fija.

La enfermera le permitió cargar de nuevo a la bebé y ella la acercó a John para mostrársela. Y él comenzó a llorar en el momento que vio a su hija.

—¿No es hermosa? —dijo ella de manera afectada, y de pronto todo lo que él pudo ver fue a su esposa y todo lo que habían pasado. Era difícil no pensar en cuando nació Annie, pero esta bebé era muy diferente, y ahora era de ellos.

—Te amo —murmuró desde el otro lado, y Liz asintió y le respondió lo mismo. Ella también lo amaba y ahora se daba cuenta con terror y gratitud que casi no lo lograban superar. Pero lo habían logrado, de manera notable, gracias a Maribeth, y al regalo que les había dado, y al amor que siempre habían compartido, pero que casi habían olvidado.

Tommy parecía emocionado cuando vio a la bebé y se sintió aliviado cuando Liz se reunió con ellos y le pudo preguntar cómo se encontraba Maribeth. Liz le aseguró que ella estaba bien, que había sido muy valiente y que ahora dormía.

—¿En verdad fue horrible, mamá? —preguntó, preocupado por ella e impresionado por lo que había hecho. La bebé pesó tres kilos novecientos gramos, un bebé grande para cualquiera, más para una muchacha de dieciséis años que no sabía lo que le esperaba. Liz había sentido pena por ella más de una vez, pero el doctor había sido generoso con la anestesia. Sería más fácil para ella la próxima vez. Y la recompensa para ella sería mayor.

—Fue una labor difícil, hijo —dijo Liz en voz baja, impresionada por todo lo que había sucedido. Sobre todo si lo hacías por alguien más y no para conservar al bebé.

—¿Estará bien? —sus ojos hacían miles de preguntas que él no comprendía del todo. Pero su madre lo tranquilizó.

—Se pondrá bien. Te lo prometo.

La llevaron a su cuarto una hora después, todavía medio dormida y muy mareada, pero vio a Tommy al instante y agarró su mano, diciéndole lo mucho que lo amaba y lo bonita que estaba la bebé. De pronto, al observarlos, Liz sintió una olcada de terror que la inundaba como nada conocido. ¿Si Maribeth había cambiado de opinión?, ¿si después de todo había decidido casarse con Tommy y conservar a la bebé?

—¿La viste? —le preguntó a Tommy, emocionada, mientras Liz miraba a John y él tomaba su mano entre las suyas para tranquilizarla. Sabía lo que estaba pensando, y él tenía sus propios temores.

—Es hermosa —dijo Tommy, besándola, preocupado por lo pálida que estaba. Todavía estaba un poco pálida por el éter—. Se parece a ti —comentó, pero era pelirroja en lugar de tener el cabello color de fuego.

—Yo creo que se parece a tu mamá —Maribeth le sonrió a Liz, sintiendo un lazo con ella que sabía que no sentiría de nuevo por nadie. Ellas habían compartido el nacimiento de su bebé. Y sabía que no lo hubiera logrado sin Liz.

"¿Qué nombre le van a poner? —le preguntó Maribeth a Liz, quedándose dormida poco a poco, mientras Liz sentía que le llegaba otra vez el alivio. Quizá después de todo no iba a cambiar de opinión. Tal vez en verdad ésta iba a ser su bebé. Era difícil de creer, aun ahora.

—¿Qué opinarías de Kate? —preguntó Liz justo cuando Maribeth cerraba de nuevo los ojos.

—Me gusta —susurró, y se quedó dormida, sosteniendo todavía la mano de Tommy—. Te quiero, Liz... —dijo, con los ojos cerrados.

—Yo también te quiero, Maribeth —dijo Liz, besando su mejilla y haciendo señas a los demás para que salieran. Ella había tenido una noche difícil y necesitaba dormir. Eran las tres de la madrugada. Cuando se dirigían despacio hacia el vestíbulo, se detuvieron en el ventanal del cunero. Y allí estaba acostada ella, toda rosa y cálida y envuelta en una manta, viéndolos, mirando directo a Liz como si la hubiera estado esperando por mucho tiempo. Era como si hubiera estado destinada a ellos desde hacía mucho tiempo. Un regalo de un muchacho que ninguno de ellos conocía y de una muchacha que había pasado por sus vidas como un arco iris. Y mientras permanecían allí mirándola maravillados, Tommy vio a sus padres y sonrió. Sabía que Annie también la hubiera querido.

11

Los siguientes dos días fueron muy agitados para todos y más que un poco abrumadores. John y Tommy sacaron la cuna de mimbre de Annie y la pintaron, y Liz se pasó las noches en vela adornando con kilómetros de gasas rosas y cintas de raso. Sacaron todas las cosas viejas y compraron nuevas, y en medio de todo, Tommy fue a la tumba de Annie y se sentó ahí por mucho tiempo, viendo el árbol de Navidad que él y Maribeth le habían llevado y pensando en la bebé. Odiaba la idea de que Maribeth los dejara y se fuera a casa de nuevo. De alguna manera, todo había sucedido muy rápido. Parecía que habían sucedido demasiadas cosas al mismo tiempo. Muchas de ellas eran felices. Pero algunas eran dolorosas.

Pero su madre estaba más feliz de lo que la había visto en todo el año y, cuando vio a Maribeth, ella estaba seria y callada. Había tenido una larga plática con Liz y John después de que nació la bebé y ellos le aseguraron que comprenderían si había cambiado de opinión. Pero ella insistió, inquebrantable, en que así lo quería. Estaba triste de dar a la bebé, pero ahora sabía más que nunca que esto era lo adecuado. Al día siguiente, John llamó a su abogado y echó a andar los trámites para que Maribeth les cediera a la bebé.

Los documentos para la adopción fueron redactados y se los trajeron; el abogado se los explicó detalladamente y ella firmó los documentos tres días después de que Kate nació. Renunció al periodo de espera y firmó los documentos con mano temblorosa, luego abrazó a Liz con fuerza y le pidieron a la enfermera que no le trajera a la bebé ese día. Ella necesitaba tiempo para llorar su pérdida.

Tommy se sentó con ella esa noche. Estaba extrañamente calmada acerca de su decisión, pero también melancólica. Ambos deseaban que todo hubiera sido diferente. Pero Maribeth sentía que en esta ocasión en realidad no tenía elección. Había hecho lo correcto, sobre todo para la bebé.

—Será diferente la próxima vez, lo juro —dijo Tommy con ternura, y la besó. Habían pasado mucho juntos, ambos sabían que era un vínculo que no se rompería. Pero ella necesitaba tiempo para recuperar el aliento y recuperarse de todo lo que había sucedido. El doctor la dejó salir del hospital el día de Año Nuevo, con la bebé, y Tommy fue a recogerla con sus padres.

Liz cargó a la bebé hasta el automóvil y John tomó fotografías. Todos pasaron una tarde apacible en casa y siempre que la bebé lloraba Liz iba a verla, y Maribeth trataba de no escucharla. No quería atenderla. Ya no era su madre. Tenía que forzarse a poner una distancia entre ellas. Sabía que siempre habría un lugar para ella en su corazón, pero no volvería a cuidarla como una madre, nunca la cuidaría en la oscuridad de la noche, o cuando tuviera un resfriado, ni le leería un cuento. Cuando mucho, si sus vidas permanecían entrelazadas, serían amigas, pero nada más. Aun ahora, Liz ya era su madre y Maribeth no.

Y mientras Liz se acostaba abrazando a la bebé hasta altas horas de la noche, observándola dormir, John las miraba.

—Ya la amas, ¿verdad? —ella asintió llena de felicidad, incapaz de creer que él había estado dispuesto a permitirle hacer esto—. Se nos han ido dos años de sueño, supongo.

—Es bueno para ti —sonrió ella, y él cruzó la habitación para besarla. La bebé los había acercado mucho otra vez. Les había traído esperanza y les recordaba cuán dulce puede ser la vida cuando comienza y cuánto significa compartir eso.

La llegada de Kate también había acercado más a Tommy y a Maribeth. Ella parecía necesitarlo más que antes, y en todo lo que podía pensar ahora era en lo doloroso que sería cuando lo dejara. Se sentía extrañamente vulnerable y como si no pudiera hacerle frente al mundo sin él. La idea de ir a su casa sin él la aterraba y se retrasaba en hablarles a sus padres para decirles que ya había nacido la bebé. Había estado pensando en hablarles toda la semana, pero no se atrevía a hacerlo. Todavía no estaba lista para ir a casa.

—¿Quieres que les hable yo? —le preguntó Liz dos días después de que la trajeron del hospital—. No te estoy carrereando, pero creo que tu madre querría saber que estás bien. Debe estar preocupada.

—¿Por qué? —dijo Maribeth infeliz. Había estado pensando mucho la última semana y algo de ello había sido sobre sus padres—. ¿Cuál es la diferencia ahora, si papá no le permitió hablarme en todo el año? Ella no estuvo aquí cuando la necesité. Estuviste tú —dijo Maribeth sin rodeos, y nadie desmintió esa verdad. Ya no sentía lo mismo que había sentido por ellos alguna vez, ni siquiera por su madre. Sólo Noelle permanecía ilesa en el corazón de Maribeth.

—No creo que tu madre pudiera evitarlo —dijo Liz con cautela, dejando a la bebé en su cuna. Acababa de alimentarla—. No es una mujer fuerte —la descripción era más exacta de lo que pensaba Liz. La madre de Maribeth estaba tiranizada por completo por su padre—. No estoy segura ni siquiera de que comprenda la manera en que te falló —concluyó Liz con tristeza.

—¿Has hablado con ella? —la interrogó Maribeth, confundida. ¿Cómo podía saber Liz cómo era ella? Liz vaciló un largo rato antes de responder, y luego decidió confesar todo, pero Maribeth se sorprendió de lo que Liz le contó.

—John y yo fuimos a verlos después del Día de Acción de Gracias. Sentimos que te lo debíamos. En ese momento ni siquiera sospechábamos que ibas a querer darnos a la bebé, pero yo quería ver con qué clase de familia ibas a regresar. Aún eres bienvenida si decides quedarte aquí, no importa nada. Quiero que sepas eso. Creo que ellos te aman, Maribeth. Pero tu padre es un hombre muy limitado. En realidad no ve por qué deseas una educación. Por eso quise hablar con él al respecto. Quería estar segura de que él te permitiría ir a la universidad. Sólo te quedan unos cuantos meses hasta que termines la escuela y necesitas solicitar tu ingreso ahora. Con una mente como la tuya, en realidad te debes a ti misma obtener una educación.

—¿Y qué dijo mi padre? —todavía no podía asimilar el hecho de que Liz los hubiera conocido. Habían viajado cuatrocientos kilómetros para ver a los padres que la habían rechazado a ella por completo durante los últimos seis meses.

—Dijo que era bastante bueno para tu madre quedarse en casa y cuidar a los niños y que tú podías hacer lo mismo —dijo Liz con franqueza. No comentó que había agregado "si aún puede conseguir un esposo", lo cual dudaba después de su imprudencia—. Parece no comprender la diferencia, o qué rara joya eres —le sonrió a la muchacha que le había dado tanto. Y ellos querían hacer lo mismo por ella. Liz y John ya habían hablado al respecto—. Creo que piensa que nosotros te llenamos la cabeza con un montón de ideas descabelladas acerca de ir a la universidad. Y yo espero que lo hayamos hecho —dijo con una sonrisa—, o estaré muy decepcionada. De hecho —hizo una breve pausa cuando John entró en la recámara—, queremos tratar contigo un asunto. Teníamos un fondo apartado para Annie, cuando murió, para su educación, y ahora necesitaremos hacer lo mismo por Kate, pero tenemos tiempo para eso. Iniciamos un fondo universitario para Tommy hace mucho tiempo, así que queremos darte el dinero que guardamos para Annie, Maribeth, de manera que sepas que puedes ir a la universidad. Puedes regresar aquí o solicitar tu ingreso en cualquier lugar que desees.

Maribeth se veía atónita cuando John continuó:

—Tu padre y yo lo discutimos y llegamos al acuerdo de que ahora regresarías a casa y terminarías la escuela en la primavera, y después de eso, podrás ir a donde quieras. Puedes regresar acá y quedarte con nosotros

—él miró a Liz y ella asintió. Los tres ya habían quedado de acuerdo en que Maribeth siempre podría decirle a Kate que era una amiga de ellos y no su madre. Tal vez un día, cuando ella creciera, si necesitaba saber, se lo dirían. Pero mientras tanto, Maribeth no tenía necesidad de decirle la verdad, además de que no deseaba lastimar a nadie, no a ellos ni a la bebé—. Ahora tienes tu educación universitaria asegurada, Maribeth. El resto es cosa tuya. Creo que no serán fáciles las cosas en tu casa, tu padre no es un hombre fácil, pero creo que también ha estado meditando. Se da cuenta de que cometiste un error. No puedo decirte que lo haya olvidado, pero creo que le gustaría que regresaras a casa. Tal vez puedan reconciliarse durante los próximos meses, antes de que te vayas a la universidad.

—No soporto la idea de ir a casa —admitió Maribeth, mientras Tommy se reunía con ellos y se sentaba junto a ella, tomándola de la mano. Él tampoco soportaba que se fuera y ya le había prometido que la visitaría tan seguido como pudiera, aunque era una buena distancia. Pero ambos sabían que seis meses no eran para siempre. Sólo que a ellos les parecía así. Pero a los dieciséis, el tiempo era infinito.

—No te vamos a obligar a regresar —le aclaró Liz—, pero creo que deberías ir ahora por un tiempo, por tu madre y para resolver todas las cosas que hay en tu mente —y entonces agregó algo que le había prometido a John no decir—. Pero no creo que debas quedarte allá. Te enterrarían viva si se los permites —Maribeth sonrió ante lo acertado de la descripción. Estar con sus padres era como ahogarse.

—Sé que lo intentarán. Pero ahora no pueden hacer

mucho, gracias a ti —puso sus brazos alrededor de Liz y la abrazó, todavía incapaz de creer lo que habían hecho por ella, pero también ella había hecho mucho por ellos. Y mientras ellos hablaban en voz baja, la bebé se estiró y se despertó, comenzando a llorar. Maribeth observó a Liz levantarla y entonces Tommy la cargó. En ocasiones se la pasaban como una pequeña muñeca, todos queriéndola y abrazándola, y jugando con ella. Era exactamente lo que necesitaba, exactamente lo que Maribeth había querido para ella. Y mirándolos, Maribeth sabía que Kate tendría una vida encantadora. Era justo lo que deseaba para ella.

Tommy la sostuvo por un rato y luego se la dio a Maribeth; ella dudó por un largo instante y luego cambió de parecer y le tendió los brazos. La bebé por instinto se acurrucó en ella y buscó su pecho. Los senos de Maribeth todavía estaban llenos con la leche que la bebé nunca había tomado. La bebé olía a talco y muy dulce cuando Maribeth la cargó, y luego se la devolvió a Tommy, sintiéndose abrumada por la tristeza. Todavía le era muy difícil estar tan cerca de ella. Sabía que algún día sería más fácil, cuando su propia vida hubiera cambiado. Kate sería más grande entonces y le sería menos familiar de lo que era ahora.

—Los llamaré esta noche —dijo respecto a sus padres. Supo que era tiempo de ir a casa, al menos por ahora. Necesitaba reconciliarse con sus padres, y entonces sería libre de irse, de hacer su propia vida. Pero cuando los llamó, nada había cambiado. Su padre fue brusco y severo y le preguntó si "se había deshecho de eso" y "se había ocupado del asunto".

—Tuve al bebé, papá —respondió ella con frialdad—. Es una niña.

—No me interesa. ¿La regalaste? —dijo cortante, mientras Maribeth sentía que todo lo que alguna vez había sentido por él se convertía en cenizas.

—Ha sido adoptada por unos amigos míos —dijo con voz temblorosa, sonando mucho más madura de lo que se sentía mientras apretaba la mano de Tommy. No tenía secretos para él y necesitaba su apoyo más que nunca—. Iré a casa dentro de pocos días —pero cuando dijo esto, apretó de nuevo la mano de Tommy, incapaz de soportar la idea de dejarlos. Era demasiado doloroso. Y de pronto regresar con su familia le parecía tan erróneo. Tuvo que recordarse a sí misma que no sería por mucho tiempo. Pero entonces su padre la sorprendió.

—Tu madre y yo iremos a recogerte —dijo con tosquedad y Maribeth se pasmó. ¿Por qué se molestarían? No sabía que los Whittaker habían dado argumentos convincentes al respecto. No creían que debiera regresar sola a casa en el autobús, después de dar a su bebé. Y, por una vez, su madre se había plantado frente a él y le había rogado que lo hiciera—. Iremos el próximo fin de semana, si estás de acuerdo.

—¿Puede venir también Noelle? —preguntó esperanzada.

—Ya veremos —dijo sin comprometerse.

—¿Puedo hablar con mamá? —él no dijo nada más, pero le pasó el auricular a ella, y su madre prorrumpió en lágrimas cuando oyó la voz de su hija. Deseaba saber si estaba bien, si el parto había sido terrible y si la bebé era bonita y se parecía a ella.

"Es hermosa, mamá —le platicó, con lágrimas rodándole por las mejillas, mientras Tommy se las limpiaba con dedos tiernos—. Es realmente hermosa —las dos mujeres lloraron por unos minutos y luego Noelle tomó el teléfono y sonaba ansiosa de escucharla. La conversación fue una mezcolanza de exclamaciones y trozos irrelevantes de información. Ella había comenzado la preparatoria y no podía esperar a que Maribeth regresara a casa. En particular se impresionó de que Maribeth fuera a estar ya en el último año—. Bueno, será mejor que te comportes. Voy a estar vigilándote —dijo a través de las lágrimas, feliz de hablar con ella de nuevo. Tal vez Liz tuviera razón y necesitara regresar a verlos, sin importar lo difícil que fuera vivir otra vez en la casa de sus padres después de todo lo que había sucedido. Al fin colgó y le dijo a Tommy que estarían ahí el siguiente fin de semana para llevarla a casa.

Los siguientes días pasaron como un relámpago, mientras ella se ponía de pie otra vez y se alistaba para irse. Liz había solicitado permiso en el trabajo para cuidar de la bebé, y parecía haber infinidad de cosas que hacer con ella, entre alimentarla y bañarla y lavar montañas de ropa. Maribeth se cansaba tan sólo de verla y la hacía darse cuenta más de que se habría visto abrumada.

—No podría hacerlo, Liz —le dijo con sinceridad, asombrada por la cantidad de quehacer que representaba.

—Podrías, si tuvieras que hacerlo —le dijo Liz—. Algún día lo harás. Tendrás a tus propios hijos —la tranquilizó—. Cuando sea fácil y correcto, con el esposo adecuado, en el momento justo. Entonces estarás preparada para ello.

—No lo estaba ahora —confirmó. Tal vez si el bebé hubiera sido de Tommy habría sido diferente. Pero habría parecido tan extraño estar pendiente del hijo de Paul y empezar todo tan mal. Se preguntaba si habría podido manejarlo. Pero no tenía que pensar en eso ahora. Todo lo que tenía que hacer era soltarlo y marcharse. Ésa era la parte difícil. La idea de dejar a Tommy era insoportable, y dejar a John y a Liz era casi tan doloroso, por no mencionar a la bebé.

Ella lloraba la mayor parte del tiempo, casi por cualquier cosa, y Tommy la sacaba todos los días después de la escuela. Daban largas caminatas e iban en la camioneta hasta el lago, riendo al recordar cuando él la había empujado y había descubierto que estaba embarazada. Fueron a quitar el árbol de Navidad de Annie. Iban a todas partes como para grabar cada momento, cada lugar, cada día, en su memoria por siempre.

—Volveré, lo sabes —le prometió a Tommy, y él la miró, deseando poder mover el tiempo hacia adelante o hacia atrás, pero lejos del agonizante presente.

—Te seguiré, si no lo haces. Esto no se ha acabado, Maribeth. Nunca sucederá con nosotros —ambos creían eso en su interior. El suyo era un amor que tendería un puente entre el pasado y el futuro. Todo lo que necesitaban era tiempo para madurar—. No quiero que te vayas —dijo, mirándola a los ojos.

—Yo tampoco quiero dejarte —susurró—. Solicitaré mi ingreso a la universidad de aquí —y también en otros lugares. Ella todavía no estaba segura de que le gustara estar tan cerca de la bebé. Pero tampoco deseaba perder a Tommy. Era difícil saber lo que les deparaba el destino, justo ahora todo lo que sabían con certeza era lo que ya habían tenido, y era muy precioso.

—Te visitaré —le juró Tommy.

—Yo también —le correspondió, conteniendo las lágrimas por milésima vez.

Pero el día inexorable estaba encima de ellos en un momento. Los padres de ella llegaron en un automóvil nuevo que su padre estaba arreglando en su taller. Noelle estaba ahí también, histérica con sus catorce años y frenos nuevos, y Maribeth lloró y la abrazó fuerte cuando la vio. Las dos hermanas se aferraron una a la otra, alegres de haberse encontrado de nuevo, y a pesar de todas las cosas que habían cambiado, para ellas nada parecía diferente.

Los Whittaker los invitaron a almorzar, pero sus padres dijeron que tenían que volver y Margaret se quedaba viendo a su hija con los ojos llenos de pesar y remordimiento por todo lo que no había sido capaz de darle. No había tenido el valor y ahora estaba avergonzada de que alguien más lo hubiera hecho.

—¿Estás bien? —le preguntó con cautela, casi como si tuviera miedo de tocarla.

—Estoy bien, mamá —Maribeth se veía hermosa y de pronto mucho mayor. Ella parecía tener dieciocho y no dieciséis. Había madurado. Ya no era una niña, era una madre—. ¿Cómo estás tú? —le preguntó, y su madre estalló en llanto, era un momento emotivo, y preguntó si podía ver a la bebé. Y lloró otra vez cuando la vio. Comentó que era idéntica a Maribeth cuando era bebé.

Pusieron las cosas de Maribeth en el automóvil y ella se quedó parada allí, sintiendo una piedra en el estómago. Volvió a entrar y fue a la recámara de Liz y cargó a Kate y la sostuvo cerca de ella mientras la bebé dormía, sin darse cuenta de lo que sucedía, ni de que alguien importante estaba a punto de salir de su vida, para nunca regresar de la misma manera otra vez, si es que volvía. Maribeth sabía que no había garantías en la vida, sólo promesas y rumores.

—Te dejo ahora —musitó al ángel dormido—. Nunca olvides cuánto te amo —dijo, mientras la bebé abría los ojos y la veía como si se estuviera concentrando en lo que Maribeth estaba diciendo—. Ya no seré más tu mamá cuando regrese aquí... ni siquiera soy tu mamá ahora... sé una buena niña... cuida de Tommy por mí —dijo, besándola y derramando lágrimas por ella. No importaba lo que hubiera dicho respecto a no ser capaz de darle nada, o la vida que ella merecía. En sus entrañas, en su corazón, ésta siempre sería su bebé, y siempre la amaría, y en el fondo de sí ella lo comprendía—. Siempre te amaré —susurró en su cabello suave, y luego la acostó de nuevo, mirándola por última vez, sabiendo que nunca la vería de esa forma otra vez, ni estaría tan cerca de ella. Éste era su momento final como madre e hija—. Te amo —dijo, y chocó con Tommy cuando se volteó. Había estado ahí, observándola y llorando en silencio por su pena.

—No tienes que dejarla —dijo a través de sus lágrimas—. Quiero casarme contigo. Todavía.

—Y yo. Te amo. Pero es mejor así y tú lo sabes. Es tan bueno para ellos... nosotros tenemos toda una vida por delante —dijo, abrazándolo, aferrándose a él, temblando mientras él la sostenía—. Oh, cielos, cuánto te amo. La amo a ella también, pero ella merece algo de felicidad. Y, ¿qué puedo hacer yo por Kate?

—Eres una persona maravillosa —dijo, abrazándola con todas sus fuerzas, deseando protegerla de todo lo que había pasado y sujetarla para siempre.

—Tú también lo eres —dijo, y luego salieron juntos de la recámara, despacio, y ella dejó a la bebé tras de sí. Estaba casi más allá de sus fuerzas salir de la casa con él, y Liz y John lloraron cuando le dieron un beso de despedida y la hicieron prometer que los llamaría y los visitaría con frecuencia. Ella lo deseaba, pero todavía estaba preocupada de hacerlos sentir que se estaba entrometiendo en la vida de Kate. Pero necesitaba verlos, y a Tommy. Los necesitaba más de lo que ellos pudieran imaginar. Y aún quería tener un futuro con Tommy.

—Te amo —dijo Tommy con toda su intensidad, como la última afirmación. Él conocía todos los temores de ella, su vacilación acerca de entrometerse en sus vidas, pero no iba a dejarla ir. Y para ella, saber esto era un consuelo. Ella sabía que contaba con Tommy, si ella lo deseaba, y por ahora así era. Esperaba que siempre lo fuera. Pero lo único que habían aprendido todos era que el futuro era incierto. Nada de lo que habían deseado o planeado había sucedido como lo esperaban. Nunca habían esperado que Annie los dejara tan repentinamente ni tan pronto, o que Kate llegara, casi con la misma rapidez, o que Maribeth pasara por sus vidas, como un ángel que los visitara. Lo único que sabían era que podían contar con muy poco.

—Los amo a todos mucho —dijo Maribeth, abrazándolos de nuevo, incapaz de dejarlos, y entonces sintió una mano inesperadamente suave sobre su brazo. Era la de su padre.

—Anda, Maribeth, vamos a casa —dijo, con lágrimas en sus propios ojos—. Te extrañamos —y luego la ayudó a entrar al automóvil. Tal vez no era el ogro que ella recordaba, sino sólo un hombre con sus propias debilidades y visiones distorsionadas. Quizá en cierta manera todos habían madurado. Tal vez había sido tiempo para que todos lo hicieran.

Tommy y sus padres los observaron mientras se alejaban, esperando que ella regresara a ellos, sabiendo que si la vida era amable lo haría, para visitarlos o para quedarse para siempre. Estaban agradecidos por haberla conocido, se habían dado unos a otros regalos preciosos, de amor, y vida, y aprendizaje. Los había devuelto a la vida y ellos le habían dado un futuro.

—Los amo —murmuró Maribeth mientras se alejaba, y los miraba fijamente a través del vidrio trasero del automóvil de su padre. Ellos la veían agitar la mano tanto como pudo y se quedaron ahí, pensando en ella, recordando, hasta que al fin entraron de nuevo con el regalo que les había dejado.

grijalbo pocket
Lo mejor del BESTSELLER mundial

- *El regalo* Danielle Steel
- *El cuarto poder* Jeffrey Archer
- *La ley del amor* Laura Esquivel
- *Las vírgenes del paraíso* Barbara Wood
- *El tercer gemelo* Ken Follet
- *Poder absoluto (Por orden del presidente)* David Baldacci
- *Clones* Michael Marshall
- *Cujo* Stephen King
- *La mamma* Mario Puzo
- *La hija del general* Nelson DeMille
- *El ópalo negro* Victoria Holt
- *Accidente* Danielle Steel
- *Post mortem* Patricia Cornwell
- *Honor entre ladrones* Jeffrey Archer
- *Las llaves de la calle* Ruth Rendell
- *La segunda dama* Irving Wallace
- *El retrato de Rose Madder* Stephen King
- *El gran león de Dios* Taylor Caldwell
- *La profetisa* Barbara Wood
- *Joyas* Danielle Steel
- *Jurado 224* Georges Dawes Green